Los misterios de la abadía II
Los moradores del bosque

Novela Histórica

Alys Clare

Los misterios de la abadía II
Los moradores del bosque

Traducción de Cristina Pagès

Planeta

Título original: *Ashes of the elements*

Avinguda Diagonal, 662, 6.ª planta. 08034 Barcelona (España)

Diseño de la cubierta: Hans Geel
Ilustración de la cubierta: Pieter Bruegel el Viejo, *Parábola de los ciegos*,
1568, Galleria Nazionale di Capodimonte, Nápoles / Archivo Álbum
Primera edición en Colección Booket: junio de 2005

Depósito legal: B. 23.913-2005
ISBN: 84-08-05989-0
Composición: Pacmer, S. A.
Impresión y encuadernación: Litografía Rosés, S. A.
Printed in Spain - Impreso en España

Biografía

Alys Clare es el seudónimo de una escritora
que ha publicado más de una docena de novelas.
Creció en la región arbolada de Kent,
donde transcurren las novelas de esta serie.
Estudió Lengua Inglesa y Psicología
en la Universidad de Kent, en Canterbury.
Es una apasionada de la historia
y una experta del período medieval.

Su página web es www.alysclare.com

Para Richard y Lindie Hilier,
actuales lord y lady de Acquin

Estuans interius
ira vehementi
in amaritudine
loquor mee menti:
factus de materia,
cinis elementi,
similis sum folio,
de quo ludunt venti.

De *Carmina Burana*,
«Canciones profanas»

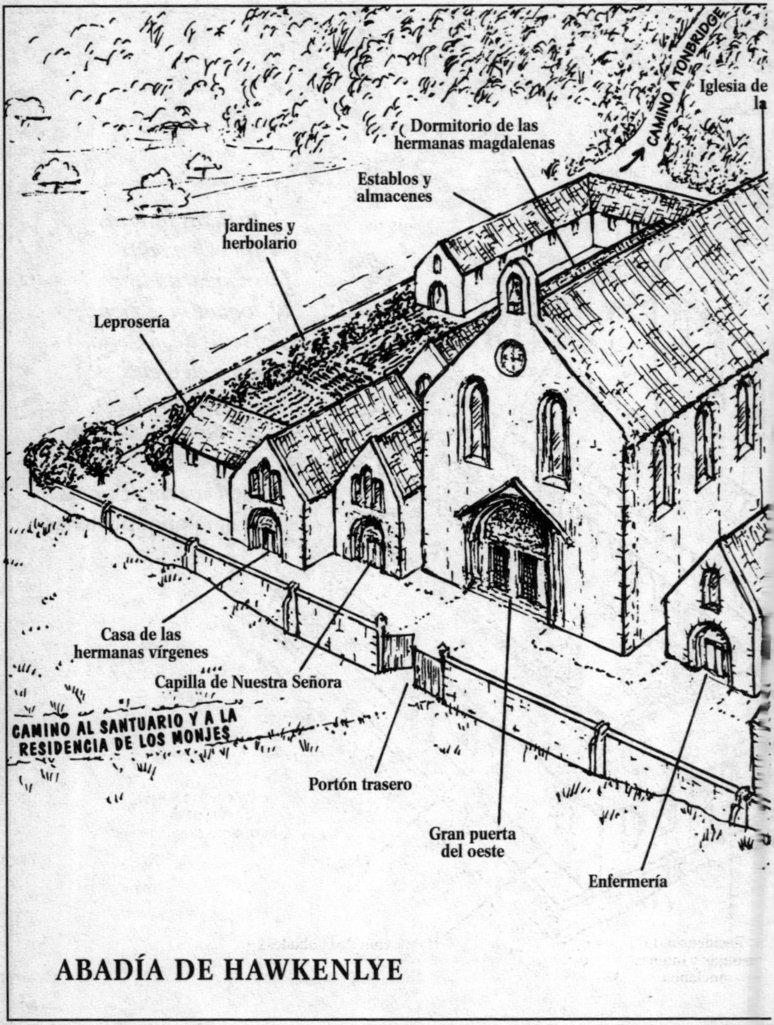
CAMINO A TONBRIDGE
Iglesia de
la
Dormitorio de las hermanas magdalenas
Establos y almacenes
Jardines y herbolario
Leprosería
Casa de las hermanas vírgenes
Capilla de Nuestra Señora
CAMINO AL SANTUARIO Y A LA RESIDENCIA DE LOS MONJES
Portón trasero
Gran puerta del oeste
Enfermería
ABADÍA DE HAWKENLYE

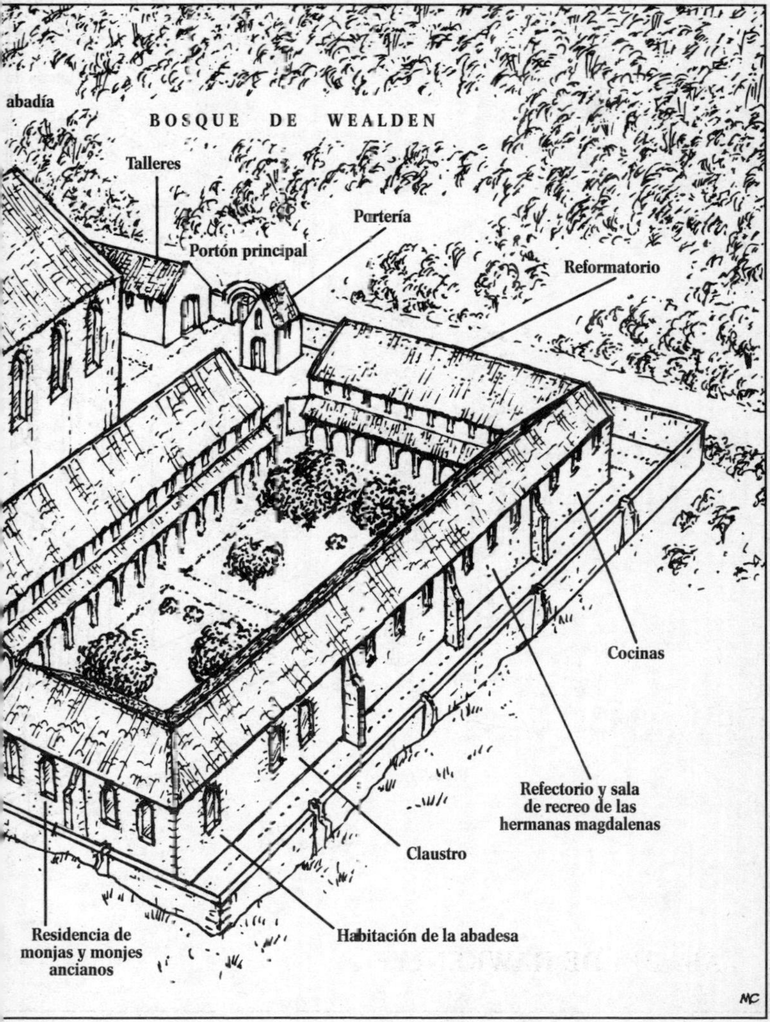
abadía
BOSQUE DE WEALDEN
Talleres
Portería
Portón principal
Reformatorio
Cocinas
Refectorio y sala
de recreo de las
hermanas magdalenas
Claustro
Residencia de
monjas y monjes
ancianos
Habitación de la abadesa
MC

En el profundo silencio del bosque a medianoche resonó un ruido que no era propio del lugar.

El hombre alzó la cabeza. Todavía jadeando por el reciente esfuerzo, trató de aquietar su entrecortada respiración y aguzó el oído.

Esperó.

Nada.

Se escupió en las manos, dispuesto a volver a su faena, e intentó esbozar una sonrisa irónica. Debía de haber sido su imaginación. O más probablemente un animal nocturno que merodeaba en busca de alimento. Sus propios nervios y la reputación del gran bosque habían dado pábulo a su inquietud.

Agitó la cabeza, consciente de su propia insensatez, y reanudó sus esfuerzos. El saco empezaba ya a pesarle; un poco más y...

Otra vez el ruido.

Sostenido.

El hombre se levantó; se le heló de súbito el sudor que le bañaba la frente y la espalda, y la húmeda piel se le puso de gallina. Con repentina intuición pensó: «No debería estar aquí.» Como si un tenebroso y antiguo recuerdo se hubiera agitado en él, advirtió con terror que a medianoche el bosque era un lugar prohibido. Había muy buenos motivos para temer aventurarse en él...

Descartó con firmeza ese horrible pensamiento antes de que se apoderase de su voluntad y, cuidadosamente, dejó a un lado el hacha con la que estaba cortando las gruesas raíces y la parte inferior del tronco del roble caído, y salió del hoyo que había cavado bajo el vetusto y majestuoso árbol. Luego, recurriendo al espesor veraniego de las hierbas para ocultarse, hizo acopio de valor y gateó, silencioso, hacia la fuente del ruido.

Si se trataba de alguien que estaba burlándose de él, divirtiéndose a sus expensas, iba a dejarle bien claro que no le hacía ninguna gracia. Si Seth y Ewen, malditos fueran sus ojos, habían salido a espiarlo —¡espiarlo a él, que lo había ideado todo!— se las pagarían. Iba a...

Sin embargo, el ruido creció en volumen y se hizo más insistente, tanto que ya no podía pasarlo por alto. Ni podía convencerse de que era una trastada de Seth y Ewen.

Ellos no eran capaces de hacer semejante ruido. En realidad, no creía que ningún ser humano fuera capaz de emitirlo.

El hombre dejó de arrastrarse furtivamente. Nada en él se movió, ni siquiera el pensamiento; el extraño y espeluznante sonido lo embargaba hasta absorberlo por completo.

Empezó a sonreír. ¡Ay, qué bonito sonsonete! Más bien era como un cántico, como los sonidos más dulces del coro de una abadía, pero aún mejor. Como si no perteneciese ni a hombres ni a mujeres, sino a las mismísimas estrellas, frías y distantes.

Avanzó de nuevo sin apenas darse cuenta, pero ya no lo hizo a hurtadillas, escondido entre la maleza. Con la espalda recta y la barbilla alzada, obedeciendo al encantamiento de una llamada que apenas reconocía, anduvo a grandes zancadas entre los centenarios árboles y reverdecidos brotes hacia el espacio abierto que divisaba más adelante.

Y se paró en seco.

Con los ojos como platos y la boca de repente seca, clavó la mirada en la increíble visión. Atónito y perplejo, observó la escena iluminada por la luna llena, cuyos brillantes rayos bañaban el claro, diríase que intencionadamente.

¡Nunca había creído en esos viejos cuentos! Los había tomado por monsergas de viejas chifladas, de mujeres como su propia madre. Y como su esposa, quien últimamente trataba de evitar que se internara en el gran bosque, sobre todo de noche, y se quejaba con tan tenaz insistencia que había tenido que azotarla. Aun así —la última vez le había roto la nariz—, ella perseveraba, continuaba diciéndole que no era seguro, que no estaba bien.

¡Ja! ¡Ya le enseñaría quién era quién! ¡Ya no lo incordiarían cuando supieran lo que había descubierto!

De todos modos, aunque las viejas leyendas contuvieran un elemento de veracidad, no era exactamente como su madre y su esposa las contaban. Lo estaba presenciando ahora mismo. ¡Veía con sus propios ojos la prueba de que, por mucho que murmuraran acerca de esas cosas espantosas, se habían equivocado por completo!

Ya les enseñaría a todos, claro que sí. Él...

Sintió la mirada como un golpe. Sus fanfarronadas terminaron bruscamente, mientras su mente abotargada gritaba una única palabra que irrumpió de su boca, convertida en un alarido de agonía:

—¡NO!

Giró sobre los talones y, saltando por encima de zarzas, helechos y maleza, huyó del claro. Jadeante, resoplando, trastabillando, oía a sus perseguidores. Echó una rápida ojeada por encima del hombro.

¡Nada!

¿Nada? ¡Pero si los estaba oyendo!

Y se obligó a seguir corriendo. ¡Ay, Dios! ¿Ellos?... ¿Ellas?... lo rodearon, en silencio. Con amenazante sigilo lo cercaron. Era tal la sensación de peligro que su aliento sollozante salía como un horrorizado chillido.

Pues seguía sin ver nada.

Con el corazón latiéndole como un tambor y las piernas y los pulmones doliéndole horriblemente, se obligó a continuar. ¿Cuánto faltaba? ¿Mil metros, dos mil? No lo sabía. Había cada vez menos árboles, o al menos ésa era su impresión. Un poco más adelante —no mucho, ¡no podía faltar mucho más!— y se hallaría en campo abierto. En el prado que se extendía más allá de este espeluznante bosque, bajo la limpia y fresca luz de la luna...

Frente a él percibió claridad. Corriendo y tropezando y avanzando sin cesar, desesperado y agotado, distinguió la tierra, calmada y dormida. Y, al pasar frente a los últimos árboles gigantescos, vio la cruz en lo alto de la iglesia de la abadía de Hawkenlye.

—¡Que Dios me ampare, que Dios me ampare, que Dios me ampare! —recitaba como una letanía, hasta que las palabras perdieron todo sentido.

¡Campo abierto! La oscuridad que reinaba bajo los frondosos árboles dio paso a una noche que casi parecía día por la luz de la luna.

«¡Gracias a Dios! ¡Gracias a Dios!»

Ya se hallaba a salvo y...

Pero ¿qué era aquello? Un silbido. Se aproximaba a toda velocidad.

Un terrible dolor, intenso y breve, le traspasó el cuerpo cuando la lanza de punta afilada y arrojada con mortífera exactitud le atravesó el corazón.

Estaba muerto antes de que su cuerpo tocara el suelo.

PRIMERA PARTE

UNA MUERTE EN LA HIERBA

CAPÍTULO UNO

En el cuartito que constituía su refugio en la abadía de Hawkenlye, la abadesa Helewise se inclinó para volver a llenar el tazón de su visitante.

—¿Puedo serviros más? Es bueno para los ánimos y el cuerpo, y me doy cuenta de que...

Decidió no seguir. No resultaba muy diplomático recordarle a su invitada que precisaba un reconstituyente.

—Os dais cuenta de que me espera un viaje tedioso y que ya no estoy, ni de lejos, en la flor de la juventud. ¡Ay, abadesa, tenéis razón en ambas cosas! Sí, servidme más. —Con una sonora carcajada, la mujer le tendió su tazón—. Es realmente delicioso.

Sintiéndose aliviada, la abadesa hizo lo que le pedía.

—Es un brebaje de sor Eufemia, la que se encarga de la enfermería. Posee un don para el uso de las hierbas. Este vino lo prepara con bálsamo, tomillo y miel. Agrada mucho a sus pacientes.

—No lo dudo. —La mujer mayor echó un vistazo a la abadesa y comentó—: Imagino que algunos son muy capaces de prolongar su enfermedad a fin de continuar disfrutando de la bondad de sor Eufemia.

—Probablemente —convino Helewise—. Aunque la

verdad es que nuestra preciada agua bendita sigue siendo nuestra medicina más popular.

—Ah, sí, el agua bendita. —La huésped suspiró—. Como sabéis, esta mañana pretendía rezar en el santuario de la Santa Virgen, en el valle. Pero me temo que no tendré tiempo.

Si bien no deseaba parecer impertinente, la abadesa Helewise sabía lo que sentía su visitante por la comunidad de Hawkenlye. Sobre todo por el milagroso manantial al que la abadía debía su existencia. Después de todo, era gracias a su insistencia que existía aquella grandiosa abadía. Y, por supuesto, a ella se debía que estuviera regida por una mujer.

—¿Ni siquiera disponéis de media hora? ¿El mundo no puede esperaros por una vez, mi señora, mientras hacéis algo únicamente para vuestro propio placer?

La huésped la miró con pesadumbre.

—No, abadesa. —La reina Leonor dejó escapar una escueta carcajada—. Me temo que el mundo es demasiado impaciente.

En el cuartito se produjo un silencio breve y, en opinión de Helewise, amistoso. Se atrevió a echar una ojeada a la reina y observó que su rostro aún hermoso estaba un poco pálido; Leonor se hallaba apoyada en el respaldo de la gran silla con aspecto regio. De hecho, era la silla de la propia Helewise, quien se había sentado de buena gana en un taburete de madera para proporcionar a Leonor la mayor comodidad que podía ofrecer la abadía.

«Aunque no tenga tiempo de visitar el santuario —decidió Helewise—, la alimentaremos antes de su partida.» Levantándose en silencio, se dirigió hacia la puerta, la abrió y llamó con un gesto a una monja que esperaba fuera.

—¿Sí, abadesa? —respondió ésta con entusiasmo.

Sor Ana se percataba del honor que representaba una visita de la madre del rey. Era tal el afecto que la comunidad profesaba a Leonor, que sor Ana, como todos en la abadía, habría caminado descalza sobre carbones ardientes si la reina se lo hubiera pedido.

Helewise se llevó un dedo a los labios en señal de advertencia.

—Calla. La reina descansa. Hermana, ¿puedes ir al refectorio y pedirle a sor Basilia que prepare una comida ligera? La reina parece agotada —añadió, casi para sí misma.

—¡Claro que sí, con mucho gusto! —susurró sor Ana—. Pobre dama. No me sorprende, con tanto viaje, ¡y a su edad! Pero debería...

—La comida, hermana —la apremió Helewise con suavidad.

—Sí, abadesa. Lo siento, abadesa. —Sor Ana, ruborosa, se alejó a toda prisa.

Helewise entró de nuevo en el cuartito y cerró sin hacer ruido. Lo hacía casi todo sin ruido, con una gracia serena de la que no era consciente. Ni siquiera el enorme manojo de pesadas llaves que colgaba siempre de su cinturón quebraba el silencio, porque, cuando se movía, posaba siempre la mano sobre ellas para evitar que tintinearan.

La reina Leonor abrió los ojos y la observó tomar asiento.

—Sois demasiado grande para ese taburete.

—Estoy muy cómoda —mintió Helewise—. Me he tomado la libertad de pedir algo de comer para vos, mi señora. Aunque tengáis que iros después de pasar una sola noche con nosotras, ¿reservaréis al menos un momento para comer antes de reanudar vuestro camino?

Leonor sonrió.

—Sois muy amable. Y, sí, por supuesto que lo haré. —Se removió en la silla y esbozó una fugaz mueca de dolor—. Vuestra hermana tiene toda la razón: soy demasiado vieja para tanto viaje.

—Lo lamento —se apresuró a disculparse Helewise—. Fue una falta de respeto.

—¿Falta de respeto? No, abadesa, yo sólo oí bondad.

Helewise creyó percibir cierto tono de reproche, y trató de justificarse:

—Quería decir que no está bien que cotilleemos acerca de cómo decidís vivir vuestra vida, majestad.

Hasta a ella misma le pareció un discursito pomposo y servil, de modo que no le sorprendió que Leonor soltara una repentina carcajada. La miró, sonrió brevemente y añadió:

—Lo siento.

—Espero que así sea —murmuró la reina—. Heme aquí en mi retiro preferido, tan convenientemente situado entre Londres y la costa, y su abadesa —su mirada se encontró con la de Helewise—, también mi preferida, por cierto, empieza a hablarme como cualquier otro súbdito zalamero que desea un favor. —Echó el cuerpo hacia adelante y prosiguió—: Helewise, os lo pido, no seáis nunca como los demás.

Aun sin estar del todo segura de lo que quería decir la reina, Helewise contestó:

—Muy bien, mi señora, no lo seré.

Se oyó un tímido golpecito en la puerta y, en respuesta al «adelante» de la abadesa, una novicia del refectorio entró, andando casi de costado, con una ancha fuente de peltre.

—La comida de su santidad —susurró la jovencita.

—Con «majestad» bastará —comentó Leonor en tono

comedido—. No soy el papa, sino tan sólo una reina. —Frunció ligeramente el entrecejo y agregó, entre dientes—: De hecho, una reina madre.

En las últimas veinticuatro horas Helewise había deseado hacerle cien preguntas acerca de ese mismo asunto; sin embargo, sin nada que condujera al tema, apenas si se había enterado de algún detalle. Ahora, al observar cómo la reina desmenuzaba la apetitosa comida tan bien presentada —sor Basilia había colocado un ramillete de rositas en el borde del plato—, decidió esperar a que la reina hubiese bañado el último trocito de pan en la última gota de salsa.

—¿Creéis que el matrimonio será para bien, mi señora?

Leonor se apoyó en el respaldo y se limpió delicadamente las comisuras de los labios con un pequeño cuadrado de lino.

—¿Para bien? —Se encogió de hombros—. Depende, abadesa Helewise, de lo que consideréis bueno. Si queréis decir que la unión tendrá frutos, tan sólo puedo aseguraros que rezo noche y día por que así sea. Si queréis decir que mi querido hijo y su esposa se sentirán felices en su mutua compañía, entonces mi respuesta es que lo dudo sinceramente.

—Ah. —Poco más podía contestar la abadesa.

—¡Tenía que hacerse! —exclamó Leonor—. En cuanto la vi, supe que Berenguela no era la esposa ideal para él. Pero ¿qué podía hacer yo? —Tendió hacia Helewise las largas manos, con las palmas hacia arriba y los dedos cargados de anillos—. Hace casi dos años que Ricardo es rey de Inglaterra y, aparte de cuatro meses, ha estado siempre fuera del país. —Dejó caer el puño con cierta vehemencia sobre la larga mesa que, a modo de escritorio, se hallaba frente a la silla de Helewise—. ¡Cruzadas y más cruzadas! —dijo, alzando la voz—. Primero se pone en contra de la voluntad de sus nuevos súbditos con esa desvergonzada venta de prebendas y privilegios, ¡y luego se va corriendo a Francia a recibir su título y su bordón de peregrino! Una breve pausa para pasar revista a su enorme flota y, después, ¡allende el mar! —Los grandes y oscuros ojos de Leonor soltaban chispas de apasionada furia—. ¡Sin pensar en ningún momento, Helewise, en los líos que deja atrás y que otros tienen que arreglar! ¡No le importó que, aun antes de marcharse, ya se rumoreara que no pretendía regresar!, ¡que no sólo no pensaba dedicarse al importante deber de reinar en Inglaterra, sino que ambicionaba convertirse en rey de Jerusalén!

—¡No es posible! —exclamó Helewise.

Lo cierto era que no oía por primera vez ese rumor; lo había escuchado antes y en numerosas ocasiones. Y otros aún peores. Algunos de ellos aducían con saña que, desde que el rey Ricardo había subido al trono, su conducta resultaba tan irresponsable como la de un desequilibrado; que sufría una enfermedad secreta que afectaba tanto a su cuerpo como a su mente y que probablemente ésta acabaría por matarlo antes de que terminara la cruzada. Esos rumores, no obstante, no podía contárselos a la reina madre.

Y menos aún mientras esos asombrosos ojos contuvieran una expresión de furia.

—¿Por qué, por qué insiste en seguir esa senda? —se quejó la reina—. ¿Qué le importa al común de los ingleses quién reina en la Ciudad Santa?

—Pero, seguramente...

Los ojos de Leonor se clavaron en Helewise.

—Helewise, no tratéis de convencerme de que os importa —la interrumpió—. Por muy loable que sea expresar la opinión de que la ciudad de Nuestro Señor han de ocuparla y gobernarla únicamente cristianos, no puedo creer que penséis de verdad que su reconquista merece tanto esfuerzo. ¡Es tal el costo que representa, abadesa! Sin mencionar el dolor, las pérdidas, la angustia... las muertes.

Su cara, al hablar de todo ello, denotaba que no podía dejar de imaginarse que todo aquello le ocurría a su querido hijo.

Helewise se inclinó hacia ella.

—Vuestro hijo es un gran hombre, mi señora. Un guerrero soberbio, valiente y hábil, aun cuando...

—¿Aun cuando no sea nada más? —acabó por ella Leonor.

—¡Pero qué hombre! —Desesperada por reparar la metedura de pata, Helewise añadió cuanta sinceridad pudo a su voz.

—Veréis, Helewise —continuó Leonor, como si no hubiese oído la interrupción—, Ricardo es «un hombre de hombres». Un guerrero, como decís, un hombre que pertenece al ejército. Que debe ir a la cabeza de un ejército, ¡guiándolo hacia la victoria!

—Amén.

—Por supuesto, yo también fui a las cruzadas —prosiguió Leonor en tono desdeñoso—, cuando estuve casada con aquel viejo quisquilloso de Luis de Francia.

—Así es.

¿Debía escuchar aquello? ¿No constituía un acto de traición oír cómo un monarca insultaba a otro, aunque este último estuviese muerto?

—Fue en 1147. —Una sonrisa de reminiscencia iluminó el rostro de Leonor—. Me divertí mucho. Luis no quería que fuera, pero nunca importó mucho lo que él quisiera o no quisiera. —Soltó una sonora carcajada—. ¿Sabéis, Helewise, que un joven y rico sarraceno quiso casarse conmigo? Y quizá lo hubiese aceptado, si no hubiese tenido que cargar con Luis. —Suspiró—. ¿Qué estaba diciendo? ¡Ah, sí! El fervor de las cruzadas. Veréis, querida —le dio un golpe bastante fuerte en el hombro, como para asegurarse de que le prestara atención—... en mi opinión, hay cosas mucho más importantes por las que Ricardo debería interesarse. Rescatar Tierra Santa carece de importancia comparado con la cuestión crucial de asegurar la sucesión.

—Pero el rey Ricardo tiene esposa ahora, gracias a vuestros esfuerzos, majestad.

—Sí, sí, claro —aceptó Leonor—. ¡Qué viaje, ése! —Luego, como si un pensamiento llevara a otro, añadió—: Naturalmente, no podía casarse con Alais de Francia, por mucho que el rey Felipe insistiera en favor de su hermana. Aunque estuvieran comprometidos, Ricardo no se veía con ánimos de casarse con ella, aun si se creaba una situación desagradable cuando Ricardo y Felipe se iban juntos allende el mar.

—Efectivamente.

No había necesidad de que la reina se alterara explicando las razones por las cuales Ricardo no podía casarse con Alais; Helewise las conocía.

—Era una mercancía usada, esa Alais —prosiguió Leonor, como si nada—. Mi marido, el difunto rey Enrique, la sedujo y la dejó preñada, aunque su pequeño bastardo fue lo bastante discreto para no sobrevivir.

La furibunda indignación y el orgullo herido se leían claramente en el anciano rostro. «¡Ay, mi señora —pensó Helewise—, no os alteréis con asuntos de un pasado tan lejano!»

—No era una esposa adecuada para mi hijo —agregó Leonor, tratando con visible esfuerzo de controlarse—. Pese a ello, según me dijeron, la Iglesia habría permitido la unión entre Alais y Ricardo. Sin embargo, a mí me suena a incesto el que un hombre se case con la amante repudiada de su propio padre.

—Os entiendo —convino Helewise, e intentó cambiar diplomáticamente de tema—: Pero ¿y Berenguela de Navarra? ¿Es tan hermosa como dicen, mi señora?

—¿Hermosa? —La reina meditó—. No. Es pálida y sosa. Cuando llegué a la corte de su padre, en Pamplona, y la vi por primera vez, reconozco que me sentí decepcionada. Pero, a fin de cuentas, ¿qué importa el aspecto? Además, no había mucho donde elegir... Ricardo está emparentado con casi todas las familias reales de Europa, y Berenguela era una de las pocas elegibles. En todo caso, él expresó una opinión favorable, ¿sabéis? La vio en un torneo del rey Sancho al que asistió hace unos años, e incluso le escribió unos poemas muy bonitos. Y, aunque no posea una gran belleza, es virtuosa y culta.

Los ojos de ambas se encontraron durante un instante fugaz y se produjo un breve silencio. Diríase que habían tenido el mismo pensamiento: que la virtud y la cultura no eran precisamente atributos que atraerían a Ricardo Corazón de León.

Leonor habló, en voz demasiado baja para que Helewise la entendiera. Lo que creyó oír fue:

—No me gustan las mujeres pasivas.

—Entonces atravesasteis con ella la Europa meridional para que conociera a su prometido. —Helewise se apresuró a llenar la incómoda pausa—. ¡Vaya trayecto! Y cruzasteis los Alpes en pleno invierno.

—Eso hice —respondió Leonor, no sin cierto orgullo—. Y, he de reconocerlo, no hubo ni una palabra de queja por parte de Berenguela, ni siquiera cuando la situación fue más dura. Nieve, aposentos terriblemente fríos, camas rebosantes de chinches, carne mal salada, todos los peligros que acechan en los caminos; lo aceptó todo con la barbilla alzada y sin rechistar. A diferencia de nuestro séquito: hasta el último hombre gimoteaba; parecían un grupo de viudas enfermizas.

—Y cuando os reunisteis por fin con el rey y su séquito en Sicilia, la boda no pudo celebrarse porque eran los días de Cuaresma. —Helewise repetía lo que la reina ya le había relatado.

—Entregué a Berenguela al cuidado de mi hija Juana, a quien dije que casara a la moza con Ricardo en la siguiente etapa, en Chipre. Me han informado personas de mi confianza que se casaron en primavera.

—Les deseo suerte.

—Yo también —convino Leonor con fervor—. Yo también.

—¿Regresáis a Francia, majestad?

A Helewise le pareció sensato evitar que Leonor siguiera contemplando las pocas posibilidades de éxito del matrimonio de su hijo.

—Sí. Mañana. Esta noche pernoctaré con mi querida amiga Petronila de Severy. Petronila Durand debería llamarla, pues tiene un nuevo marido... un nuevo marido joven. Y, por mucho que me duela, Helewise, he de admitir que este matrimonio tiene tan pocas posibilidades de ser para bien como el de mi hijo.

Una vez desaparecida la sorpresa y el desasosiego, las confidencias de la reina hacían que Helewise se sintiese honrada, profundamente honrada. ¿Acaso no había sido la propia Leonor quien había dicho que Hawkenlye era uno de sus lugares preferidos? Si esa predilección se debía a que en la intimidad de la abadía podía hablar de sus asuntos privados, Helewise estaba dispuesta a ofrecerle discreción y un oído comprensivo.

—Resaltáis la juventud del nuevo marido de vuestra amiga. ¿Es uno de los factores para las pocas probabilidades de éxito del matrimonio?

—¡Oh, sí! Petronila es rica, su padre la dejó en muy buena posición, pero ni siquiera quienes la queremos podríamos llamarla hermosa. Es alta, delgada, su tez no es muy lozana y posee unos labios estrechos que, cuando una mujer envejece, parecen doblarse sobre sí mismos. Y mi querida Petronila es vieja.

—¿Cuál es la diferencia de edad?

—Creo que Petronila tiene cuarenta y dos años, posiblemente más. Tobías Durand no contará más de treinta y creo haber oído que es incluso más joven.

—¡Ay, caray! —exclamó involuntariamente Helewise.

—Eso: ¡Caray! Y, por lo que me dicen, es guapo, alto y de buen cuerpo.

—Pero es pobre —adivinó Helewise.

No parecía haber otra razón para que un hombre así se casara con una mujer fea tanto mayor que él.

—Acertáis de nuevo. —La reina suspiró—. Dudo que pueda conservarlo. Probablemente, ella sea demasiado mayor para darle un hijo, que es lo único que podría haberle asegurado sus atenciones continuadas. Dada la situación, él tiene acceso a su riqueza y...

No hacía falta que terminara la frase, pensó Helewise. «Cuánto pesar puede introducirse en la vida de la gente por casarse con una pareja equivocada —reflexionó—. Y, en el otro lado de la balanza, cuánta alegría cuando la elección es buena.» Evocó brevemente a su difunto marido. Ivo también era guapo, alto, de anchos hombros como el oportunista Tobías. ¡Y qué sentido del humor, el suyo!

Como por ensalmo le surgió un recuerdo. Durante la visita, al parecer interminable, de una prima lejana de Ivo,

Helewise y el propio Ivo salieron de casa a hurtadillas, con una cesta repleta de comida y bebidas, para pasar unas cuantas horas de bendita intimidad en un lugar aislado a orillas de un riachuelo. Ivo se desnudó y se metió en el agua. Al tenderse para secarse, una abeja lo había picado en la nalga izquierda.

—¿Qué os divierte tanto, abadesa? —El tono helado de la reina la devolvió bruscamente al presente.

Al recordar lo que habían estado comentando ella y Leonor, se apresuró a explicarle el motivo de su risa. Por suerte, la imagen de un digno caballero del reino tumbado boca abajo mientras su esposa le extraía del trasero un aguijón de abeja despertó también la sonrisa de Leonor.

—Me acuerdo de que mencionasteis vuestro matrimonio cuando os nombré abadesa —comentó Leonor—. A todas luces fue una unión dichosa.

—Lo fue.

—Y, según recuerdo, tuvisteis hijos.

—Sí.

—¿Mujeres?

—Varones. Dos.

Reina y abadesa permanecieron un rato sin romper el silencio. Helewise se preguntó si, como ella, Leonor pensaba también en sus hijos.

De improviso, alguien llamó de nuevo a la puerta. Helewise fue a abrir y se encontró con la hermana portera. Sor Ursel estiró el cuello para vislumbrar a la reina Leonor y dijo:

—Abadesa, alguien ha llegado a ver a la reina. Es un hombre que dice llamarse Tobías Durand y ha venido con un séquito para escoltar a su majestad a su casa.

—Un séquito —murmuró la reina—. ¿Acaso no sabe que ya tengo el mío? Dos séquitos no harán sino doblar el polvo que levantemos.

—Quizá lady Petronila lo ha mandado —comentó astutamente Helewise—, deseosa de impresionaros, majestad, con la visión de su joven y guapo marido vestido con sus mejores galas, a la cabeza de una hueste de sus propios hombres.

Leonor la miró de soslayo.

—Cuánta razón tenéis —observó.

Sor Ursel contemplaba a ambas desde el umbral.

—Decidle a Tobías Durand que nos reuniremos con él en seguida —le ordenó la abadesa.

—Sí, abadesa.

Echando un último vistazo, sor Ursel salió apresuradamente.

Helewise se acercó a la reina, dispuesta a ayudarla si se hacía necesario, pero sin que resultara demasiado obvio.

Sin embargo, Leonor no ocultó la necesidad de aquella contingencia.

—Dadme vuestro brazo, Helewise. Me he puesto muy tiesa de estar sentada tanto tiempo.

Durante el lento paseo que las condujo fuera de la estancia y a través del claustro, desde donde se veía a Tobías y su séquito —que se codeaba con el de la propia Leonor, pese a los esfuerzos de éste por no mezclarse—, Leonor acercó la cabeza a Helewise y le susurró:

—Gracias, abadesa.

Holgaba preguntar por qué y, en su lugar, Helewise contestó:

—Las gracias os las doy yo, mi señora.

—Regresaré y, si puedo arreglarlo, permaneceré con vos más de un día y una noche.

—La abadía está a vuestra disposición. Nada nos agradaría más que teneros como invitada, majestad.

—Nada me agradaría más a mí —murmuró Leonor—. Pero no ha llegado el momento en que pueda hacer lo que a mí me plazca.

Mientras las dos se aproximaban a los expectantes acompañantes de la soberana, mujeres, hombres y caballos, Helewise sintió cómo su reina le daba un afectuoso apretón en el brazo.

CAPÍTULO DOS

Helewise permaneció un rato observando cómo la reina y sus séquitos desaparecían por el camino. Como Leonor había predicho, tantos hombres y pertrechos levantaban una intolerable cantidad de polvo. Aquella imagen hizo aún más deseable el aire fresco, y Helewise retrasó su regreso al interior de los muros de la abadía y emprendió un enérgico paseo por el sendero que llevaba al bosque.

El cálido aire de principios de junio hacía brotar las flores silvestres y el ambiente se aromatizaba con su suave y dulce perfume. Un mirlo cantó. Ah, ¡qué alegría estar viva! Cuadrando los hombros y braceando al compás, Helewise apretó el paso y avanzó hacia la primera línea de árboles. No quería adentrarse mucho en el bosque, ya que siempre estaba oscuro; ni siquiera en junio penetraba el sol, de modo que solía ser un lugar bastante frío. Se limitaría a dar una vuelta por la linde del bosque, poco más de un kilómetro, y luego...

Casi lo pisa.

Retrocediendo con presteza, apartó la falda de su hábito de la sangre, que formaba un charco oscuro sobre la fresca hierba verde, y se tapó la boca con la mano a fin de contener su reacción de horror.

Estaba muerto. Tenía que estarlo. Yacía boca abajo, y la larga asta de una lanza sobresalía de su espalda. A juzgar por el lugar en que el arma se alojaba y el ángulo que formaba con el cuerpo, la punta, profundamente enterrada en el torso, debía de haberse clavado en el corazón.

Vestía las burdas prendas de un labriego. Las calzas eran de tejido tosco y le sentaban mal, y la túnica estaba llena de parches y remiendos hechos con cuidado; alguien se había esmerado en coserlos con diminutas puntadas. Seguro que tenía esposa, pensó Helewise, o una madre cariñosa. Una pobre mujer que sentiría un gran pesar al enterarse. Si era su esposa, le supondría la pérdida tanto del marido como del sustento. Mal día para ella, fuera quien fuese.

Una vez superada la conmoción inicial, Helewise se preguntó qué habría estado haciendo el hombre en la linde del bosque. ¿Llevaría allí mucho tiempo? ¿Cabía la posibilidad de que ella y sus monjas llevaran varios días atendiendo sus quehaceres con aquel pobre diablo muerto a unos centenares de metros de la abadía?

Se agachó y tocó la nuca del hombre. La inspección le reveló que estaba asquerosa, llena de piojos que anidaban entre el cabello grasiento. ¿No deberían haber abandonado el cuerpo, si el hombre llevara mucho tiempo muerto? Sin duda, aquellos diminutos chupadores se alimentaban de sangre fresca, no coagulada... Por otro lado, la piel conservaba algo de calor, aunque Helewise concluyó que podía deberse a que el cuerpo se hallaba en parte bajo el sol. Se agachó para levantar uno de los brazos del cadáver: se estaba poniendo rígido, empezaba a presentar el agarrotamiento que sobrevenía a los muertos.

Lo más seguro era que hubiese muerto esa misma noche.

Helewise permaneció un momento junto al cuerpo con el entrecejo fruncido. Al fin le dio la espalda y regresó a toda prisa a la abadía. «He de buscar ayuda —pensó—, he de avisar al sheriff. Esto es asunto de su competencia.»

Echó a correr. Era un modo de desplazarse poco digno para una abadesa, pero en aquellos momentos no reparó en semejante cosa. Tan sólo podía pensar en que había sido providencial que aquella muerte, aquel asesinato, no hubiese salido a la luz durante la visita de la reina. De haber sido así, la algarabía y la preocupación habrían impedido que la reina y ella gozaran de su tranquila y privada charla.

Nada más pensar en ello, se dio cuenta de lo poco apropiado que resultaba alegrarse de algo así cuando un hombre yacía muerto, brutalmente asesinado. La vergüenza puso alas en sus pies y, recogiendo la falda de su hábito en una de sus manos, apretó el paso.

El sheriff de Tonbridge, Harry Pelham, era odioso.

Al oírlo hablar acerca del asesinato, Helewise tuvo que morderse la lengua y contener la irritación, mientras aguantaba que expresara sus opiniones con grandilocuencia, como si sólo él estuviese en lo cierto y ella, una mujer, no tuviese nada válido que aportar... y esto, entre las cuatro paredes de su propio despacho.

Era un hombre corpulento: sólido, achaparrado, con el torso como un tonel y unas piernas tan cortas que parecían incapaces de desempeñar el cometido de aguantar el volumen de aquel cuerpo. Vestía un gastado jubón de cuero y sacaba con frecuencia el pecho, ya de por sí prominente, una manía que tenía la oculta intención de atraer las miradas sobre los costurones que entrecruzaban el jubón, como si quisiera proclamar: «¡Mirad! ¡Mirad los peligros que me acarrean mis deberes! ¡Mirad los garrotazos y sablazos de los que me he tenido que defender!»

Había costado trabajo convencerlo de que debía dejar la espada y el cuchillo en la entrada. Según informó sor Beata a Helewise, sor Uriel se mantuvo en sus trece, como una gallina enfadada en mitad de un gallinero, con todas las plumas erizadas, y le dijo que, por más que fuera sheriff, nadie, absolutamente nadie, llevaba armas en el recinto sagrado de Dios.

La perspicaz sor Beata, a quien sus tareas como enfermera la habían vuelto muy observadora, le informó también que la espada de Harry Pelham estaba manchada y que su cuchillo parecía haber sido usado poco antes para cortar carne.

«Y este hombre descuidado —pensó la abadesa al escuchar su vozarrón— es el único que protege la ley y el orden en estos contornos. Quizá sea eficaz... debe de serlo —se corrigió—, pues lo han nombrado los Clare de Tonbridge y seguro que no toleran la negligencia en sus subordinados. Pero ¡ay, Señor, es un verdadero zoquete!»

—Claro... —decía Harry, echando para atrás el pequeño taburete de madera, cuyas patas traseras chirriaron a modo de protesta—, claro. Hamm Robinson era un villano muy conocido. A mí no me sorprende que alguien lo haya eliminado, no, no me sorprende en absoluto, ¡ja, ja, ja!

Helewise, que aunque le hubiera ido la vida en ello habría sido incapaz de entender la razón de aquella carcajada, preguntó con frialdad:

—¿Villano? ¿Cuál era su crimen?

Harry Pelham se inclinó hacia ella como si fuera a revelarle un secreto. Varios semicírculos de espinillas se habían adueñado de los dobleces donde las fosas de su gran nariz se encontraban con las mejillas, y unas escamas sebosas de color crema lo habían hecho de su frente, sobre las cejas y en el nacimiento del cuero cabelludo.

—¡Vaya, hermana, hablamos de un cazador furtivo!

—Un cazador furtivo... —repitió Helewise—. ¡Por Dios, sheriff, sería un hombre muy peligroso!

La sutil ironía pasó desapercibida para el hombre, quien asintió con la cabeza y dijo:

—Sí, hermana, sí. Peligroso, desesperado... todo eso. —Titubeó, y Helewise tuvo la impresión de que buscaba el modo de exagerar los detalles que estaba a punto de relatarle. El hombre se inclinó un poco más. La proximidad hizo que la abadesa deseara tenerlo algo más lejos: no olía precisamente muy bien—. He estado a punto de aprehenderlo en varias ocasiones. Sí, señora, le he seguido la pista varias veces por ese viejo bosque. —Agitó un pulgar por encima del hombro tratando de señalar, más o menos, la dirección en que éste se encontraba—. ¡Era muy astuto! Se me escabullía en esos rastrojos como un animal salvaje, sí, señora, silencioso y rápido. Me figuro que conocía el terreno como la palma de su mano. —Harry Pelham sacudió la cabeza—. Nunca pude ponerle la mano encima.

—Tal vez os oía aproximaros —sugirió Helewise en tono neutral.

El sheriff le echó una mirada rápida y poco amable.

—Puede ser. Y también puede ser que haya sido una suerte el no poder atrapar a un hombre tan desesperado como él. De haberlo hecho, ¡quizá no estuviese aquí sentado hablando con vos, hermana!

—Sí —murmuró Helewise—, seguro que habría luchado hasta las últimas consecuencias, de eso estoy segura. —Y la abadesa clavó la mirada en los anchos hombros del sheriff—. ¿Diríais que era un hombre corpulento? —preguntó de modo inocente—. Yo tan sólo lo he visto muerto y no pude cerciorarme de ese detalle.

Harry Pelham carraspeó varias veces antes de gruñir una respuesta apenas audible.

—¿Qué habéis dicho? No os he entendido.

—He dicho que era bastante grande —gruñó el hombre en un tono un poco más alto.

—¡Ah! —Y Helewise agachó la cabeza para ocultar su sonrisa. La volvió a levantar ya más seria y añadió—: Lo mataron arrojándole una lanza mientras huía del bosque. ¿Es así?

Tras un nuevo gruñido y de mala gana, resentido porque Helewise conocía aquellos insignificantes detalles, contestó:

—Sí, así fue.

—Y en vista de ello opináis que lo mataron... ¿cómo los llamasteis? ¿Los moradores del bosque?

—Sí, moradores del bosque o salvajes. Por aquí todos los llaman de ese modo.

—Y sabéis, con toda seguridad, que los salvajes se encontraban en el bosque anteanoche.

—Sí. Veréis, estamos en junio. Siempre vienen en junio. —El hombre frunció el entrecejo—. Al menos a veces. En todo caso, lo han hecho en el pasado.

—Comprendo.

A Helewise se le antojaron indicios demasiado débiles para condenar a un grupo de personas cuya existencia le era completamente desconocida hasta aquel momento y que, al parecer, en ciertas épocas del año solían acampar casi a las puertas de la abadía.

—Y... disculpadme si parece que cuestiono vuestra labor, sólo que, con eso de que el asesinato ha ocurrido tan cerca de aquí...

—Y con eso de que vos lo encontrasteis... —la interrumpió su interlocutor—. Lo entiendo. —Una sonrisa llena de suficiencia estiró sus húmedos labios—. Podéis preguntarme cualquier cosa —añadió con sinceridad—, que yo os diré lo necesario para que vos y las buenas hermanas descanséis tranquilamente en vuestras camas.

—Qué amable —murmuró Helewise—. ¿Habéis ido al bosque? ¿Habéis encontrado pruebas de que los salvajes han estado allí recientemente?

—Pues... —De nuevo apareció en el rostro del hombre aquella expresión ceñuda, que más bien parecía una mueca. Según opinaba Helewise, dicha mueca era indicadora de que Harry Pelham estaba a punto de mentir o, al menos, de falsear la verdad—. No tiene mucho sentido buscar señales de los salvajes, hermana. Son listos y astutos y no andan por ahí talando árboles o cortando ramas para hacerse refugios. Son más... ¿cómo diría?... Como gentes que viven al aire libre. Viven bajo los árboles, a cielo abierto. Desde siempre han andado por ahí haciendo sus cosas; cosas raras. Algunos dicen que ya eran viejos cuando los romanos llegaron a Inglaterra. —Y, para no desviarse de lo que quería demostrar, repitió—: No tiene sentido buscar señales. Ningún sentido. Aunque, claro está, he mandado a algunos de mis hombres a husmear por allí.

—Claro. —¡Y ella debía creerle, naturalmente!—. Y no encontraron nada... —Era una afirmación más que una pregunta.

Harry Pelham esbozó una ancha sonrisa.

—Nada. Como ya os he dicho.

Helewise juntó las manos con parsimonia y dejó descansar la barbilla en la punta de los dedos.

—Entonces, lo que tenemos es: un cazador furtivo muerto que, pese a la falta de pruebas, vos sospecháis que murió a manos de los salvajes, a los que, puesto que no los habéis localizado, no podéis interrogar. —La abadesa dirigió una mirada directa e inquisitiva al hombre, y experimentó un placer poco digno al ver cómo se encogía ligeramente—. De tal modo que no tenéis más pruebas de su culpabilidad que vuestra propia convicción.

Harry Pelham se rehízo muy pronto y con su mueca más amenazadora declaró:

—¡Me bastan mis convicciones! —Y, como si comprendiese lo insustancial de tamaña declaración, agregó—: Decidme vos quién más pudo hacerlo. ¡Decídmelo!

—Sin saber nada del hombre ni de su vida, naturalmente, no puedo decíroslo —respondió Helewise en tono sosegado—. Pero ¿no es ése vuestro trabajo? Descubrir cómo, dónde y de qué vivía el hombre, si tenía enemigos, a quién podía beneficiar su muerte...

—¡Ja! —gritó el hombre, lanzando un puño al aire como para indicarle que la había pillado—. Yo sé quién era. Era Hamm Robinson, como ya os he dicho. Sé cómo vivía, con una esposa... una mujercita seca a la que Hamm tiranizaba y a la que más de una vez molió a palos hasta casi dejarla muerta. Sólo el buen Dios sabe por qué no huyó de él. En cuanto a de qué vivía, era un cazador furtivo. —Señaló a la abadesa con un dedo mugroso—. Y eso también os lo he dicho. —Dejó escapar un largo suspiro y añadió—: En mi opinión, estamos mejor sin su presencia.

—¡Es posible! —exclamó Helewise—. ¡Pero era un hombre! ¡Un ser humano que vivía y respiraba hasta que alguien le arrojó una lanza para darle muerte! ¿Acaso no tiene el mismo derecho a la justicia que cualquier otro hombre?

Todo indicaba que Harry Pelham estaba a punto de decir «¡No!», y que lo habría dicho con convicción; pero, en lugar de ello, el grueso y seboso rostro dibujó de nuevo una expresión de suficiencia.

—No dejo de deciros, hermana, que haré lo que deseéis, incluso acusar a los salvajes, si pudiera. ¡Si de mí dependiese, los detendría, los llevaría a juicio y ahorcaría a unos cuantos! Pero ¿cómo puedo hacerlo, si se han marchado? —Y soltó una risilla bobalicona—. Ni siquiera yo puedo detener a alguien que no está, ¿verdad, hermana?

De poco iba servir, pensó Helewise, continuar hablando del asunto. No podía obligarlo a hacer algo que no quería hacer; estaba claro que nada podía provocarle la suficiente vergüenza para poner manos a la obra.

Dejó que se prolongara el tenso silencio y, luego, se incorporó.

—Muy bien, sheriff, os ruego que me informéis si con vuestras investigaciones llegáis a alguna conclusión satisfactoria.

Al darse cuenta de que lo despedía —cosa que, a juzgar por su expresión, no resultaba de su agrado—, Harry Pelham se levantó, dejó que la abadesa le abriese la puerta, y salió enojado.

—Podéis recoger vuestras armas en la entrada —le dijo Helewise—. Sor Ursel las habrá cuidado con esmero, no os preocupéis. Pasad un buen día.

Él mascullό algo que bien pudo haber sido:

—Buen día también a vos —aunque, quizás, en un tono algo menos educado.

Cuando el sheriff hubo partido, Helewise salió de su despacho y cruzó el patio camino de la enfermería, donde suplicó a sor Eufemia que le cediera un poco de su preciado incienso de lavanda. Por mayor que fuera su deseo de ser caritativa con el hombre, Helewise no podía evitar el impulso de fumigar su despacho.

Algo más tarde, regresó al bosque por el mismo sendero que la había conducido a descubrir el cadáver.

Se sentía incapaz de dejar descansar aquel asunto. Un hombre había sido asesinado brutalmente junto a la abadía, y ella casi lo había pisado. La actitud del sheriff hacía presagiar que su asesino no sería llevado ante la justicia, y ella no encontraba el modo de cambiar aquella situación.

«He de intentarlo una vez más —pensó mientras avanzaba hacia los árboles—. He de echar otra mirada. Quizás encuentre algo que Pelham y sus hombres hayan pasado por alto. Dios sabe que eso no será demasiado difícil.»

Llegó al lugar donde había hallado el cuerpo. Algunas manchas de sangre salpicaban el verdor de la hierba. Se internó en el bosque. Apenas había dado unos pasos en la espesura cuando vio una estela de rastrojos que sin duda habían sido pisoteados por el muerto en su huida.

Pero ¿y los pasos del perseguidor, del asesino? ¿Había corrido sobre la huella que dejaba el difunto en su huida? Tal vez, pero seguro que hubo de detenerse para arrojar la lanza. Y continuó andando bajo la oscura sombra de los árboles sin saber muy bien cuál era el objeto de su busca.

Al cabo de un rato se rindió, habiendo llegado a la conclusión de que probablemente se trataba de una tarea inútil, y regresó al lugar donde había caído el hombre. Algo más allá de la manchada hierba dejada por el cadáver le pareció ver un pequeño claro de vegetación aplastada y se acercó hasta él.

Centelleando entre el verdor de la hierba encontró la lanza.

Alguien —tal vez el mismo sheriff— debía de haberla arrancado del cuerpo del muerto y haberla echado a un lado. La sangre coagulada se había secado en la punta y en la parte del asta que había penetrado en el cuerpo.

Helewise se agachó y la recogió.

La limpió cuidadosamente frotándola contra la hierba recién crecida. Mientras lo hacía sintió un vehemente deseo de pedir perdón. No podía dejar de pensar que aquello era una especie de profanación.

Cuando pudo quitarle la mayor parte de los restos de sangre seca, la examinó. La punta de la lanza era de sílex.

¿Sílex?

Helewise había pasado casi toda su juventud cerca de las lomas del sur de Inglaterra y lo sabía todo acerca de este tipo de pedernal. Uno de sus hermanos había estado toda una tarde tallando un cuchillo de sílex y había descubierto que picar piedra no resultaba tan sencillo como parecía a simple vista.

Quienquiera que hubiese fabricado aquella punta de lanza era, desde luego, un maestro picapedrero. La simetría de la talla la dotaba de la misma hermosura que podía poseer la estilizada hoja de un árbol. Sus bordes eran lisos y perfectos.

Pero la punta era tan afilada y mortal como la de un cuchillo.

Helewise, que había aprendido a no probar el filo de las armas en su propia carne, lo probó en unos cuantos dientes de león. El corte fue tan rápido y limpio que parecía que aquel pequeño matojo jamás hubiese brotado.

«Una lanza con punta de sílex», rumió. ¿Por qué de piedra, cuando la fabricación de armas de metal carecía de secretos? ¿Tendría razón el sheriff? ¿Habría sido cometido este asesinato por una banda de primitivos moradores del bosque, que vivían tal como lo habían hecho sus remotos antepasados?

Un estremecimiento de atávico temor le recorrió el cuerpo ante semejante idea. «Y aquí estoy —pensó—, a menos de diez pasos del bosque.»

Y, precipitadamente, giró sobre los talones y regresó a toda prisa a la abadía. Pero, a pesar del desconcierto en que se hallaba, no olvidó llevarse la lanza con ella. Aunque pudiera suponer el fin de las pesquisas, le pareció buena idea no dejar en el bosque una prueba como aquélla.

Una vez en su despacho, advirtió que el incienso de lavanda no había logrado disimular el efluvio dejado por Pelham. La pestilencia del ambiente, unida a las diversas tensiones del día, empezaba a provocarle un principio de jaqueca y, para colmo, era viernes y, por tanto, cenarían carpa.

Con silenciosa vehemencia, murmuró:

—¡Odio la carpa!

CAPÍTULO TRES

Josse d'Acquin cogió por las axilas a su sobrino, miró por encima del hombro para comprobar que su cuñada no les prestaba atención y subió al pequeño al ancho lomo de su caballo.

—¡Arre, caballito! —gritó el niño con voz llena de entusiasmo—. ¡Arre!

Josse frenó los pequeños talones que iban a clavarse en los flancos del equino. No tenía duda alguna de que *Horace* era una buena montura, fuerte y de buen talante, pero nunca se podía asegurar cómo reaccionaría hasta el animal más tranquilo ante tan inesperada provocación.

—Calla, Auguste —dijo Josse—. Ya te he dicho que no se le dice ¡arre!

—Entonces ¿qué se le dice, tío Josse? —chilló el chiquillo—. Es que se me olvida.

—Pues, no sé, puedes decirle ¡hale!, si quieres. Pero, como ya te he explicado, los caballos responden a tus piernas, tus manos y tu voz, así que no debes usarlas sin pensar.

—¿Y las posaderas, tío Josse? ¡Dijiste que tenía que usar las posaderas para sentarme bien fuerte!

El niño retozaba alegremente, encantado con la desacostumbrada libertad que le proporcionaba el estar con su indulgente tío, que le permitía salirse con la suya y usar dos veces seguidas la palabra «posaderas».

—Es cierto, lo dije. —Josse sonrió con picardía—. Siéntate bien en la silla, te dije, y deja que el viejo *Horace* sepa que estás sobre él.

—¡Quiero ir sin que me sujetes! —gritó Auguste—. ¡Por favor, tío Josse!

—¡De eso nada! —Josse aferró con mayor firmeza las riendas—. Tu querida madre me desollaría vivo si supiera que te he subido al caballo —masculló en voz muy baja.

—¿Qué quiere decir «desollar», tío Josse?

Auguste poseía mejor oído de lo que Josse se imaginaba.

—Oh... eh... nada... nada. Bien, Auguste, pequeño, ahora vamos a dar una vuelta por el patio y luego...

—¡Josse! —gritó una voz femenina—. ¡Josse!, ¿qué crees que estás haciendo? ¡Ya puedes tener cuidado! ¡Mucho cuidado!

Mientras gritaba furiosa, Teofanía d'Acquin, esposa de Acelin, el hermano menor de Josse, salió corriendo de la casa y cruzó el patio. Madre no sólo de Auguste, que contaba seis años, sino también de una niña menor que éste y de un bebé, su maternal instinto protector se despertaba con suma facilidad, sobre todo en presencia de Josse y ante cualquier contacto que éste mantuviera con sus hijos.

—¡El niño está bien! —protestó Josse, mientras controlaba a *Horace*. El caballo no se había sentido en absoluto molesto por tener al pequeño en su lomo, a pesar de que éste pataleaba y gritaba, pero había reaccionado con inquietud a los chillidos de la mujer—. ¡Cállate, Teofanía! —gritó Josse, aferrando las riendas e intentando que la montura no levantara la cabeza—. ¿No ves que lo estás alterando?

—¡Cómo te atreves a hablarme así! —contestó su cuñada.

Ocupado en sostener el cuerpo de Auguste —que a todas luces había decidido que el lomo del caballo de su tío Josse no era lugar para él cuando su madre atravesaba el patio profiriendo gritos de guerra— a la vez que tranquilizaba a *Horace*, Josse rezongó.

Una vez más había subestimado la capacidad auditiva de los niños de seis años.

Justo cuando Teofanía, congestionada de justa ira, recogía al chiquillo de los brazos de Josse, Auguste preguntó con inocencia:

—Tío Josse, ¿qué quiere decir «pelandusca»?

Durante la velada, cuando, sin dejar de quejarse, Teofanía subió a atender al bebé, Josse se sentó con sus hermanos y sus otras cuñadas, a sabiendas de que aquella noche no les resultaba demasiado grata su compañía.

«Demonios —pensó mientras se servía vino—, ¿de quién es esta casa? Soy el hermano mayor, el heredero, ¡el amo!, y puedo hacer en ella lo que me plazca.»

Ése, precisamente, era el problema. Y Josse era lo bastante ecuánime para darse cuenta de ello. Acquin, tanto la espaciosa mansión fortificada como los amplios terrenos que la rodeaban, pertenecía legalmente a Josse. Quince años antes, a la muerte de su padre, Geoffroi d'Acquin, había heredado tanto la propiedad como el título.

Sin embargo siempre supo que su destino no era el de un terrateniente. Carecía de habilidad para lidiar con la tierra y los animales, salvo si se trataba de caballos; no le interesaba lo más mínimo ponerse a organizar a sus arrendatarios y labradores para que trabajaran por el bien de todos los que dependían del predio de Acquin. Eran sus hermanos, Yves, Patrice, Honoré y Acelin, los que amaban y entendían los asuntos relacionados con la tierra.

Además, tras recibir la herencia, Josse abandonó el hogar en cuanto pudo. Ya antes había estado fuera del feudo familiar, como tantos otros primogénitos, aprendiendo a ser paje en las posesiones de otro caballero, algo que muy poco tenía que ver con la agricultura. Hasta había vivido un par de años con los parientes de su madre, en Inglaterra, donde su abuelo materno, Herbert de Lewes, lo recibió con entusiasmo, después de haber superado, por fin, la conmoción que le supuso que su querida Ida se marchara de casa para casarse con un francés. A la edad apropiada, Josse se convirtió en escudero y, con el tiempo, dio prueba de sus aptitudes y cualidades para ese menester.

Por aquel entonces incluso llegó a acompañar al propio Ricardo Plantagenet, que en esa época aún no había sido coronado rey.

Gracias a la generosidad del recién entronizado monarca, Josse poseía una mansión en Inglaterra. O, en todo caso, la poseería cuando se finalizase su construcción. Día ése que tan sólo Dios estaba en condiciones de conocer.

Hasta que llegase aquel momento, Josse intentaba ser paciente frente a los retrasos, que se sucedían uno tras otro, y residía en Acquin, en el que era legalmente su hogar; pero en el que era recibido como un huésped.

Y, en momentos como aquél, un huésped no muy apreciado.

Sintiendo tanto enojo como bochorno, se dejó caer en un sólido banco de madera.

—¡No le estaba haciendo ningún daño al niño! —protestó, dando cuenta de un enorme sorbo de vino.

—Puede que no —dijo su cuñada Marie, la esposa de Yves—. Pero no se trata de eso. Teofanía te pidió que no dejaras que Auguste montara tu caballo y no le hiciste caso.

—¡El niño está demasiado mimado! —dijo Josse elevando un poco la voz—. Sólo se le permite montar ese pony, ¡esa cosita de nada que no representa ningún reto para un mozalbete al que le sobran energías! Hay demasiadas mujeres aquí... El crío necesita un poco de actividad masculina.

—¡De eso ya tiene bastante! —repuso Acelin, a todas luces ofendido—. Me tiene a mí, que soy su padre, y tiene a sus tíos Yves, Patrice y Honoré. Además, están sus primos, Luke, Jean-Yves y Robert, los hijos de tu hermano Yves y, cuando el pequeño Honoré crezca, también podrá contar con su compañía para jugar. Hasta para ti, ésa debería ser suficiente compañía masculina, Josse.

—Puede que tengas razón. —A Josse empezaba a incomodarle que no sólo lo superaran en número, sino en argumentos—. De todos modos, ya se habría acostumbrado a montar un caballo grande si lo hubiesen criado como a mí, ¡os lo aseguro!

—Que yo sepa, a los seis años estabas aquí y galopabas en un pony no mucho mayor que el de Auguste... y eras un verdadero incordio —contestó Yves con su minuciosidad habitual—. No te marchaste hasta los siete años para ser paje de sir Guy.

—¡Me fui antes!

—No es verdad.

—Sí lo es.

—¡Basta! —terció Marie—. En serio, Josse, ¿qué tienes tú para conseguir que unos hombres maduros y sensatos se comporten como críos?

—Son mis hermanos... —murmuró Josse.

—¡Ah, claro! Ésa debe de ser la explicación —dijo Marie en tono sarcástico. No obstante, le dirigió una sonrisa conciliadora. Siempre había experimentado un tierno afecto por el mayor de sus cuñados.

—Josse no debió llamar a Teofanía... lo que la llamó —dijo Honoré con cierta mojigatería—. Fue de muy mala educación y faltó a la verdad.

Acelin, al pensar en el insulto, se atragantó.

—¡Lo siento! —dijo Josse, antes de que Acelin iniciara un nuevo asalto de apasionada indignación—. Se me escapó.

—¿Qué la llamaste, Josse? —susurró Marie, mientras los dos hermanos menores asentían con la cabeza para demostrar que estaban de acuerdo en que Josse había faltado al respeto a Teofanía—. Acelin no quiso decírmelo y Teofanía estuvo a punto de ponerse histérica cuando se lo pregunté.

—La llamé pelandusca —reconoció Josse—. Me siento muy avergonzado, Marie. Creo que debería ir al mercado y comprarle algo bonito, unos lazos, una pieza de tela fina... para reparar la ofensa.

—Probablemente preferirá que dejes a su hijo en paz —contestó Marie con astucia—. Aunque yo, en parte, estoy de acuerdo contigo. Sí que da la sensación de que cuando no estás gobiernan demasiado las faldas.

—Tú eres la mayor de las esposas y Agnès te apoyaría, aunque Pascale no lo hiciera. —Agnès era la mujer de Patrice y Pascale, la esposa de Honoré, estaba demasiado ocupada cuidando a su hijo enfermizo para entrometerse en las discusiones de la familia—. ¿No puedes hacer nada para mejorar la situación?

—Mmmm —dijo Marie con expresión meditabunda—. Es posible. Aunque ya sabes cómo es Teofanía. Cuando la contradicen le da dolor de cabeza. —Hizo una pausa para cortar un hilo con los dientes. Plácida y redondita, debido a su avanzado estado de gestación, cosía una pequeña prenda de lino—. Y cuando a Teofanía le da dolor de cabeza, todos lo sufrimos —concluyó—. Todos los que vivimos en esta casa.

—Cierto.

«No me extraña que no encaje aquí —pensó Josse con tristeza—. Desde mis hermanos hasta esta sensata mujer, todos se dejan manejar por la persona menos cuerda de toda la familia. ¡Y todo en aras de vivir con tranquilidad!»

—¿Dónde está Teofanía? —preguntó al cabo de un rato.

—Dando la teta al bebé.

—¿No se había procurado una...? —Josse se interrumpió. Después de todo, era asunto de Teofanía.

—¿Creías que había conseguido una nodriza? —Marie lo miró directamente a los ojos—. No, Josse, no. La leche de una labriega no es lo bastante buena para un hijo de Teofanía.

—¡Ah!

Marie agachó la cabeza para continuar cosiendo y Josse, haciendo gala de cierto tacto, olvidó el tema.

«Le compraré un regalo a Teofanía —decidió—, y me disculparé de nuevo. Fui imperdonablemente grosero y, aunque no me caiga muy bien, es la mujer de mi hermano y le debo algo de respeto.

»Eso sí, cuando me haya perdonado, me marcharé.»

Aunque estuviese inacabada su nueva mansión, aunque tuviera goteras y se encharcara, aunque se hiciera necesario dormir en el establo, seguro que su existencia allí sería bastante mejor que en Acquin.

Al menos, así le pareció en aquel momento.

El rey Ricardo Plantagenet había otorgado a Josse su mansión inglesa en el invierno de 1189, a modo de agradecimiento por cierto favor que Josse le había hecho.

En aquel gélido enero, Ricardo estaba ocupado planeando su gran cruzada, y Josse pensaba a menudo que, si la mansión había ido a parar a sus manos, era porque la bondadosa reina Leonor le había recordado a su hijo cuál era su obligación.

El presente de Ricardo había formado parte, una parte bastante grande, de la próspera hacienda del difunto Alard de Winnowlands. El regalo consistía en una sólida casa prácticamente en ruinas, construida, según le informaron, unos setenta años atrás y a cierta distancia del castillo, para alojar a una suegra de talante más bien avinagrado. Poseía un pequeño jardín amurallado, un vergel y varios miles de fanegas de tierra de pastoreo, algunas de las cuales formaban la ribera de un caudaloso río, llena de sauces llorones.

Sin lugar a dudas era un espléndido regalo. Josse estaba encantado con su nueva propiedad y se le antojaba un intercambio más que justo por su juramento de lealtad al nuevo rey, algo que, antes de dicho acto público, ya le profesaba. Había inspeccionado la casa con un maestro de obras, Brice de Rotherbridge, elogiosamente recomendado por el vecino inglés de Josse. Tras morderse el labio inferior buena parte de la mañana y menear la cabeza con cara de circunstancias, como todos los maestros de obras que se preciaban de serlo, anunció finalmente que iba a ser mucho trabajo, pero que sí, que estaba de acuerdo con Josse en que la estructura era muy sólida y que, con el correr del tiempo, se convertiría en una elegante mansión.

De eso hacía unos dieciocho meses, pero entonces Josse no supo interpretar el significado que tenían las palabras de Brice de Rotherbridge.

En los meses que éste y sus peones llevaban trabajando en las reformas, Josse había ido en varias ocasiones a comprobar sus progresos. Y lo cierto era que se había producido un lento pero perceptible cambio en la personalidad de la casa; al principio había grandes boquetes en el tejado, y violentas y tenaces corrientes de aire se colaban por debajo de las puertas mal encajadas o por los huecos de las que habían desaparecido; el espíritu quejicoso y mezquino de la vieja para quien inicialmente se había construido parecía cernirse todavía en todas y cada una de sus piedras. El edificio tenía así un aire desolado, como el de una persona que siente lástima de sí misma, y resultaba bastante deprimente.

Sin embargo, a medida que progresaban los arreglos y las remodelaciones, a Josse le pareció que la casa empezaba a erguir los hombros, a alzar la barbilla con un recién recuperado orgullo mientras lentamente, muy lentamente, su antigua belleza volvía a ponerse de manifiesto. Era como si dijera: «¿Veis? ¿Os dais cuenta de que soy un lugar muy elegante, un hogar digno del caballero que me ha elegido como residencia?»

No obstante, esta clase de apreciaciones no era de las que podían manifestarse ante un maestro de obras. De hecho, cuando le comentó que la casa empezaba a dar la bienvenida a su nuevo amo, Brice de Rotherbridge se echó a reír a carcajadas y le pidió que, por Dios, no se le ocurriera traer a colación ideas tan extrañas y peregrinas.

Aparte de hacerse cargo de una parte de las propiedades del difunto Alard de Winnowlands, Josse tuvo que hacerse cargo también del criado del anciano, Will. Will había cuidado a sir Alard, sobre todo en el último tiempo de vida de éste, con silenciosa y eficaz devoción a pesar de que el anciano sucumbía lenta y dolorosamente a causa de la podredumbre de los pulmones. Will se presentó una mañana en el momento en que Josse discutía con el maestro de obras acerca de si debían convertir la torre occidental en una pequeña cámara privada (discusión que Josse ganó, a pesar de no tener muy claro qué iba a hacer con una cámara privada).

Will aguardó pacientemente a que se resolviera el asunto; luego avanzó, se bajó la capucha y dijo:

—Sir Josse d'Acquin, supongo que os acordáis de mí, pero...

—¡Sí que te recuerdo, Will! —Y Josse se apresuró a saludarlo—: ¿Cómo estás?

Will se encogió ligeramente de hombros. Estaba más delgado de lo que Josse recordaba.

—Me va más o menos bien.

Josse lo puso en duda. Al fin y al cabo, la muerte de sir Alard había dejado a Will sin su medio de ganarse el sustento.

—Ya veo.

Sin ambages, Will declaró:

—Sin duda necesitaréis sirvientes para esta casa, mi señor. Conozco la zona, conozco a las gentes. Puedo cuidar de vos y la propiedad si me aceptáis. Además, cuidaría de vuestros intereses cuando no estuvierais en casa.

Josse miró unos instantes los perspicaces ojos de Will. No es que no confiara en él, más bien al contrario; el único impedimento para contratarlo de inmediato eran sus dudas acerca del carácter del hombre. Josse era básicamente una alma alegre y optimista, y no estaba seguro de poder lidiar con alguien de semblante tan adusto y taciturno como el de Will.

—Yo... —empezó a decir, y, tras una torpe pausa, continuó—: Mira, Will... Lo que quiero decir es: ¿has superado la pena por la muerte de sir Alard? Sé que fue una dura prueba para ti y...

Para sorpresa de Josse, Will sonrió. Su sonrisa se ensanchó, alterando por completo la severidad de su expresión. Y, riendo, dijo:

—¿Por qué no lo decís abiertamente, sir Josse? A un hombre alegre como vos no le agrada la idea de que sea un miserable sinvergüenza como yo quien lo atienda. Es eso, ¿verdad?

—¡No! ¡De ninguna manera! Yo... —Y Josse también se echó a reír—. Muy bien, sí, es eso. Exactamente eso.

El rostro de Will se puso serio.

—Sir, os diré la verdad. Pensé mucho en sir Alard, que Dios lo tenga en su gloria...

—¡Amén! —murmuró Josse.

—Pero se ha marchado. Hice lo que pude por él y no tengo ningún cargo de conciencia por su muerte. Ni por su vida tampoco... Tuvimos nuestros más y nuestros menos, sir Alard y yo, pero nos entendíamos. Él sabía que yo le era leal. Me figuro que por eso me dejó un buen legado cuando al final nos dejó.

—¡Ah!

—Pero todo eso pertenece al pasado —prosiguió—, y la vida ha de continuar. Entonces, sir Josse, ¿queréis tenerme como sirviente?

—Sí, por supuesto. Y con todo el agrado del mundo.

—¡Ja! —Will se alegró—. Veréis, también está mi mujer, mi señor, mi Ela. ¿Precisaréis de sus servicios? Es una alma buena y una hembra limpia y muy trabajadora, hábil con casi todos los menesteres de la casa, ya sea hacer mantequilla, limpiar una habitación, ordeñar una vaca, coser un buen dobladillo o preparar un sabroso guiso.

Josse sonrió y le dio una palmada en la espalda.

—Me parece que no debemos dejar ocioso a tal dechado de habilidades. ¿Estás de acuerdo, Will?

—Por supuesto, señor, claro que no debemos hacerlo.

—Entonces será menester tener también a tu Ela. —Josse hizo una pausa—. Pero ¿dónde viviréis? —Y echó una ojeada alrededor—. No creo que haya ningún lugar adecuado por aquí cerca. Más vale que...

—Sí que lo hay, mi señor —lo interrumpió Will con expresión algo avergonzada—. Me he tomado la libertad de echar un vistazo y hay una casita pegada al extremo de esas dependencias...

Señaló un granero y varios cobertizos en el fondo del patio. Josse, que no había hecho un examen concienzudo de la propiedad, creía que había que derruir la mayor parte de aquellos edificios.

—¿Hay una casita? ¿En esa parcela? —preguntó, casi sin dar crédito a lo que oía.

—Sí. En ruinas ahora, pero está seca. Las vigas son sólidas y sólo necesita un poco de trabajo. Yo y Ela la arreglaremos muy pronto. Con vuestro permiso, naturalmente.

Y Josse rió de nuevo. En el transcurso de apenas un cuarto de hora había encontrado un criado y una criada de primera, además de aceptar que arreglaran una casita que no sabía que existiera en su propiedad.

No estaba nada mal.

Era una cálida tarde de junio y Josse se dirigía a lomos de su caballo al Nuevo Winnowlands —nombre que le complacía mucho— y, por primera vez, tuvo la sensación de que llegaba a su hogar.

La casa se alzaba sobre un montículo, con su patio amurallado al frente y su jardín, también cobijado por la muralla, extendiéndose por la parte de atrás. Eran sólidos aquellos muros; toda la mansión lo era, incluida la techumbre. Alguien cocinaba, o al menos eso daba a entender el ribete de humo que flotaba en la suave brisa.

Por fin tuvo la impresión de que la casa se hallaba casi terminada.

Josse entró en el patio. Como si hubiese predicho su llegada, Will salió del granero y se detuvo junto a la testa del caballo.

—¿Queréis que me lo lleve, mi señor? —preguntó—. Ela ha estado cocinando y puede serviros la comida en un abrir y cerrar de ojos.

—Sí, gracias, Will. —Josse descabalgó y le entregó las riendas de *Horace*—. Ah, deja que coja la alforja. Tengo que...

—Ela se encargará de vuestra ropa. Si es que se lo permitís, mi señor. Es muy buena lavandera, mi Ela, y muy hábil con la aguja si hace falta remendar algo.

—Me imaginaba que lo sería —susurró para sí Josse, y añadió, ya en voz alta—: Pídeselo, por favor, Will. —Y, sonriendo a su criado, dijo—: Créeme, para mí es toda una novedad que me reciban tan bien.

—¡Éste es vuestro hogar, mi señor! —protestó Will, a todas luces sorprendido—. ¿Es que un hombre no ha de ser bien recibido en su propia casa?

«Mi hogar», pensó Josse.

¡Qué bonito sonaba!

Pasó una velada ociosa y, satisfecho tras una excelente cena, se retiró temprano. Su dormitorio estaba tan bien barrido que podría haber comido directamente en el suelo, y su ropa de cama desprendía un sutil aroma a lavanda.

Se fijó en que el colchón relleno de paja descansaba sobre una capa de hojas de tanaceto secas: Ela se había asegurado de que no lo incordiaran animalillos de esos que pican o muerden.

Durmió plácida y profundamente hasta que se despertó en medio de una vívida pesadilla en la que agitaba violentamente una horca por encima de la cabeza para evitar que unos extraños seres negros y alados aterrizaran sobre el inclinado tejado de una iglesia.

No era sorprendente, se dijo al levantarse, que estuviese soñando con una iglesia, puesto que justo cuando empezaba a conciliar el sueño evocó a su amiga Helewise, la abadesa de Hawkenlye, a la que no había visto en casi dos años.

Y decidió que, ahora que ya se había instalado como amo del Nuevo Winnowlands, era llegado el momento de visitarla.

Ela le sirvió un reconfortante desayuno y, cuando lo acabó, le tendió tímidamente, para que la inspeccionara, su túnica preferida, cuyo dobladillo se había descosido al engancharlo con una espuela. No sólo lo había cosido cuidadosamente, sino que también le había quitado una buena cantidad de lodo y limpiado una gran mancha de salsa.

Descansado tras una noche de sueño reparador, bien alimentado y vestido con sus mejores prendas, Josse emprendió el camino hacia Hawkenlye bajo los rayos de un sol radiante. Se sentía tan pletórico que se puso a cantar.

CAPÍTULO CUATRO

En los escasos días transcurridos desde el asesinato de Hamm Robinson y de la conclusión del sheriff Pelham de lo innecesario de una investigación, la abadesa Helewise no había tenido demasiadas oportunidades de pensar en el asunto.

Sus responsabilidades como abadesa de casi cien monjas y unos quince monjes, sin contar a los hermanos legos que atendían en el valle el sagrado manantial al que acudían los peregrinos, reclamaban la atención de sus cinco sentidos. Aparte de las horas que dedicaba diariamente a las oraciones de la abadía, sus tareas le dejaban pocas horas libres, si es que le dejaban alguna. De modo que, cuando surgía un problema adicional, como en esos momentos, no le resultaba nada fácil encontrar el tiempo necesario para dedicarle la debida atención.

Cuando algo importante requería su atención solía entrar a solas en la iglesia de la abadía. Esto era algo que no dejaba de ser una aventura, ya que lo de tener la iglesia para ella sola no siempre era tarea fácil.

Aquel día, sin embargo, tuvo suerte; al volver a entrar tras el oficio del mediodía se encontró con que no había nadie en el templo.

Aprovechó la ocasión y se encaminó hacia el altar y, a la sombra de uno de los grandes pilares, se dejó caer de rodillas. Tras rezar un rato en voz baja, empezó a sentirse lo bastante calmada para intentar poner orden en sus agitados pensamientos.

Mas cuando brotaron sus palabras, éstas no tenían nada que ver con el finado Hamm Robinson ni con el problema que representaba tratar de averiguar quién le había dado muerte. Fue otro asunto, quizá menos trágico pero ciertamente más próximo a su corazón, el que las palabras le trajeron.

—Señor de mi alma —dijo en voz baja—, ¿qué voy a hacer con Calixta?

Calixta, un nuevo miembro de la comunidad, había respondido a otro nombre durante los primeros catorce años de su vida. La habían hallado cuando contaba apenas unos días frente a la puerta de una casita, ya de por sí abarrotada, en la diminuta aldea de Hawkenlye, envuelta en una manta de fina lana teñida en el oscuro tono purpúreo, casi negro, de la endrina. Lo único que llevaba puesto era un colgante de madera, hermosamente trabajado, que pendía de una delgada correa de cuero. Tres costados de la madera —una larga y estrecha pieza de fresno— tenían talladas unas extrañas marcas cuidadosamente labradas. Si tenían un significado, si no eran un diseño hecho al azar, nadie en la comunidad de Hawkenlye lo conocía ni se sentía capaz de descifrarlo.

Quienquiera que hubiese depositado a la pequeña frente a aquella puerta sabía lo que estaba haciendo. La familia que residía en la casa, aunque tan pobre, ignorante y sucia como sus vecinos, estaba compuesta de seres cariñosos. Matt Hurst y sus hijos se encargaban de los cerdos; por su parte, su esposa, Alison, y sus hijas atendían a las gallinas. Entre todos labraban su parcela con mayor diligencia que muchos de sus vecinos, por lo cual, aunque la comida no abundara, los Hurst rara vez pasaban hambre.

Eran personas temerosas de Dios. Por eso, cuando una noche de verano alguien dejó una misteriosa niñita a su puerta, lo aceptaron como una misión encomendada por el Altísimo. Y no sólo la acogieron, sino que la cuidaron y la trataron como si fuera de su propia sangre, dándole el nombre de Peg.

Si alguna vez se les ocurrió a Matt y Alison Hurst ocultarle a Peg su extraña procedencia, tuvieron que desechar tal idea puesto que la chiquilla parecía intuirla. Cierto era que advertir que no era hija de ellos no requería la posesión de poderes psíquicos extraordinarios. Los Hurst, tanto los hombres como las mujeres, eran bajos y rechonchos, de cabello rojizo o castaño claro, tez rosada y pecosa, y ojos pálidos rodeados de pestañas casi incoloras. Peg, en cambio, era esbelta, de tez tersa y blanca, cabello oscuro y ojos de la tonalidad que adquiere el ocaso cuando empieza a declinar el estío.

Peg era, sin duda alguna, excepcionalmente hermosa.

A pesar de ser consciente de todo lo que la separaba de su familia de adopción, era una niña obediente y hacendosa; hacía sin rechistar aquello que se le pedía, agradecida a la bondadosa familia que la había acogido. De niña alimentaba a pollos y gallinas, limpiaba sus apestosos corrales, recogía sus huevos e iba al mercado a vender lo que los Hurst no consumían, además de aprender a cocinar y limpiar. Sin embargo, su verdadero despertar a la vida se produjo cuando Alison Hurst empezó a traspasarle sus conocimientos de jardinería; a partir de aquel momento, de la emocionante primavera en que descubrieron que Peg poseía un don para tratar con las plantas, la eximieron de todas las demás faenas para que se dedicara exclusivamente al cultivo.

Pero, al parecer, aquélla no era la meta de la pequeña Peg.

A los catorce años se presentó en la abadía de Hawkenlye y pidió que la admitieran como postulante.

Helewise, cuya política consistía en no rechazar a nadie, tenía serias dudas acerca de ella. Era muy joven y no había visto nada fuera de los reducidos horizontes de Hawkenlye. ¿Cómo podía estar segura de que le convenía la vida conventual?

Pero la mayor duda de la abadesa radicaba en su convencimiento de que Peg poseía escasa vocación religiosa, por no decir nula.

Helewise se esforzaba en permanecer alerta para poder hallar en Peg dicha vocación y había pasado numerosas tardes paseando y hablando con ella. Y descubrió que algunas personas ocultan tan profundamente su amor por Dios que un extraño se ve incapaz de distinguirlo con facilidad. Ante lo cual se decidió a visitar a Alison Hurst. Tras un largo momento de reflexión, la mujer respondió a la pregunta de Helewise con la misma franqueza con que ésta la había formulado:

—La moza es, desde luego, lo que podríamos llamar espiritual. No lo dude, abadesa. Eso lo juro. Ahora, que adore al mismo Espíritu Santo que vos y yo...

Y dejó la frase inconclusa.

Tras meditarlo a fondo, Helewise decidió que no haría ningún daño aceptar a Peg durante un período de prueba, y puso como condición que dicho período durara un año en lugar de los habituales seis meses. Justificó esta prolongación apoyándose en la juventud de Peg.

No obstante, ya antes había aceptado postulantes de catorce años, muchas de las cuales al madurar se habían convertido en buenas monjas. En realidad tomó aquella decisión porque necesitaba un poco más de tiempo para evaluar en su justa medida la extraña espiritualidad de la chica, decidir si era realmente de inspiración cristiana o de algo que se le parecía, o bien si su origen era bien distinto.

Y se negó a poner nombre a lo que aquello pudiera ser, ni siquiera para sus adentros.

Así pues, Peg había sido diferente desde el principio.

A las pocas semanas de llegar al convento, las dotes para la jardinería de Peg ya se aprovechaban; la pusieron de aprendiza de sor Tifaína, que cultivaba las hierbas medicinales que sor Eufemia utilizaba para sus tónicos y ungüentos. Sor Tifaína se encariñó con ella y no dejaba de dar a la abadesa informes favorables sobre la chica. Helewise, prudentemente, los recogía con pinzas puesto que la anciana no había andado nunca demasiado cerca de la ortodoxia.

Una mañana de finales de otoño, con pocas tareas en las que ocupar su tiempo, Peg llamó a la puerta de la abadesa y le pidió que la enseñara a leer.

Asombrada, ya que pocas hermanas sabían leer y, entre las que no sabían, ninguna había mostrado el deseo de aprender, Helewise vaciló. Meditó el asunto un par de días sin encontrar razón alguna para negarse a aquella petición y asumió personalmente la tarea de llevarla a cabo.

Peg resultó una alumna aventajada y a los pocos meses ya leía palabras sencillas, una proeza que se habría producido mucho antes si su abadesa hubiese contado con más tiempo para dedicarlo a las lecciones. En la primavera, Peg le suplicó que le permitiera leer los preciados manuscritos guardados en el escritorio de la abadía. Pese a la vehemente oposición de sor Bernardina, una joven esteta sumamente intelectual, encargada del cuidado de los valiosos volúmenes, Helewise dio su visto bueno.

Desde el momento en que la abadesa tomó aquella decisión, casi todas las mañanas podía verse a Peg sentada en el banco de un rincón de la sala capitular, inmersa en uno de los manuscritos de sor Bernardina, y a esta última chasqueando la lengua y suspirando muy cerca de ella. En opinión de Helewise, Peg se habría pasado el día entero leyendo si se lo hubiesen permitido; sin embargo, tanto para favorecer la paz mental de sor Bernardina como porque a ninguna monja podía concedérsele semejante lujo, y menos aún a una postulante, Helewise limitó el período de estudios de la muchacha al tiempo entre el oficio de sexta y la comida del mediodía.

Una mañana, Helewise se dejó llevar por la curiosidad y se detuvo junto al banco de Peg para mirar por encima del hombro de la chica y ver qué leía. Se trataba de un antiguo manuscrito sobre árboles, casi incomprensible para Helewise.

Acabado el año de prueba, Peg insistió en que se le permitiera hacer sus votos y ser admitida en la comunidad. Aunque Helewise seguía teniendo alguna reserva, no halló ninguna razón válida para poner obstáculos a aquel deseo y, a mediados de verano, a los quince años, Peg tomó el velo y se convirtió en la novicia más joven que hubiese tenido jamás la abadía de Hawkenlye.

Cuando Helewise la preparaba para sus primeros votos, Peg le preguntó:

—Abadesa, ¿puedo tomar otro nombre?

Si bien no dejó de sorprenderla el pedido, Helewise lo entendió, o al menos creyó entenderlo.

—Sí, Peg. Me doy cuenta de que «hermana Peg» no es el más armonioso de los nombres —dijo Helewise haciendo referencia al posible juego de palabras entre Peg como nombre propio y el sustantivo que significaba «gancho».

Peg sonrió.

—No, no lo es, pero no es por eso. Mis padres adoptivos escogieron el nombre según su gusto y yo no me he quejado nunca. Es que... —se interrumpió—. ¿Necesito un pretexto, abadesa?

Helewise, que no solía poner en entredicho el nombre que las nuevas monjas escogían, no consideró justo hacer una excepción en este caso.

—No, Peg, supongo que no. ¿Qué nombre quieres usar?

—Calixta.

En el último año, sor Calixta había atendido sus deberes de novicia con la misma buena voluntad y obediencia con las que, sin duda, atendía a las gallinas siendo una niña labriega, reflexionó Helewise. Lo que inquietaba a la abadesa era que si la vida campesina sólo utilizaba, al parecer, una fracción del potencial espiritual de Calixta, una mínima fracción de su alma, lo mismo podía decirse de su existencia conventual.

«¡No tengo motivos de queja! —se repetía Helewise—. Es puntual, diligente, se esfuerza siempre por complacer a todos y nunca rezonga —que era más de lo que podía decirse de muchas de las hermanas de la comunidad—, ni siquiera cuando cargo sus jóvenes hombros con las faenas más arduas.»

¿Por qué, entonces, la inquietaba tanto Calixta?

Helewise se levantó y reprimió un quejido; llevaba una hora de rodillas, rezando. Había renunciado a la comida con la esperanza de complacer a Dios al ofrecerle su ayuno a cambio de la luz de su ayuda.

Salió de la iglesia cerrando silenciosamente la gran puerta del oeste.

«¡No me siento más tranquila! —pensó con angustia al cruzar el claustro rumbo a la intimidad de su dormitorio—. Todavía no sé qué hacer, y es esta indecisión la que me obliga a retrasar los votos definitivos de la moza, al menos hasta que este nuevo y angustiante asunto se haya...»

—¡Abadesa! —alguien la llamaba.

Helewise se volvió. Sor Ursel se dirigía rápidamente hacia ella con una ancha sonrisa.

Helewise ocultó el desagrado que le produjo pensar que una larga conversación con la portera era lo último que le apetecía en aquel momento, y se obligó a corresponder a la sonrisa.

—Sor Ursel, ¿qué puedo hacer por ti?

—Abadesa, ¡tenéis visita! Sor Marta está atendiendo a su caballo y él está charlando con ella, pero dice que le gustaría veros si no hay inconveniente. Le contesté que me parecía que no habría ningún problema.

Helewise esperó pacientemente a que acabara.

—¿Quién es él, sor Ursel?

—¿No os lo he dicho? —Sor Ursel soltó una risita—. No, no os lo he dicho, ¿verdad? Es que me dio tanto gusto verlo de nuevo... Está igual, aunque han pasado al menos dos años desde que vino a vernos, y...

—Sor Ursel... —la interrumpió Helewise con gentileza.

—¡Es Josse, abadesa! —exclamó sor Ursel—. ¡Sir Josse d'Acquin, debería decir más bien! ¡Ha venido desde su grandiosa casa nueva a presentar sus respetos!

Sentada en su despacho, esperando a que Josse acabara de cotillear con sor Marta, Helewise pensó que era una suerte que Josse se presentara justo en aquel momento. ¡Era tan perfecto que diríase un regalo del cielo! Se trataba de alguien de fuera, sí, pero era un amigo de conocida sensatez y lealtad, ¡llegado justo cuando más necesitaba que la escucharan comprensivamente!

Al oír los pesados pasos de Josse tuvo la certeza repentina de que, efectivamente, era el cielo quien se lo enviaba, en respuesta a las plegarias elevadas durante su última y desesperada hora en la iglesia.

La abadesa tenía buen aspecto, conservaba la misma expresión serena, los mismos límpidos ojos grises y la misma boca ancha, pensó Josse al sentarse en el mismo endeble taburete de hacía dos años; ¿acaso en todo ese tiempo nadie le había sugerido que los varones que la visitaran se sentirían más a gusto en una silla?

Sin embargo, él la conocía bien y, pese a todo, pese a su buen aspecto, vio que algo la inquietaba. No le cupo la menor duda cuando se dio cuenta de que, mientras él hablaba sin cesar de su nueva casa, de tal o cual plan, de Will y Ela, y de sus respectivas capacidades para cuidarlo, Helewise permanecía algo ausente.

«¿En serio?», preguntaba. «¡Estupendo!», exclamaba. «¡Qué agradable!», sentenciaba.

Sintiéndose bastante mezquino, le dijo:

—Hay un horrible hedor en el vestíbulo. Parece que hubiera sido usado por una piara de jabalíes...

A lo que ella contestó:

—¡Qué bien!

Fue en ese momento cuando supo que no lo estaba escuchando.

Se inclinó para contemplarla más de cerca, y observó las finas arrugas que la ansiedad había dibujado en su frente.

—Abadesa Helewise —dijo en tono suave—, ésa no ha sido una respuesta muy adecuada.

Y le confesó la pequeña trampa que acababa de tenderle. Ella se disculpó con un pequeño atisbo de rubor coloreando sus pálidas mejillas.

Con un ligero gesto, Josse quitó importancia al desconcierto que le había provocado y le dijo:

—¿Por qué no me contáis lo que os sucede?

La mirada de la abadesa voló hacia el rostro del hombre.

—¡Nada! Me preocupo por algo que, estoy segura, carece de importancia. Además, ¡no debería cargaros con mis problemas cuando acabáis de llegar!

—¿A qué esperáis? —respondió Josse.

Apenas unos segundos después, Helewise dijo:

—Se trata de sor Calixta... una joven novicia.

—¡Mmmm...!

La abadesa suspiró, y él se percató de la lucha interna que ésta libraba entre su natural reserva y la necesidad de desahogarse. Al cabo de un rato, la necesidad de hablar ganó la batalla, tal y como él esperaba.

—Sí... —Helewise volvió a suspirar—. Veréis... El instinto me dice que debo retrasar el primero de sus votos definitivos, pero no encuentro una buena razón para apoyarlo.

—¿Debéis explicar vuestros motivos?

—Oficialmente no. —Helewise esbozó una breve sonrisa—. Lo que sucede es que Calixta es una mozuela sensible e inteligente y siento que debería darle una explicación.

Hubo un silencio que sólo la meditación es capaz de provocar. Josse lo rompió al cabo de algunos instantes al manifestar:

—Ya antes hemos compartido nuestras preocupaciones vos y yo, abadesa, y a ambos nos ha beneficiado. —Josse vaciló. Realmente ¿se hacía necesario continuar en vista de todo lo que habían soportado en el pasado? Decidió que sí, que continuaría—. ¿Por qué no me habláis de ella? —sugirió.

Y, tras una breve pausa, Helewise aceptó su sugerencia.

«Creo que tiene razón —pensó Josse mientras la escuchaba—. Otro año de noviciado daría, tanto a la mozuela como a la abadesa, un margen de tiempo para poner las cosas en su lugar.»

—... veréis, sir Josse —dijo en aquel momento Helewise—, su extraño comportamiento desde el asesinato ha sido la última gota.

Al darse cuenta de que se había perdido algo, algo muy importante, Josse la interrumpió sin remilgos en tono cortante:

—¿Asesinato, abadesa?

Y ella mascculló:

—Y, ahora, ¿quién es el que no presta atención?

Y le explicó nuevamente los escasos hechos que rodeaban el asesinato de Hamm Robinson.

—Os traigo mala suerte —observó Josse cuando Helewise acabó su narración—. La última vez que estuve aquí fue por un asesinato, y, ahora, hete aquí que como presagio de mi regreso asesinan a otra persona.

—En estos últimos años ha habido más asesinatos —declaró la abadesa—. Me duele reconocerlo, pero vivimos en una época violenta, sir Josse. Cuando los hombres tienen hambre, actúan con temeridad, olvidando el castigo que ello pueda acarrearles. En esas circunstancias es fácil que asesten un golpe con demasiada fuerza...

Las palabras de Helewise afligieron a Josse a pesar del alivio que suponía que lo eximiesen de la imaginaria culpa de ser el temible heraldo de la muerte. Asintió con la cabeza y arguyó:

—¿Decís que lo mataron con una lanza? ¿No os parece extraño?

—Sí, en especial teniendo en cuenta que era una lanza con punta de sílex. Según nuestro común amigo, el sheriff, ese hecho apunta a la presunta culpa de los moradores del bosque. Pero, como creo haberos dicho, en vista de que se han ido del lugar, Pelham ha abandonado toda esperanza de conducirlos ante la justicia.

—También podría ser alguien que trata de aparentar que los responsables son los moradores del bosque —indicó Josse.

—Eso mismo pensé yo.

—Mmm... —Josse frunció el entrecejo. Le resultaba nuevo el concepto de las «gentes salvajes», como las había llamado la abadesa. Conocía las viejas leyendas, ¿quién no?, pero que seres de los antiguos cuentos se hicieran de carne y hueso para matar a un hombre...—. Abadesa, acerca de los moradores del bosque...

—Sir Josse, ¡no tiene sentido seguir con esto! —lo interrumpió Helewise—. Habríamos de seguir el ejemplo del sheriff y convenir con él que el caso está cerrado.

—Mmm... —repitió Josse—. Abadesa, me decíais que vuestra joven novicia empezó a actuar... ¿cómo lo describisteis?... de manera extraña cuando mataron al tal Hamm Robinson. ¿De verdad creéis conveniente olvidarlo cuando afecta a una de vuestras monjas?

—No fue la muerte la que hizo que se comportara... extrañamente —alegó con firmeza Helewise—. Quiero que quede claro, porque no existe la menor posibilidad de que esté involucrada... ni la más mínima.

«¿Por qué lo negáis con tanta vehemencia? —pensó Josse—. A menos que lo que os asuste sea la existencia de esa posibilidad...»

—No, está claro que no —prosiguió la abadesa—. Es sólo que... Suena carente de importancia ahora que trato de explicároslo.

—¡Por favor, abadesa... hacedlo!

—Veréis... Un par de noches antes de que mataran a Hamm Robinson oí a sor Calixta levantarse de la cama. Creo que caminaba dormida... En todo caso no dio muestras de darse cuenta de que la seguía.

—Y... ¿qué hizo?

—Fue a la puerta, la abrió en silencio y permaneció en lo alto de la escalinata, fuera.

—Parece algo inocente. Tal vez quería un poco de aire fresco.

—¿Estando dormida? —La voz de Helewise denotaba cierta ironía—. Pero lo verdaderamente extraño fue que se quedó allí, tiesa como un palo, mirando por encima del muro.

—Por encima del muro... —repitió Josse, dubitativo.

—Sí. Tenía los ojos abiertos como platos y tarareaba en voz muy baja una insólita sucesión de notas... nada parecido a algo que hubiese oído antes... —La abadesa se estremeció—. Bueno, da igual.

Con la disposición de la abadía en mente, Josse intentaba imaginarse la escena.

—Habéis dicho que en lo alto de la escalera que lleva al dormitorio... mirando por encima del muro...

Helewise asintió con la cabeza.

Josse suspiró. Empezaba a entender qué era lo que intranquilizaba a la abadesa.

—Lo supiera o no, vuestra joven sor Calixta miraba hacia el bosque.

Y, con la angustia dibujada en el rostro, la abadesa le contestó:

—¡Así es!

CAPÍTULO CINCO

Mientras acompañaba a Josse fuera del recinto, Helewise empezó a sentirse mucho más tranquila. No porque hubiese resuelto el problema de qué hacer con Calixta, sino porque resultaba reconfortante hablar francamente con alguien que poseyera tan alto grado de sentido común como Josse.

—Sin lugar a dudas, debéis retrasar la admisión de la moza a las filas de las profesas —había convenido con ella—. No sería justo, ni para la moza ni para la comunidad, ascenderla a una existencia de dedicación y madurez para la que, según parece, aún no está preparada.

Aparte de respaldar su opinión, había hecho una sugerencia adicional, tan sumamente práctica, que a Helewise se le hizo raro no haber pensado antes en ella. «Tal vez se me habría ocurrido —reflexionó mientras lo escuchaba—, de no haberme centrado tanto en las abstracciones de los asuntos del espíritu, relegando los más concretos y tangibles asuntos cotidianos.»

—¿Por qué no la ponéis a trabajar con alguna monja que posea una fe especialmente profunda y, si me permitís usar la palabra, simple? —había sugerido Josse—. Si es que tenéis aquí a alguien así —terminó en tono escéptico.

—¡Sí que la tengo! —exclamó entusiasta Helewise, haciendo caso omiso del escepticismo de Josse—. ¡Sor Beata! ¡Vos la conocéis! ¡Es una de las enfermeras! ¡Es perfecta! ¡La preceptora perfecta para una novicia a quien hemos de atraer con mayor firmeza a nuestra grey espiritual!

Sin embargo, otra idea mitigó aquel arranque de entusiasmo.

—¿Qué ocurre? —preguntó Josse, que percibió de inmediato el rastro de la duda en el rostro de la abadesa.

—Nada... es que... hay otra joven trabajando en la enfermería. Lleva un par de meses con nosotras, y le estamos buscando una ocupación permanente. Se llama Esyllt y llegó con su difunta ama, una mujer paralizada, muy anciana, que murió aquí en su peregrinaje para tomar las aguas del manantial sagrado. Esyllt no tenía adónde ir y nos pareció mejor que se quedara con nosotros en lugar de dejarla vagar sola por ese mundo de Dios.

—Un ancho mundo repleto de peligros para las jóvenes inocentes —apostilló Josse.

—Bueno, ella no es exactamente... —Helewise se esforzó en controlar su lengua. No era necesario cotillear acerca de Esyllt ni contar por qué Helewise estaba segura de que no era una compañía adecuada para Calixta. De todos modos, Josse lo entendería de inmediato si es que llegaba a conocerla—. Trasladaré a Esyllt a la residencia de los monjes y monjas ancianos —declaró resuelta—. El buen Dios sabe —murmuró— que su espíritu vivaz actuará de modo benéfico en ese lugar. Además, es de maneras suaves y está acostumbrada a cuidar bondadosamente a los muy ancianos. Su difunta ama hablaba muy bien de ella —explicó— y, en parte, si nos estamos esforzando por encontrarle el lugar adecuado es porque ella nos lo pidió con mucha vehemencia.

Esylt trasladada de la enfermería a la residencia de ancianos, reflexionó la abadesa. Calixta trasladada de su pupilaje bajo la sabia aunque controvertida sor Tifaína, para trabajar bajo la atenta mirada de sor Beata, cuya fe infantil bien podría obrar el tan deseado milagro.

«Sí, tengo mucho que agradeceros, sir Josse», pensó la abadesa al verlo montar su cabalgadura. Se le ocurrió, y no por primera vez, que en algún momento de su vida sir Josse d'Acquin se había acostumbrado a mandar...

—¡Casi se me olvida, abadesa! —exclamó Josse mientras aquietaba al caballo, que daba vueltas; le dirigió una sonrisa avergonzada—. Me encontré con un amigo vuestro en el camino, un hombre llamado Tobías Durand. Me pidió que os diera recuerdos.

—¿Tobías Durand? —Helewise frunció el entrecejo, pero luego lo recordó, aunque no lo habría llamado amigo, ya que apenas lo conocía—. ¡Ah, sí! ¿Me envía algún recado?

Acaso le hubiese dicho algo respecto a la reina, quien, con toda seguridad, ya habría partido hacia Francia.

—Ningún recado. Sólo que saludara de su parte a la abadesa Helewise de Hawkenlye.

—¡Encantador! —masculló, y añadió en voz alta—: ¿Dónde dijisteis que lo encontrasteis?

—No os lo he dicho. Fue en un camino que sale del bosque a una legua y media al nordeste de aquí. —Josse agitó la mano señalando un lugar indefinido tras él—. Estaba de cetrería. Dijo que aquél era un buen terreno, que los lugares donde los árboles ceden paso a los campos y a los setos abundan en piezas de caza con las que entrenar a los halcones.

—¡Ah! —exclamó sorprendida Helewise. ¿No le había dicho la reina Leonor que Tobías y Petronila vivían cerca de la costa? ¿Era realmente necesario venir desde tan lejos de cetrería cuando, sin duda, más cerca de su casa podía hacerlo tan bien como allí? «Desde luego, no es asunto que me incumba», dijo para sí—. Quizá Tobías nos visite hoy —manifestó.

—Hoy no —replicó Josse haciendo girar su caballo—. Cuando lo vi dijo que se iba a su casa.

—¿No habéis dicho que os lo encontrasteis esta mañana?

—Así es. —Josse tranquilizó al caballo, que, a todas luces, tenía ganas de echar a andar—. ¡Calma, *Horace*! ¡Nos vamos en seguida!

«Entonces Tobías debió de salir muy temprano de su casa», se dijo Helewise, desconcertada. A menos que se hubiese hospedado en casa de algún amigo que tuviese en la comarca. ¡Sí, claro! ¡Tenía que ser eso!

—¿Estaba solo o acompañado?

—¿Cómo? —obviamente, a Josse el asunto no le interesaba—. ¡Oh, Tobías Durand! Estaba solo. Ahora, con vuestro permiso, abadesa, he de partir. ¡Que tengáis un buen día!

—Buen día también para vos, sir Josse. Volved a visitarnos.

—Lo haré. —Josse sonrió con picardía—. No sólo por el placer de disfrutar de vuestra compañía, abadesa, sino porque me intriga el pobre difunto que pisasteis.

—No lo... —empezó a protestar Helewise, pero él ya se marchaba agitando la mano, a modo de despedida.

«Sí —pensó camino del claustro y de su despacho—. Debí imaginármelo. Con sólo mencionarle "una muerte sospechosa" a Josse d'Acquin se asegura una el placer de su compañía. Al menos hasta que se descubra al asesino.»

Las nuevas disposiciones se efectuaron de inmediato y, que Helewise supiera, funcionaron. Esyllt, que poseía una potente y melodiosa voz, que era afecta a usarla mientras trabajaba, no tardó en ser la preferida de los ancianos monjes y monjas que se habían jubilado en la abadía de Hawkenlye. Naturalmente, a uno o dos de los más remilgados los había indignado que a una joven que no pertenecía a la comunidad se le permitiera atenderlos, y un viejo monje se escandalizó con las estrofas de una canción que cantaba las andanzas de un joven y una muchacha en las noches de luna llena. Sin embargo, los opositores estaban en minoría. La mayor parte de los monjes y monjas se encariñaron con Esyllt por su rebosante alegría y el delicado y suave trato que sus manos daban a sus viejos y doloridos cuerpos.

Nadie sabía exactamente qué la hacía ser tan alegre y a nadie se le ocurrió preguntárselo. Todos en la abadía trabajaban duro, y tener entre ellos a una persona capaz de dirigir palabras agradables a todo el mundo, de cantar incluso cuando se afanaba con la más burda de las tareas, parecía un regalo de Dios, quien, solícito, los ayudaba a animar las largas jornadas de trabajo.

Sor Calixta también se acomodó en la enfermería. Al principio, sor Beata confesó a Helewise su temor a que la afectaran los comentarios hechos por los pacientes, ya que la mayoría de ellos procedían de las aldeas y feudos colindantes y no conocían las normas del convento que prohibían los comentarios directos y personales. Calixta, cuya hermosura resaltaba como la luz de un faro en una noche sin luna, recibía, en opinión de sor Beata, demasiados cumplidos. No obstante, hasta ella tuvo que reconocer que la muchacha hacía oídos sordos.

—De hecho, abadesa —le dijo sor Beata—, a veces parece que no oye nada. Es como si —y su rostro se contrajo en una desacostumbrada mueca mientras, ceñuda, buscaba palabras con las que definir la situación—... como si escuchara voces interiores... ¿o tal vez música?... —Y siguió hablando como si lo hiciera para sí—. A menudo se pone a tararear en voz muy baja, como si acompañara el canto de otras voces.

—Entiendo —contestó Helewise.

Y era cierto, lo entendía demasiado bien. También a ella le había inquietado el extraño tarareo de Calixta la noche en que la encontró andando sonámbula.

Calixta parecía haberse acomodado a su nueva tarea, pero Helewise tenía la terrible impresión de que bajo la tranquila superficie existían corrientes que, mucho se temía, acabarían por acarrear problemas.

A los pocos días de su llegada a Nuevo Winnowlands, Josse descubrió que su primera apreciación de que casi todo estaba listo había sido ilusoria.

Los albañiles no habían acabado la cocina, y al parecer el problema aparecido en la cámara de lo alto de la mansión sólo podía resolverlo el maestro de obras. Incluso llegaron a insinuarle que era culpa suya por empeñarse tan caprichosamente en construir esa cámara.

Josse trató de ayudar haciendo sugerencias y arremangándose para ofrecer sus brazos y su espalda en el desarrollo de las tareas que hubiese que llevar a cabo.

Pero quedó bien patente que no lo querían por allí. Aunque los albañiles nunca le decían abiertamente que no, le dieron a entender que, revoloteando alrededor mientras trabajaban, estaba rompiendo una norma no escrita que regía en su gremio. De modo que se retiró a sus aposentos.

Pero ¡no tenía nada que hacer!

Los largos días veraniegos lo incitaban a salir y, una vez fuera, tenía que sortear obra y obreros. Presa de la desesperación, recordó el asesinato de Hawkenlye.

«¡Y, aunque me condenen al infierno, voy a tratar de resolverlo mejor que ese tal Pelham, el sheriff!»

Al llegar a Tonbridge preguntó por el sheriff Pelham, bendijo a la abadesa por haberle dado su nombre, y se enteró de que, como ya era mediodía, sin duda estaría comiendo.

Por suerte, tenía una posada preferida para hacerlo, una en la que Josse se había hospedado. Al entrar en el patio conduciendo a su caballo de las riendas vio a la posadera, Anne, salir a toda prisa de uno de los almacenes con un jamón de buen tamaño entre los robustos brazos.

—¡Vaya! ¡Buenos días, forastero! —exclamó Anne dirigiéndole una ancha sonrisa—. ¿Dónde habéis estado todo este tiempo?

Josse le correspondió sonriéndole con picardía.

—Aquí y allí, Anne. Y tú ¿cómo estás?

—Muy ocupada, pero es como me gusta estar. ¿Vais a comer? Acabo de empezar una falda de buey y este jamón está en su punto —añadió, dando una amistosa palmada al pernil.

—Estoy muerto de hambre y tengo tanta sed como si me hubiese perdido en el desierto.

Anne parpadeó coquetamente.

—Habéis venido al lugar indicado para saciar vuestros apetitos. —Y con un seductor contoneo de su notable trasero desapareció tras la puerta de la cocina mientras decía—: ¡Todos vuestros apetitos! —Aunque el sonido de estas últimas palabras llegó a oídos de Josse muy débilmente.

En la taberna, Josse pidió cerveza y comida. Luego, echando un vistazo a los parroquianos, trató de adivinar cuál era el sheriff Pelham.

Tuvo suerte, pues un recién llegado gritó:

—¡Sheriff! ¡Tengo un mensaje para vos!

Un hombre de complexión robusta, vestido con una gastada túnica de cuero, se levantó.

—Aquí estoy.

Josse aguardó a que el recién llegado le diera el mensaje y se marchara para encaminarse con aire desenfadado hasta la mesa en la que el sheriff daba cuenta de su pitanza.

—¿Puedo sentarme a vuestro lado?

Pelham agitó un cuchillo en cuya punta había incrustado un muslo de pollo.

—Es un país libre —contestó, escupiendo trocitos de pálida carne que fueron aterrizando como diminutos copos de nieve en la ya de por sí manchada túnica.

Josse dedicó la atención a su propia comida sin dejar de observar los progresos del sheriff, hasta que éste finalizó, se limpió la grasienta boca con una manga aún más grasienta y, tras eructar y apurar su cerveza, con un «¡Ah, ya estoy mejor!», se relajó apoyando la espalda en la pared. Fue entonces cuando Josse se aventuró a hablar.

—He estado en la abadía de Hawkenlye hace poco. Me han dicho que mataron a un hombre y que vos fuisteis a investigar el asesinato.

—¿Ah, sí? —contestó Pelham de modo tan suspicaz que Josse casi oyó el «¡Y a ti qué te importa, forastero!» que el otro no llegó a pronunciar.

—Las buenas gentes de la comunidad de Hawkenlye me conocen bien —continuó Josse—. Dicen que al parecer una extraña tribu del bosque tuvo que ver con la muerte y que alguien muy astuto ha sumado dos más dos y ha resuelto el crimen en un santiamén.

Con este halago a su vanidad, el sheriff se tornó locuaz.

—Tiene sentido —afirmó, y se inclinó hacia Josse con aire conspirador—. El muerto era un cazador furtivo, un inútil. Ya tuve problemas con él. Así que yo digo que fue al bosque a cazar, se topó con ese grupo de moradores del bosque, a ellos no les gustó que se entrometiera en lo que consideran su terreno y le clavaron una lanza. Lo dejaron bien muerto.

—Muy posible, sí, muy posible —convino Josse—. ¡Qué astuta deducción! La única, ¿verdad? Sobre todo si se sabe que los moradores del bosque andaban por allí esa noche.

—Bueno... —empezó a decir Pelham en tono más agresivo—. ¡Esa mujer tan altanera, la abadesa, no me creyó! ¡A mí, que me he criado aquí, que conozco desde siempre las idas y venidas de estos salvajes! ¡Pero, vamos, si hasta mi viejo padre hablaba de ellos y su padre antes que él! —Se sacó un trozo de carne de una muela, lo escupió y prosiguió—: ¡Vaya con las mujeres! ¡Se creen que lo saben todo!

—A mí me impresiona mucho la abadesa Helewise —comentó Josse.

Y de inmediato se dio cuenta de que había metido la pata.

El sheriff, con la cara roja de rabia, inquirió en tono aún más suspicaz:

—¿Os ha enviado ella? ¿Os ha mandado para que habléis conmigo?, ¿para que me contradigáis? —Y acercó su rostro al de Josse hasta casi tocarle las narices—. ¡Pues os diré, milord caballero, quienquiera que seáis, que a Harry Pelham no le gusta nada que la gente se burle de él y lo ponga en ridículo!

—No es eso lo que pretendo —repuso Josse poniéndose en pie—. No es menester que nadie os ponga en ridículo.

Harry Pelham permaneció boquiabierto intentando descifrar si aquel último comentario debía tomarse o no como un cumplido, mientras Josse salía de la posada abriéndose paso a codazos.

Subiendo la pendiente que finalizaba en Hawkenlye, Josse pensaba en la muerte de Hamm Robinson.

La reflexión no dio para mucho. La parquedad de los hechos podía resumirse en una sola frase. Y, como bien había dicho la abadesa Helewise, nadie había puesto empeño en investigar el asunto. Ni siquiera para justificar el sueldo.

«Lo haré yo —se dijo. Iré a ver a su familia, a sus amigos, si es que los tenía, y al sitio donde lo encontraron. Meditaré a fondo sobre este extraño suceso hasta convencerme de que debo aceptar una conclusión tan obvia y conveniente como la del sheriff.»

Nada más llegar a la abadía, le informaron que la abadesa se encontraba en la enfermería, hablando con un tísico cuyo miedo a lo que pudiera suceder con su esposa y sus muchos hijos empeoraba su agonía.

Josse se dirigió hacia allí, se quedó de pie al otro lado de la puerta entreabierta para que entraran los aromas del aire fresco, y miró a su alrededor.

Observó a la abadesa arrodillada junto a un pobre hombre de aspecto debilitado, que se aferraba a sus manos. Al parecer, el hombre tenía familia numerosa. (Josse había llegado a comprobar que, a menudo, hombres que sufrían de tisis, aquella terrible enfermedad que hacía escupir sangre, tenían energías suficientes para engendrar una tribu entera de retoños.) Estudió el rostro concentrado de Helewise mientras hablaba al hombre de modo intenso, al tiempo que asentía tratando de subrayar sus palabras. Era la viva imagen del esfuerzo, del intento por hacerse entender, por transmitir un mensaje.

Josse no tenía forma de saber cuál podía ser éste ya que se encontraba demasiado lejos. ¿La misericordia de Dios? ¿La esperanza en la vida eterna que le aguardaba? Se le ocurrió que, si estuviera en el desesperado trance de morir, su mayor y mejor consuelo sería tener a su lado a la abadesa Helewise.

—¿Puedo ayudaros, milord? —inquirió una voz suave.

Se volvió y vio a una joven con el hábito negro de las monjas y el velo blanco de las novicias. Era alta, esbelta y de porte regio. La tez de su rostro, de fina osamenta, era blanca y límpida, y en ella destacaban unos ojos de un azul profundo. Pese al austero hábito y al delantal de arpillera, manchado con algo en lo que Josse no quiso ni pensar, era una jovencita hermosa.

Sin haberla visto nunca, supo quién era.

—¿Hermana Calixta?

Ella asintió.

—Vos, me imagino, seréis sir Josse d'Acquin —dijo sonriendo.

Josse correspondió a su sonrisa de forma automática. Ningún hombre a quien le quedase un mínimo de vista podría haber evitado semejante reacción.

—Así es. He venido a hablar con la abadesa, pero veo que está muy ocupada.

Calixta miró hacia donde estaba Helewise. En ese momento acariciaba la frente del moribundo.

—Lo está. Está consolándolo de verdad. Le dice todo lo que se hará por su esposa y sus pequeños.

—Me figuraba que estaba rezando con él.

Los grandes ojos azules de Calixta se volvieron hacia Josse.

—Eso también. Pero no creo que el hombre sea capaz de concentrarse en sus oraciones si antes no se mitiga su angustia.

Cuánta perspicacia, pensó Josse. Además, el uso que la moza hacía de las palabras indicaba, sin la menor duda, que había recibido algún tipo de educación académica.

—Esperaré fuera —fue lo único que se le ocurrió decir.

—Os haré compañía, si así lo deseáis —se ofreció Calixta cortésmente—. A la abadesa le gusta que nuestras visitas se sientan a gusto.

—Muy amable. ¿Estás segura de que no interrumpo tus tareas?

Calixta volvió a sonreír y se quitó el delantal.

—Acabo de terminar una de mis tareas menos agradables y estaba a punto de ir a ver a sor Tifaína para pedirle unas hierbas de las que usa sor Eufemia en sus remedios. ¿Me acompañáis, milord?

Una vez fuera, Josse acomodó su paso al de la jovencita y la estudió discretamente. Calixta había adoptado el andar recto de las monjas y había metido automáticamente las manos, desocupadas de momento, dentro de las mangas del hábito. «Sí —pensó—, tiene el aspecto de una monja, no cabe duda, pero...»

Se sentía incapaz de definir qué podía ser aquel «pero». Tal como Helewise había descubierto antes que él, sólo era capaz de intuir que había algo.

—El camino más habitual para ir al taller de sor Tifaína es pasando frente al portón —explicó Calixta rompiendo el silencio—. Pero a mí me gusta ir por aquí. No solamente porque se puede echar un vistazo al tímpano de encima de la puerta de la iglesia —y extrajo una mano de la manga para señalar el relieve del Juicio Final—, sino porque, además, puedo atravesar el herbolario.

Siguieron adelante pasando frente a la puerta de la capilla de Nuestra Señora, la casa de las vírgenes, las paredes sin ventanas ni puertas del siniestro edificio que, como muy bien sabía Josse, era la leprosería. Se percató de que sor Calixta se persignaba al pasar y la imitó. Dieron vuelta a la esquina y llegaron al herbolario, protegido por el muro meridional.

Corría el mes de junio y muchas de las plantas estaban en plena floración. Josse se detuvo y aspiró profundamente; se le subió a la cabeza el aroma combinado del romero, la salvia, la menta, la lavanda y una docena más de plantas cuyos nombres desconocía. Volvió a inspirar intensamente una y otra vez y, de repente, mareado, contuvo el aliento.

Calixta soltó una risita.

—No es muy buena idea hacer eso, sir Josse —comentó—. En estas fechas las hierbas son potentes y se las debe tratar con respeto.

—Acabo de darme cuenta.

Josse avanzó con cautela y comprobó que el mareo había desaparecido.

—Por aquí —dijo Calixta, y enfiló un estrecho sendero flanqueado por cuidados setos—. El taller de sor Tifaína está más adelante.

Josse aguardó fuera del cobertizo, y Calixta entró a buscar lo que fuese que le hubieran pedido. No tardó mucho en salir, aunque sí lo suficiente para intercambiar unas pocas y cálidas palabras con la herbolaria, que provocaron unas discretas carcajadas.

—Tengo entendido que antes trabajabas con sor Tifaína —comentó Josse mientras regresaba con Calixta a la enfermería—. ¿No lamentas tener que hacer de enfermera ahora?

—Yo... —Calixta vaciló y le echó una rápida y penetrante mirada—. Os diré la verdad, milord caballero —prosiguió, mostrando a todas luces que había decidido confiar en él—. Me encantaba trabajar con sor Tifaína; es muy bondadosa y compartía generosamente conmigo sus amplios conocimientos. Cuando me hablaron de mis nuevas tareas me entristecí. Pero soy una monja y he de hacer lo que se me ordene.

Josse no pudo evitar un arrebato de compasión.

—Lo siento por ti, moza; sé lo que significa tener que obedecer cuando el corazón pide otra cosa.

—¿En serio? —Calixta paró en seco y lo miró asombrada—. Sí —murmuró como si reconociera en él a una alma gemela—, creo que sí lo sabéis. —Y sonrió con una emoción que parecía venirle del alma.

Confundido, Josse también sonrió.

Al cabo de unos segundos preguntó:

—¿Ya te has hecho a la idea de tus nuevas tareas? ¿Eres feliz, sor Calixta?

—Lo he hecho y lo soy —respondió la novicia—. Me digo que si he de ser una buena monja, no debo dejar que... ¿cómo lo expresasteis?... que el corazón me pida otra cosa. Sí, eso fue. Y sí que soy feliz.

No parecía que hubiese más que decir, de modo que

siguieron caminando en silencio, el uno junto a la otra, de vuelta a la enfermería.

Sin embargo, al cederle el paso para que él entrase primero, Calixta dijo:

—Gracias por preguntármelo, milord caballero. Habéis sido bondadoso. —Y, en un susurro apenas audible, añadió—: Y yo no olvido la bondad.

CAPÍTULO SEIS

Cuando Helewise salió por fin de la enfermería y saludó a Josse, éste advirtió en seguida que estaba tan intranquila como ocupada. Además del tísico moribundo, una mujer acababa de dar a luz a dos mellizos, uno de los cuales se encontraba tan enfermo que a la abadesa le urgía mandar llamar al cura para que lo bautizase de inmediato. «Por si acaso», dijo con una triste sonrisa.

Para colmo, uno de los monjes del valle tenía un pie infectado y fray Fermín había pedido a la abadesa un par de manos extras para atender a los peregrinos que, alentados por el buen tiempo, llegaban en masa a tomar el agua sagrada.

—¿Acaso fray Fermín no se da cuenta de lo ocupadas que estáis vos y las hermanas? —preguntó Josse en tono suave.

Un relampagueo apareció en los grises ojos de Helewise, para desaparecer un instante después. Suspiró con firmeza y respondió:

—Fray Fermín se debe a los peregrinos, sir Josse. Tiene razón al pedirme ayuda, si siente que la ha de menester para cumplir bien su cometido.

—¡Ah! —se limitó a contestar Josse, apretando los labios para reprimir lo que le apetecía decir.

—Lamento no poder ayudaros con el asunto del hombre asesinado —prosiguió la abadesa mirando alrededor—. ¿Dónde estará fray Saúl? Quiero que sea mi mensajero y vaya en busca del padre Gilbert...

—No se me ocurriría imponeros mi presencia —declaró Josse—. Si me lo permitís, lo haré por mi cuenta, abadesa, y os informaré de los resultados.

—Sí, sí —contestó Helewise mientras seguía buscando con la mirada a fray Saúl—. ¡Ah, ya lo veo! —Dicho esto, se dirigió a toda prisa hacia donde estaba el fraile y lo llamó con un gesto. De repente se detuvo, se volvió y gritó a Josse—. ¡Vivía en una casucha junto al vado! ¡Su mujer se llama May, y cazaba furtivamente con otros dos hombres, Ewen y Seth! ¡Creo que Seth era su primo!

Una mujer increíble, la abadesa de Hawkenlye.

«Casucha», reflexionaba Josse al recorrer el sendero que conducía al vado, era una descripción bastante adecuada.

El sendero terminaba, próximo al agua, en un incipiente y resbaladizo lodazal. A esa altura, el riachuelo que salía del bosque resultaba bastante ancho y discurría de prisa sobre lecho firme; la turba teñía el agua de marrón, y siglos y siglos de hojas caídas habían alfombrado su fondo y sus orillas.

Habría sido un lugar hermoso de no ser por la presencia de la fila de viviendas que parecían haber sido puestas a horcajadas sobre el sendero que continuaba al otro lado del vado.

Dos de ellas estaban deshabitadas; nadie, por muy desesperado que estuviera, podría vivir en una casa sin tejado y con la mitad de las paredes derrumbadas. Las tres de en medio se hallaban en un estado razonablemente bueno, y la última se usaba como cobertizo para alojar ganado. Un cerdo canijo y un puñado de gallinas de aspecto lastimoso alzaron la cabeza cuando Josse vadeó el riachuelo salpicándolo todo. Un perro, atado a una corta cuerda desgastada, salió corriendo, lanzó unos cuantos ladridos y, como si previera un buen patadón, volvió al cobertizo con el rabo entre las piernas.

En una de las viviendas lloraba un bebé. Una áspera voz femenina lo hizo callar.

Josse desmontó. Se asomó a la primera casucha. El bebé, sentado en el suelo de tierra, cubierto tan sólo por una harapienta camisa demasiado grande para él, se metía el puñito en la boca; de su nariz colgaban mocos verdosos y las lágrimas habían dejado un blanco surco en la mugre de sus mejillas. Cerca de su nalga derecha había un excremento con el borde aplastado: a todas luces, el pequeño se había sentado sobre él. Ni rastro de la mujer de la voz áspera.

Fue a la siguiente entrada y espió por una grieta de la cerrada puerta. Nadie.

En la tercera casa había una mujer sentada en el escalón de entrada. A juzgar por la olla desportillada que tenía junto a ella y por el escaso montón de escuálidos puerros y zanahorias, diríase que se disponía a preparar un estofado de verduras. Miraba frente a sí con apatía y en su rostro se dibujaban las arrugas que sólo provoca el decaimiento. Si oyó los pasos de Josse, no le interesaron lo suficiente para indagar quién los producía.

—¿Sois la viuda del difunto Hamm Robinson? —preguntó Josse.

Ella lo miró y sus ojos se anegaron en lágrimas. Era notorio que se le había roto la nariz, pues tenía una protuberancia a medio camino entre el puente y la punta. Le faltaban además varios dientes.

—Sí —contestó, sin ningún matiz.

Josse se acercó y se quedó de pie a su lado.

—Lamento vuestra pérdida.

Ella se sorbió los mocos y se secó la nariz con el dorso de la mano.

—No sé qué será de mí —dijo en tono plañidero, y lo escrutó de reojo. En ese instante su voz adquirió el tono quejicoso de los mendigos profesionales—. No tengo techo, ni hombre que me traiga un poco de esto y lo otro —gimoteó—. Sólo Dios sabe de dónde habré de sacar mi próxima comida.

Josse metió la mano en la escarcela que colgaba de su cinturón y sacó unas monedas.

—Puede que esto os ayude un poco —dijo dejándolas caer en el regazo de la viuda.

Ella alargó la mano y las monedas desaparecieron.

—¡Gracias!

Josse vaciló. No parecía tener mucho sentido preguntarle a esta mujer decaída e intimidada si su marido tenía enemigos. ¿Acaso lo sabría? Y, de ser así, ¿se atrevería a decírselo? Por tanto, en lugar de preguntar lo que le interesaba, dio un pequeño rodeo.

—Tengo entendido que vuestro marido... eh... trabajaba con su primo Seth, ¿no? Y con otro hombre... Ewen me parece... ¿es así?

Los apáticos ojos de la mujer se alzaron para mirar con una chispa de vida.

—Estáis bien informado —respondió con impertinencia—. Y a vos ¿qué os importa?

—¡Tal vez os interese saber que soy casi la única persona de por aquí que cree que debe llevarse al asesino de vuestro marido ante la justicia! —exclamó Josse, intentando contener un arrebato de furia—. ¡Estoy tratando de averiguar todo lo que pueda sobre la persona de Hamm Robinson y deseo hablar con todos los que lo conocieron!

—¡Ja! ¡No os llevará mucho tiempo! Yo soy una de ellos y no sé nada de lo que se traía entre manos, sólo que no dejaba de ir al bosque por mucho que yo tratara de evitarlo. —Y aspiró con fuerza para recogerse los mocos. A Josse se le ocurrió que, si no hubiese estado frente a ella, la mujer habría escupido la flema sin ninguna contemplación—. Y tenía razón, ¿verdad? —espetó de súbito con un derroche de energía—. ¡Ya ve, los moradores del bosque lo han matado!

—Sí, lo sé. Como ya os he dicho, lo siento. —Josse se esforzaba por controlar la irritación. Al fin y al cabo, la mujer acababa de enviudar—. Esos hombres, Ewen y Seth, ¿iban con Hamm al bosque? —preguntó, intentando imprimir a sus palabras un tono conciliador—. ¿Cazaban con él?

Ella lo examinó con los párpados entrecerrados. Sus ojos eran de un color pálido difícil de describir, según le pareció a Josse, y sus pestañas, cortas y ralas.

—Eran furtivos, ¡los tres! —declaró con temeridad—, y lo sabéis de sobra. Todo el mundo lo sabe. Seguro que alguien os lo habrá dicho.

—Sí, lo sé —reconoció Josse—. La gente cree que, la noche en que lo mataron, vuestro marido estaba cazando y que a los moradores del bosque no les agradó que lo hiciera.

—No son sus animales, como tampoco lo eran de Hamm —replicó la mujer con acritud—. No tienen derecho a evitar que otra gente se aproveche. Al menos no de la caza... En cuanto a lo otro... —Y se interrumpió, fuera lo que fuese que estaba a punto de decir.

—¿Lo otro...? —la incitó Josse, tratando de ocultar su interés.

—No. No diré nada más. Mi propio hombre me ha golpeado bastante. No voy a arriesgarme a que uno de los otros siga donde lo dejó Hamm.

—Pero...

—¡No!

Josse se quedó observando a la mujer, que, con una dignidad que no había podido sospechar en ella, se puso en pie, levantó cuidadosamente la olla y, recogiendo las verduras en la mugrienta y desgastada falda, entró en la casa y le dio con la puerta en las narices.

Josse se topó con los compañeros de delito de Hamm por puro azar. Estaba llegando al lindero del bosque con la intención de echar un vistazo al lugar donde habían hallado el cuerpo de Hamm cuando oyó una discusión.

No tuvo la suerte de oír nada que le fuera útil pues, en cuanto su caballo se movió, la conversación se apagó. Pero, en lugar de encogerse como había hecho la mujer de Robinson, los discutidores pasaron a la ofensiva.

—¡Eh! ¿Adónde crees que vas? —gritó uno de ellos, tuteándolo descaradamente, mientras el otro blandía un grueso garrote—. ¿Qué te trae por aquí? —preguntó a continuación, dándose importancia.

Josse se acercó a ellos. Montado como estaba —y *Horace* era un caballo de buen tamaño— sabía que les llevaba ventaja... a pesar del desproporcionado garrote.

—Ewen y Seth, supongo —dijo—. Amigos del difunto Hamm Robinson, ¿o debería decir compinches ladrones?

Fue una saeta al azar, pero certera; el hombre del garrote empezó a blandirlo amenazadoramente por encima de su cabeza y a gritar desaforado:

—¡Fue idea suya! ¡Hamm lo encontró! ¡Fue Hamm el que nos obligó a ir con él! ¡Yo nunca...!

El otro hombre lo interrumpió con un violento codazo en el vientre que lo hizo doblarse sobre sí con el aliento cortado.

—No hagáis caso de Ewen —dijo Seth por encima de los resoplidos de su amigo, recuperando el trato de cortesía debido a un noble—. Pero tiene razón, mi señor. Fue Hamm el que dijo que había buena caza en el bosque y nosotros lo acompañamos.

—Caza... —repitió Josse.

Estaba seguro de que el hombre que aún bufaba por el golpe de su compañero no se había referido a la caza. Sabía, no obstante, que no iba a poder averiguar de qué se trataba.

—Tenemos un estómago que llenar, como todo el mundo —continuó Seth hipócritamente—. Hay conejos y venados de sobra allí dentro. —Y con el pulgar señaló el bosque a sus espaldas—. ¿Qué daño hacemos? ¡Eso es lo que yo digo, mi señor!

—Claro, claro. Sólo que, al parecer, alguien no está de acuerdo con vosotros. Hasta tal punto que mató a vuestro difunto primo con un certero lanzazo.

Seth palideció al recordarlo, pero se mantuvo en sus trece. Ewen, que había recuperado un ritmo más normalizado en su respiración, volvió a gimotear.

—¡Te lo dije, Seth! —exclamó con voz temblona—. ¡Te lo dije! ¡Y a él también! ¡Hamm, le dije, si vuelves a ir allí, te van a...!

Josse observó que no era de los que aprenden rápido y que, como antes, lo que estaba a punto de decir quedó bruscamente interrumpido; pero, en esta ocasión, la magnitud del golpe lo tumbó. Cuando volvía grupas, vio a Seth dirigir la punta de su bota a la cabeza de su caído amigo.

Camino de regreso a la abadía, Josse reflexionó acerca de lo que un cazador furtivo de poca monta, que probablemente era también un ladrón de poca monta, podría haber descubierto en lo más profundo de un antiguo bosque. ¿Qué podía ser tan valioso como para que, no sólo Hamm, sino también sus dos colegas de tropelías se adentraran en un lugar de tan siniestras leyendas? Siendo supersticiosos, como lo eran todos los de su calaña, debía tratarse, sin duda, de algo realmente extraordinario.

Fuera lo que fuese que había descubierto, era, al parecer, la causa directa de su asesinato. A Josse se le antojaba poco probable que los tan cacareados moradores del bosque, aquellos seres tan misteriosos, lo hubiesen matado por el mero hecho de cazar un par de conejos. Resultaba mucho más verosímil que hubiese encontrado algo que ellos preferían conservar como un secreto.

¿Qué podía ser?

Probablemente algo de lo que Hamm esperaba poder sacar dinero, ya que, dada su supersticiosa condición, ninguna otra cosa lo habría animado a penetrar en el bosque de noche.

¿Un tesoro enterrado? ¿Monedas romanas? Las leyendas hablaban de la ocupación romana del gran bosque de Wealden y de la construcción de senderos seguros para la conducción del hierro que en él extraían. Senderos cuya huella aún era visible mil años después. ¿Cabía la posibilidad de que, cazando furtivamente, se hubiese metido en alguna gazapera oculta bajo un antiguo roble, y hubiese hallado un tesoro que no esperaba encontrar?

Especulaciones, puras especulaciones. Por muy probables que le pareciesen, Josse carecía de pruebas con las que poder fundamentarlas.

Trasponiendo el portón de la abadía, llegó a la conclusión de que sólo había un modo de remediar dicha carencia.

Sentada en el claustro, con los ojos cerrados y la cara vuelta hacia el cielo, la abadesa Helewise parecía disfrutar de los últimos rayos del sol. A Josse no le apetecía molestarla... pero ella misma le había dicho que podía informarle de cualquier cosa que revelara su pesquisa. Remoloneó unos momentos tratando de decidir si debía sacarla de su somnolencia.

—No estoy dormida —dijo de improviso la abadesa— y sé que sois vos, sir Josse; por aquí, nadie más lleva espuelas.

Josse se sentó a su lado en el estrecho banco de piedra.

—Lamento molestaros. Sé que habéis tenido un día muy ajetreado.

Ella suspiró.

—Sí, pero el resultado ha sido, en parte, satisfactorio. El bebé enfermo ha sido bautizado junto con su hermano y, además, parece que mejora. La madre está bien y ha recuperado un poco el color.

—¡Gracias a Dios! —susurró Josse.

—Amén... —Y, tras una corta pausa, Helewise añadió—: Imagino que vos también tenéis noticias.

—Sí.

Josse le resumió lo que había descubierto y lo que, en su opinión, había podido ocurrir.

—Voy a echar un vistazo —agregó, intentando dar a su tono un deje de despreocupación—. Probablemente esta noche. ¡Lo mejor es golpear cuando el hierro está al rojo vivo! —Y trató de soltar una carcajada que ni a él le sonó convincente

—Creéis que los moradores del bosque mataron a Hamm Robinson porque descubrió algo que prefieren guardar para ellos, ¿y aun así pretendéis ir al bosque esta noche para averiguar de qué se trata? —inquirió la abadesa, recalcando cada palabra.

—Sí.

Al oírla, a Josse se le antojó que su propósito era bastante estúpido.

—Todo irá bien, abadesa. Sé cuidar de mí.

—Sí, sir Josse, ya me he dado cuenta de que tenéis ojos en el cogote y que con ellos podéis ver llegar las lanzas —repuso ella con profunda ironía.

Una idea desagradable. Josse sintió que los músculos de la espalda se le contraían involuntariamente.

—Iré armado —replicó, a la defensiva—. Y, a diferencia del pobre Hamm, yo sé con qué puedo encontrarme.

—En ese caso, todo está bien.

—¡Es que tengo que hacer algo! —exclamó Josse con mal disimulada furia.

—¡Ssshhhh! —dijo Helewise—. ¡Alguien podría oíros!

—Quiero averiguar quién lo mató y por qué —prosiguió Josse, intentando convertir su habitual tono de voz en un susurro, sin apenas conseguirlo—. No puedo dejarlo pasar, aunque vos lo hagáis.

Era un comentario injusto, lo sabía, y en cuanto pronunció las palabras, lamentó haberlas dicho.

—Lo siento, abadesa. Sé que buscaríais al asesino si pudieseis.

Ella tardó un poco en contestar. Josse temió haberla ofendido irremediablemente. Sin embargo, de repente, Helewise extendió la mano en su dirección y dijo:

—Haré que os preparen un hatillo con comida, bebida, pedernal y una antorcha. Si vais a ir al bosque de noche, lo más sensato es ir preparado, tomar algunas precauciones.

—Pero...

Josse no deseaba la carga de un hatillo. Aunque, si hacer lo posible por ayudarlo era su modo de demostrar que lo había perdonado, y que ella también quería hacer algo para desenmascarar al asesino, no le iba a quedar más remedio que aceptarlo. Valoraba demasiado su amistad para dejar que entre ellos apareciese el malestar de una pequeña rencilla.

—¡Gracias! —dijo—. Lo necesitaré.

Cenó en el refectorio junto con las monjas y, llevado por un impulso que no supo definir, asistió con ellas al oficio de completas, el último rezo del día, y se percató de que aquella súbita decisión tranquilizaba y sosegaba su excitado estado de ánimo. «Siempre es así —pensó al escuchar el celestial sonido del coro— justo antes de entrar en acción: los músculos y los tendones tensos como cuerdas de violín, la boca seca, el corazón latiendo desbocado y, en cuanto comienza la lucha...»

No estaba bien evocar semejante cosa en el interior de una iglesia mientras se escuchaban himnos de alabanza a Dios, y se esforzó por encauzar sus pensamientos hacia las oraciones que se pronunciaban.

Un par de horas después salió silenciosamente, con el hatillo preparado por la abadesa colgando del hombro. No se veía ni una sola luz en las ventanas de los edificios de la abadía.

Cogió la espada y el cuchillo que había escondido entre la casita de la portera y el muro frontal. Al deslizar la espada en la funda, su confianza en su propia capacidad creció. Abrió el portón lo justo para poder salir, y lo cerró cuidadosamente.

A continuación enfiló el sendero que llevaba al bosque.

La luna, a tan sólo un día de alcanzar el plenilunio, despedía suficiente luz para que Josse anduviera sin tropezar. Al menos, hasta que se internó en el bosque. Se detuvo y, mientras aguardaba a que sus ojos se acostumbraran a la oscuridad, jugueteó con la correa del hato.

Su mano topó con un objeto sujeto a la correa. A juzgar por su frío tacto, era de metal. Lo tanteó con los dedos. Era pequeño. Se trataba de una cruz.

«La abadesa la ha puesto para protegerme —pensó—. ¡Bendito sea su bondadoso corazón!»

Su visión no iría más allá del punto que ya había alcanzado y, agradecido por los ánimos que su amiga había dado a su alma, continuó avanzando hacia lo más profundo del bosque.

CAPÍTULO SIETE

Por mucho que intentara evitarlo, según se internaba en la espesura, a Josse se le llenaba la cabeza con todas las terribles leyendas y hechos que había oído en relación con el bosque.

Bajo la densa quietud del tupido dosel, empezó a sentir que se hallaba en el interior de un enorme ser, raro y siniestro, que guardaba inimaginables misterios. Cuando perdía las riendas de sus pensamientos, sus pasos se le antojaban el latido acompasado de un corazón, y el insignificante sonido de la débil brisa que agitaba las copas de los árboles semejaba la paciente respiración de un ser vigilante...

En mitad de estos pensamientos se paró en seco, se irguió cuanto pudo para darse ánimo y, con la mano sobre el mango de la espada, dijo con voz tonante:

—¡No tengo miedo!

Aquello lo animó. Un poco.

Siguió caminando, obligándose a observar con detalle cuanto lo rodeaba.

Robles, abedules y hayas. Hiedra y árboles cubiertos de líquenes, algunos enormes debido a su antigüedad. Era cierto. El bosque era antiquísimo. Y ya lo era a la llegada de los romanos. Y antes había sido vivienda y refugio de misteriosos hombres y mujeres que entendían a los árboles, que trabajaban en armonía con la naturaleza vegetal del bosque, que la adoraban y le hacían sacrificios; celebraciones rituales que se iniciaban tras cortar muérdago con hoces doradas a la luz de la luna.

Se decía que aquellas gentes secretas del pasado lejano aún permanecían allí, que residían en lo más profundo de los vastos e impenetrables parajes del bosque y que salían de vez en cuando para cometer actos de terrible violencia y luego retirarse a sus frondosas fortalezas...

Resuelto a no dejarse dominar por el miedo, Josse buscó en el hatillo y encontró su talismán, la cruz que había puesto allí la abadesa; le cabía en la palma de la mano y, al encerrarla en un puño, advirtió que acababa en una anilla de metal.

Se detuvo y la desprendió del fardo. Extrajo de debajo de la túnica la cinta de cuero de la que pendía el crucifijo que le habían dado cuando lo bautizaron, la desató y le añadió la cruz de la abadesa. Con ésta en la mano, prosiguió su camino sintiéndose, súbitamente, mucho más valiente.

Por la posición de las estrellas se dio cuenta de que se dirigía al oeste; a intervalos más o menos regulares aparecían claros entre los árboles lo bastante espaciosos para poder ver zonas relativamente anchas de cielo, lo que le permitía localizar la Osa Mayor y la Estrella Polar. Sabiendo dónde se hallaba el norte, el resto era fácil.

Sólo tendría problemas si, una vez en lo profundo del bosque, el cielo se nublaba. En esas circunstancias no podría leer en el cielo y debería esperar a que llegase el nuevo día.

Semejante pensamiento no le resultó demasiado agradable.

Anduvo una legua con bastante facilidad hasta toparse con una ancha vereda; bueno, relativamente ancha. Hasta entonces había seguido el rastro de venados y tejones, y también de jabalíes, ya que había detectado sus huellas a ambos lados de algunos de los pasos más nítidos. Este nuevo camino era lo bastante ancho para que dos personas anduvieran codo con codo.

Media legua adelante, el camino se bifurcaba. ¿Por dónde seguir? ¿Derecha? ¿Izquierda? En mitad de esta vacilación oyó una vocecita interior que lo exhortó: ¡Ve por la derecha!

Estaba claro que tenía que decidirse.

Y, haciendo caso de la vocecita, enfiló el sendero de la derecha.

Poco después se topó con un trozo de trenza. De hecho, tropezó con ella.

La recogió.

Quizá se equivocase, pero casi podía asegurar que se trataba de parte de una trampa. ¿Una trenza dejada caer por Hamm o uno de sus compinches?

Con aire meditabundo, la plegó y la guardó en el fardo.

Un claro brillantemente iluminado lo sobresaltó unos metros más adelante. Avanzó hasta él y advirtió lo que había ocurrido. Un gran roble había caído directamente sobre el sendero, dejando un hueco en el frondoso dosel formado por las copas de los árboles.

Entró en el claro. No era uno, sino dos, los árboles tumbados. Uno parecía haber caído por causas naturales. Sus raíces, arrancadas de la tierra, se alzaban por encima de la cabeza de Josse formando un semicírculo. En el lugar que antes ocupaban sólo quedaba un profundo agujero, y en su fondo había agua.

El otro árbol, algo menos majestuoso, había sido talado, y no por un leñador. Se podían apreciar varios hachazos salvajes antes del corte principal que lo había derribado con estruendo.

¿Por qué lo habrían talado?

Josse se aproximó con cuidado y echó un vistazo al agujero dejado por el primer árbol. Una grieta, una especie de cueva, se abría en una de las paredes del agujero... Se aferró firmemente a una de las gruesas raíces del roble y, echándose la cruz por encima del hombro, bajó.

Lo que desde arriba le había parecido una cueva era, en realidad, la boca de un túnel. Ciertamente no muy largo, pero sin duda llevaba directamente hasta debajo del árbol talado.

Una vez caído, al parecer, lo que hacía falta era desarraigar el tocón. Y, por el aspecto que éste tenía, alguien se había estado ocupando de ello. Más allá, el túnel quedaba abierto.

Josse salió del túnel, se puso en pie, se quitó el polvo de las rodillas y pensó que, probablemente, había encontrado el tesoro de Hamm Robinson... y el secreto de los moradores del bosque. Secreto por el cual habían matado.

Estaba a punto de volver a meterse en el túnel, a ver si a Hamm lo habían interrumpido antes de sacar todo lo que era menester sacar, pero entonces cayó en la cuenta de que no era una buena idea. Necesitaría luz, y hacer una hoguera, por pequeña que fuese, podía atraer atenciones no deseadas.

Y, por mucho que tratase de negársela a sí mismo, tenía una clarísima e inquietante impresión de que unos ojos lo observaban...

Buscó su fardo, lo levantó y se alejó a toda prisa del claro y de los árboles caídos. A continuación, procurando no echar a correr, enfiló en sentido contrario el sendero que lo había llevado hasta allí, y que ahora lo conduciría hasta el mundo exterior.

El resto de esa noche durmió en un rincón del refugio de los monjes en el valle. Josse sabía que también se alojaba allí una familia de peregrinos compuesta por una pareja, un anciano y una niña con una débil y torcida extremidad; todos bebían el agua sagrada, asistían a las misas de los monjes y rezaban por un milagro.

Josse intentó molestarlos lo menos posible y se acomodó rápidamente sin hacer ruido. Luego procuró alejar de su mente las imágenes del profundo y misterioso bosque y olvidar por un momento cualquier secreto que en él se ocultase. Consiguió sosegarse y acompasar la respiración. No tardó en quedarse dormido.

Fray Saúl le llevó pan y agua para desayunar; sonriente, le informó que la mañana ya estaba avanzada y que la familia de peregrinos se había ido.

Josse se aseó y vistió con presteza y subió a la abadía. Estaba convencido de que a la abadesa le interesaría saber los progresos hechos en su excursión nocturna.

Al acercarse al portón trasero vio a alguien que casi corría delante de él y que acababa de doblar la esquina de la abadía. Se trataba de una joven que no vestía el hábito de las monjas. Josse apretó el paso y, sorprendido, se dio cuenta de que lo que le habían parecido los pasos de una carrera eran, en realidad, pasos de baile.

Y, cuando estuvo lo bastante cerca de ella, comprobó que también canturreaba.

—¡... y las dulces aves cantan! —decía una voz ligera, alegre, pura y afinada.

La moza volvió a sorprenderlo cuando, sin darse la vuelta, le dijo:

—¡Deberías irte! ¡Y no trates de sobresaltarme!...

En ese instante, ella miró por encima del hombro, vio a Josse y guardó silencio.

—Buenos días, mi señor —dijo casi inmediatamente.

Bajó los ojos y el tono de su voz pasó sin dilación de cálido y cariñoso a meramente cortés.

—Buenos días —contestó Josse. «¿Quién pensaba que era?», se preguntó—. ¿Vais a la abadía?

Ella le dirigió una sonrisa pícara.

—¿A qué otro lugar podría ir? ¡Ya casi hemos llegado al portón!

Él no pudo evitar devolverle la sonrisa.

—Me figuro que eres Esyllt —aventuró.

—Sí. Y vos, imagino, debéis de ser sir Josse d'Acquin.

—Sí, imaginas bien.

Estaba buscando el modo de plantearle una pregunta sutil, cuya respuesta le indicase de dónde venía, cuando ella tomó la palabra.

—¿Os alojáis con los monjes en el valle, mi señor? Me han dicho que ofrecen un desayuno excelente.

Consciente de la ironía que encerraban las palabras de la joven, Josse contestó:

—Así es. Jugosa carne de buey, recién cortada y bañada en salsa, el más suave de los panes y el mejor de los vinos franceses.

Esyllt echó la cabeza hacia atrás y soltó una carcajada.

—¿Por qué no se me ocurriría unirme a vos en lugar de contentarme con las gachas aguadas que damos a los ancianos? Claro que ellos no tienen dientes. —Y, dicho esto, le enseñó los suyos, que eran fuertes, blancos y uniformes.

—Me parece que las gachas te sientan bien —observó Josse.

Ella rió de nuevo.

—Lo cierto es que son muy nutritivas.

De repente, su expresión se tornó seria, como si las bromas acerca de las personas de las que se encargaba tuviesen un límite.

—La verdad es que los cuidamos bien, mi señor. No nos limitamos a colocarlos en un rincón y esperar a que mueran.

—No se me había ocurrido pensar cosa semejante —repuso Josse con gentileza—. Y sé de fuentes fiables, Esyllt, que se admira tu trabajo con ellos.

—¿Ah, sí? ¡Gracias, mi señor! ¡Me alegra mucho oírlo! —respondió con entusiasmo.

Traspasaron el umbral del portón y ella se dirigió hacia la residencia de los ancianos. Josse la acompañó.

—¿Vais a visitar a mis queridos viejitos?

—No... no, Esyllt, de momento no. He de ver a la abadesa.

En el rostro de la joven se dibujó la desilusión, como si le importara que fuera con ella, como si deseara llevarles a sus «queridos viejitos» una novedad que les alegrara la mañana.

—Pero... iré, ¡te lo prometo!

Esyllt volvió a sonreír.

—Os haré cumplir vuestra promesa —murmuró.

Y echó a andar hacia la puerta de la residencia dejando a Josse en el sendero... preguntándose por qué, a pesar de la inocencia de aquellas palabras, tenía la sensación de que una hermosa y seductora mujer acababa de hacerle una velada invitación.

Helewise llevaba un rato esperando a Josse cuando por fin lo oyó llamar a su puerta. Había acertado al resistir la tentación de mandarlo llamar, tentación que le dictaba la impaciencia por saber qué había averiguado, si es que había averiguado algo. Además, según el protocolo, no le correspondía a ella mandar llamar a alguien de la condición de sir Josse d'Acquin. También habría que añadir que, si éste había pasado la mayor parte de la noche en vela, se merecía un buen descanso.

—Adelante —dijo en cuanto oyó la llamada. Él entró en la estancia y sintió alivio al constatar que no había sufrido ningún percance—. Buenos días, sir Josse.

—Buenos días, abadesa. —Sonriente, se acercó el taburete, se sentó y, sin preámbulos, añadió—: Sí que hay algo en el bosque: un agujero y señales. Un agujero dejado por la caída de un enorme roble y señales de que alguien... tal vez más de una persona... ha estado excavando en él.

—¿Creéis que Hamm Robinson descubrió lo que fuera que hubiese oculto en ese agujero?

Josse se encogió de hombros.

—No estoy seguro, aunque se nota que ha habido cazadores furtivos por allí, y sabemos que Hamm Robinson y sus amigos eran furtivos. Pero... ¿no os parece, abadesa, que es demasiada coincidencia?

—Completamente de acuerdo.

A Helewise se le ocurrió algo y frunció el entrecejo.

—Sir Josse... ¿habéis visto... quiero decir, encontrasteis alguna señal de los moradores del bosque? Lo que trato de decir es...

—¿Si tuve miedo? —dijo Josse, sonriendo y acabando la frase iniciada por ella—. Mi querida abadesa... ¡estaba aterrado! Hubo un momento en que tuve la certeza de que me estaban observando y salí de aquel extraño lugar como si me persiguieran todos los demonios del mundo. —Su sonrisa se ensanchó—. Aunque no cabe duda de que fue cosa de mi imaginación.

—Desde luego —asintió Helewise con un hilillo de voz.

Josse metió la mano bajo su túnica.

—Se me olvidaba daros las gracias por el talismán. —Sacó la cinta de cuero que se había colgado del cuello y la pasó entre los dedos hasta encontrar lo que buscaba—. Fuisteis muy atenta, abadesa. Como veis, lo saqué del fardo y me lo colgué del cuello... Me ayudó tenerlo cerca.

La abadesa clavó la vista en el pequeño objeto que le tendía.

—Pero... ¡no he sido yo quien os ha dado eso!

—¿Qué?... Es una cruz... y pensé que vos...

Sosteniéndolo a un palmo de la cara, Josse lo examinó atentamente.

—No es una cruz —dijo—. Más bien parece una espada.

Helewise también se inclinó para verlo mejor.

—¿Puedo?...

Josse se quitó la cinta del cuello y se la dio. Además de la espada, colgaba de ella un pequeño crucifijo de oro. La abadesa cogió la primera con la mano derecha y la contempló. Era tan larga como la palma de su mano, metálica y exquisitamente trabajada. La hoja estaba decorada con espirales, y en la unión entre ésta y la empuñadura había una diminuta cabeza de expresión sumamente feroz.

—¿Qué es? —susurró Josse sin saber muy bien por qué.

—Puede que un amuleto. No es un verdadero cuchillo... Es demasiado pequeño y la hoja está embotada. Me imagino que es para proteger contra el mal y que uno debe ponérselo cuando corre peligro.

—Nunca había visto nada igual.

—Está trabajado como se hacía antaño —murmuró Helewise—. Mi padre poseía un antiguo broche que encontró en el lecho de un río y estaba decorado con las mismas espirales y círculos.

Al hablar recorría con el dedo, sin darse cuenta, la mayor de las espirales y, cosa extraña, al aproximarse a su centro sintió que le atravesaba un temblor, un temblor fugaz pero que sintió como... «Olvídalo —se dijo—. ¡Éste no es momento para fantasías!»

—Si no fuisteis vos quien me lo dio —inquirió Josse, pronunciando las palabras lentamente—, ¿quién fue?

Ella también se lo preguntaba.

—Alguien que sabía que iríais al bosque. Alguien que quería protegeros.

Sus miradas se encontraron. La idea resultaba emocionante y aterradora a la vez.

—Abadesa, tendré que regresar. Lo que descubrí anoche no es más que la superficie del asunto. Tengo que ver si queda algo enterrado y... me temo que también debo saber si realmente hay moradores del bosque.

—¡No! ¡Eso no! —contestó impulsivamente Helewise—. Sir Josse... ¡ya han matado para conservar su secreto! ¡Si os encuentran cavando debajo del mismo árbol caído, podrían...! ¡Lo que podrían haceros resulta impensable!

—No creo que me hiciesen daño —repuso Josse con suavidad—. Para empezar, seré yo quien los busque y, además...

—Pretendéis regresar, pararos en ese claro y gritar: ¡Heme aquí, moradores del bosque! ¡Venid por mí! —exclamó la abadesa con airado tono de incredulidad—. ¡Venid a matarme! —Sintió que estaba a punto de sollozar y, ante semejante absurdo, se contuvo a toda prisa.

Josse la miraba consternado.

—Abadesa... —dijo con voz queda. Pero, fuera lo que fuese que iba a decir, cambió de opinión y se limitó a mascullar algo.

—¿Qué habéis dicho? —preguntó ella con cierta aspereza.

—Nada —dijo Josse mirándola directamente a los ojos—. Abadesa, si creyese que puedo correr algún peligro, no pensaría en hacerlo.

—¡Oh, no, claro que no!

Josse fingió no haberla oído.

—Estoy seguro de que, si los abordo abiertamente y apelo a su sentido del honor, responderán. Acaso tenga que asegurarles que haremos todo lo posible para evitar que personas como Hamm Robinson se metan en sus asuntos. Tal vez entonces...

Helewise no pudo oír la sandez que Josse estaba a punto de decir porque en ese momento, tras un breve golpe en la puerta, irrumpió sor Eufemia.

—¡Abadesa, sir Josse... —exclamó con la voz entrecortada y el sofoco en el rostro—, disculpad la interrupción! Pero es que... sor Calixta... ¡ha desaparecido!

CAPÍTULO OCHO

Se dieron cuenta de la desaparición de sor Calixta porque ninguna de las monjas la había visto durante al menos una hora.

Dedujeron el tiempo transcurrido tras averiguar quién era la última persona que la había visto. Sor Calixta había estado presente en el oficio de tercia; muchas monjas lo recordaban. Luego la vieron dedicada a sus tareas matinales en la enfermería, incluyendo una visita a sor Tifaína para que le diera marrubio con el que sor Eufemia pudiera hacer más jarabe para una anciana que tenía dolor de pecho y una terrible tos.

—Sé que regresó con las hierbas —declaró sor Beata, reprimiendo a todas luces unas lágrimas de angustia—. ¡Me acuerdo de que le dije que se las llevara directamente a sor Eufemia, que las necesitaba con urgencia y que tenía mejores cosas que hacer que esperar tranquilamente a una novicia! —Las lágrimas, que hasta entonces sólo parecían querer asomar a sus ojos, fluyeron y se deslizaron por sus mejillas—. ¿Creéis que la ofendí? ¿Que fui yo quien provocó su fuga?

—De ninguna manera —contestó Helewise, rozando suavemente la mano de sor Beata—. Si la regañaste, estoy segura de que lo hiciste con todo el cariño. —Y dirigió a la preocupada monja una sonrisa de aliento—. Tú no sabes ser mala.

El semblante de sor Beata quiso alegrarse, aunque al instante se entristeció de nuevo.

—Sí, pero sor Calixta sigue perdida, sea de quien sea la culpa.

—Cierto —aceptó Helewise—. Sin embargo, sir Josse y yo estamos interrogando a todo el mundo y pronto sabremos adónde ha ido.

Le dirigió otra sonrisa alentadora, sin saber a ciencia cierta si lo hacía para alentar a sor Beata o a sí misma.

Buscó a todas las monjas que pudieran poseer información de utilidad. No tenía sentido interrogar a las monjas magdalenas que vivían en la casa de las hermanas vírgenes, ya que casi nunca salían de allí, ni a las que se dedicaban con devoción y total aislamiento al cuidado de los leprosos. Aparte de ellas, consultó a todas las demás. Nadie sabía nada que pudiese aclarar el paradero de sor Calixta.

Cuando Helewise terminó la ronda de entrevistas, la tarde estaba avanzada. Mientras ella trabajaba en el interior de la abadía, Josse había ido al valle y, según supo más tarde la abadesa, hasta salió en pos de una familia de peregrinos que habían partido aquella mañana, por si podían ayudar a esclarecer en algo la desaparición de la novicia.

A su regreso, su desanimado talante hizo ociosa cualquier pregunta sobre el éxito de su pesquisa.

Mientras los dos hablaban de lo que debía hacerse a continuación, sor Eufemia fue a buscarlos de nuevo.

En esta ocasión parecía más irritada que angustiada.

—Abadesa Helewise —dijo con cara de pocos amigos—, ¿podríais venir conmigo? Una de mis pacientes... —casi escupió la palabra— tiene algo que deciros. Y no entiendo por qué no lo ha dicho antes —rezongó mientras se encaminaban a la enfermería—, ¡de verdad que no lo entiendo!

Traspusieron el umbral, y sor Eufemia recorrió la estancia a buen paso; se detuvo al pie de un camastro ocupado por la anciana a la que habían tenido que administrarle el jarabe a causa de su terrible tos.

—¡Hilde! —casi gritó—. ¡He traído a la abadesa Helewise y a sir Josse d'Acquin!

Si sor Eufemia esperaba amilanar a la anciana anunciando en voz tan alta y altanera la presencia de Josse y Helewise, la abadesa intuyó que no lograría su objetivo.

—¿Ah, sí? —exclamó la interpelada con voz ronca—. ¡Qué gusto recibir visitas! ¡Buenos días, *milady*! ¡Buenos días, caballero!

Sor Eufemia, molesta por la insolencia de la anciana, agitaba la cabeza.

—¡Olvidaos de eso, Hilde! ¡Por favor, decidle a la abadesa lo que acabáis de decirme! ¡Ahora mismo! ¡Por favor!

Los tres aguardaron mientras Hilde se removía en su catre a izquierda y derecha, golpeaba un par de veces la almohada de paja, tosía y se acomodaba. Estaba claro que se sentía protagonista y pretendía aprovechar al máximo aquel breve instante de atención hacia su persona.

—Pues... —empezó—, oí decir... que buscabais a esa hermana... —fue diciendo con premeditada lentitud—, la de los ojos azules tan bonitos y el velo blanco.

—¡Sí! —exclamó sor Eufemia, malhumorada—. ¡Contad, contad!

—Esa moza, digo yo que no debería ser monja —continuó Hilde—. Es demasiado bonita. Estaría mejor calentando la cama de un mozo por la noche, ¿eh que sí, caballero? —Dirigió a Josse una miradita pícara y soltó una risotada que le provocó un violento ataque de tos.

Sor Eufemia dejó su malhumor a un lado y se convirtió de inmediato en la atenta enfermera que era: se sentó a su lado y la sostuvo por los delgados hombros mientras la mujer tosía y se atragantaba. Por fin, cuando la tos empezó a remitir, le dio un poco de agua y una cucharada de un jarabe de color claro que extrajo de un frasco.

—¡Ajjj! —se quejó Hilde al tumbarse—. ¡Me parece que no me queda mucho tiempo en este mundo!

Cerró los ojos e, inmediatamente, entreabrió una pequeña rendija en uno de ellos para comprobar el efecto de su actuación.

—¿Creéis que será el suficiente para compartir con nosotros la vital información que tan celosamente guardáis? —le preguntó Helewise gentilmente, al tiempo que le sonreía.

Hilde abrió los ojos y le devolvió la sonrisa, dejando al descubierto su apenas existente dentadura.

—Sí, abadesa, creo que sí. —Abandonó su táctica dilatoria y con admirable brevedad anunció—: Si queréis saber adónde ha ido sor Calixta, puedo decíroslo: ha ido al bosque.

—¿Al bosque? —exclamaron Helewise y Josse a la vez, y con el mismo tono sorprendido.

«Aunque no sé por qué me sorprende —pensó Helewise—, después de haber oído a la moza ese extraño tarareo... como si quisiera hablar con la floresta... ¿o tal vez contestaba a la llamada del bosque?» Esta última reflexión se le antojó demasiado perturbadora.

—¿Qué dijo exactamente sor Calixta? —preguntaba Josse a Hilde al tiempo que la abadesa trataba de olvidar su último pensamiento.

—Dijo que no iba lejos. —Aquella respuesta tranquilizó los ánimos de todos—. Y también algo sobre la otra hermana que estaba ya allí.

—¿Otra hermana? —inquirió Helewise—. ¿Estáis segura de eso, Hilde?

No podía recordar que ninguna otra monja hubiese expresado jamás el menor deseo de internarse en el bosque; más bien al contrario. A menudo tenía la impresión de que les daba miedo, de que las inquietaba el solo hecho de que cayera sobre ellas la sombra de sus árboles. ¡Superstición! ¡Terca e ignorante superstición, eso era! ¡Algo que no debería caber en la mente de mujeres que se habían entregado al sagrado servicio de Dios! En opinión de Helewise, tales sentimientos demostraban una clara falta de fe en los poderes protectores del Padre Celestial.

Sin embargo, Hilde insistía con firmeza.

—Estoy segura, abadesa. Como he dicho, no lo entendí todo, pero sí que oí a la mozuela decir eso de la otra hermana.

—¿Podría ser sor Tifaína? —susurró Josse a Helewise—. Quizá salió a coger setas o beleño o belladona.

—Es posible. Después de todo, sor Beata dijo que había mandado a Calixta a pedirle hierbas a sor Tifaína. Quizá Calixta creyó que la encontraría en el bosque. ¡Pero no tiene sentido! —Helewise frunció el entrecejo—. ¿Cómo iba a saber que sor Tifaína estaba en el bosque? Además, aunque así fuera, ¡sor Calixta ya debería haber vuelto!

Josse posó la mano sobre el dorso de la de Helewise, un gesto breve que a ella le resultó consolador.

—No os preocupéis —le pidió Josse—. Ahora que tenemos una pista —echó una mirada sonriente a Hilde— puedo ir a buscarla. La encontraré, abadesa.

Abadesa y enferma contemplaron cómo cruzaba a grandes zancadas el pasillo y escucharon el sordo sonido de sus pesadas botas y el melodioso tintineo de sus espuelas.

—¡Aaahhh! —suspiró Hilde—. Eso es un hombre; uno bueno, ¿verdad, abadesa?

—Es un hombre honorable y valiente —contestó Helewise algo tensa.

—¡Ojalá tuviese yo una docena de años menos! —dijo la anciana antes de lanzar un nuevo suspiro—. Bueno... tal vez veinte. —Y volvió a suspirar—. ¡Qué no habría hecho con un hombre como él! Abadesa, ¿no os...?

Helewise pensó que más valía no dejar a Hilde preguntar lo que iba a preguntar.

—¡Gracias! Habéis sido de gran ayuda. Ahora, si me disculpáis, mis obligaciones reclaman mi atención.

—Idos, abadesa, idos...

Mientras se volvía para marcharse, no pudo evitar ver el exagerado guiño que la anciana le dirigió. Un guiño que, sin lugar a dudas, iba cargado de pícaras sugerencias.

En su regreso al bosque por los mismos senderos y caminos que había seguido la noche anterior, una idea se fue abriendo paso en la mente de Josse y, cuanto más la revisaba, tanto más se convencía de que era una posibilidad nada descabellada. Tal era su convencimiento, que estuvo tentado de regresar a la abadía y planteársela a Helewise.

Decidió parar un rato con el fin de reflexionar a fondo sobre ello.

Hilde había dicho que Calixta iba al bosque en pos de otra hermana. Pero ¿y si la anciana no la había entendido? ¿Y si había llegado a aquella conclusión de un modo precipitado, algo perfectamente comprensible dado lo avanzado de su edad? ¿Y si en realidad Calixta no se había referido a otra monja?

Tal vez Calixta habló de alguna otra persona que había ido al bosque antes que ella y Hilde, partiendo de la idea de que las otras personas de referencia eran las monjas, lo interpretó a su manera y entendió que se trataba de una de las hermanas.

«Conozco a una persona de la comunidad de Hawkenlye que no es monja y va al bosque. Al menos creo que venía de allí cuando, esta mañana, nos hemos encontrado camino de la abadía.»

¿Habría regresado al bosque más tarde? ¿Sería a Esyllt a quien Calixta había seguido?

Sólo había un modo de averiguarlo. Y, en lugar de volver corriendo a la abadía a exponer aquella nueva hipótesis, se adentró a toda prisa en el bosque.

Se había perdido.

Imaginaba que resultaría mucho más fácil encontrar el camino por la tarde que a la luz de la luna. Sin embargo, por desgracia, un espeso y oscuro banco de nubes había llegado por el oeste y, sin sol, en lo más profundo del bosque, no tenía modo de orientarse. No tardó en descubrir que los caminos parecían todos iguales y que no había manera de distinguir un grupo de robles de otro.

Para colmo, empezó a llover.

Sin saber qué camino conducía al corazón del bosque y cuál al exterior, decidió refugiarse bajo un tejo y, sentado allí, con la espalda contra el tronco, aguardar a que la lluvia amainase.

El tupido follaje lo protegía bastante bien de la incesante lluvia; pero, al no poder moverse, pronto notó que se entumecía por el frío.

Tras una larga espera, la noche se le echó encima, y con ella, por fin, la lluvia cesó.

Abandonó su refugio. Pero un repentino e inexplicable anhelo lo empujaba a agradecerle al tejo su protección. Regresó, puso una mano en el tronco y se descubrió a sí mismo pronunciando una serie de agradecidas palabras en voz alta.

«¡Idiota! —se dijo—, sólo es un árbol. ¡No puede oírte!»

Enfiló el sendero y lo siguió hasta llegar a un claro. Lo que vio en él produjo en su interior una tremenda sensación de alivio: en medio de un cielo totalmente despejado, la luna llena, ya muy alta, despedía casi tanta luz como el sol de mediodía. Podía distinguir la Osa Mayor y sus dos estrellas externas, es decir, el norte.

Ahora que ya sabía la dirección que le permitiría salir del bosque, no le apetecía tanto abandonarlo. Hasta el momento sólo había conseguido perderse, mojarse y protegerse de la lluvia bajo el tejo. Y ninguna de las tres cosas tenía nada que ver con los propósitos que lo habían llevado hasta allí: encontrar a Esyllt y a sor Calixta.

Hizo un mapa mental del bosque para deducir la dirección por la que había andado la noche anterior, se situó bajo la brillante luna llena y se dirigió hacia el lugar en el que yacían los dos robles caídos. Metió la mano debajo de su túnica. Todavía llevaba puesto el talismán; lo sacó de allí y lo guardó en su mano, aferrándolo.

No podía saber que a Hamm Robinson lo habían matado una noche de luna llena porque a nadie se le había ocurrido contarle semejante detalle. Aquella noche hacía exactamente un mes lunar que Hamm había entrado en el Gran Bosque para encontrar la muerte lanceado por la espalda.

No saberlo, con toda seguridad, era lo mejor para que conservara la paz mental.

Gracias a la suerte, más que a su capacidad de orientación, Josse encontró los dos robles. Estaba envaneciéndose de su habilidad cuando, inexplicablemente, sintió una emoción tan intensa y profunda como la que había experimentado al abandonar la protección del tejo tras la tormenta. Sin entenderla, con la sensación de haber abandonado su cuerpo y ser testigo ocular y externo de sus propios actos, se acercó lentamente al mayor de los dos árboles, alargó los brazos y mantuvo las manos en el aire, por encima del tronco, con las palmas hacia abajo.

Al principio no sintió nada, pero luego experimentó un indefinible hormigueo en el centro de cada una de las palmas, cuya intensidad creció rápidamente hasta convertirse en la casi intolerable sensación de estar quemándose; al mismo tiempo lo embargó una devastadora y apenada tristeza por el enorme árbol moribundo que se hallaba a sus pies.

Sin poder sustraerse al extraño estado en que se hallaba, repitió el ritual con el árbol más pequeño. Esta vez, a la tristeza se sumó la rabia.

No podía explicar por qué, pero sintió la tala de aquel árbol como un crimen, como un asesinato.

Y el bosque estaba furioso por ello.

Josse percibió aquella ira. Y allí, de pie en mitad de la fronda, lo abrumó un profundo y terrible pavor, y se echó a temblar.

Haciendo de tripas corazón, se apartó del árbol. Irguió la espalda, alzó el rostro y dijo en voz muy baja:

—Aunque camine por oscuras quebradas no temo ningún mal porque tú estás conmigo, tu bastón y tu vara me protegen.

Poco a poco dejó de recitar.

No era el poder del mal lo que lo hacía temblar. Su pavoroso miedo procedía de la percepción de un vasto poder natural. Un poder que, estaba seguro, no se alimentaba de la maldad.

Con el consuelo de las familiares palabras del salmo, inspiró hondo varias veces y fue a explorar el otro lado del claro.

Más allá del punto en que, según la teoría de Josse, Hamm Robinson, Seth y Ewen habían cavado en busca del tesoro, el suelo del bosque también había sido removido. No se había fijado en ello la noche anterior; pero, ahora que lo veía, pensó que, si tenía razón en su hipótesis de que el tesoro era de origen romano, bien podría haber otras reliquias de la misma índole en esa zona del bosque.

Rodeó cuidadosamente el borde del claro. Encontró piedras, antiguas piedras labradas que formaban, más o menos, un ángulo recto... ¿Los restos de un edificio?

Se abrió paso hacia la maleza, siguiendo el perfil de los restos mejor conservados, y llegó a un resquicio cubierto por algo que bien podría ser una losa. ¿Una puerta?

Dio unos pasos hacia atrás para tener una mejor perspectiva y tropezó. Tratando de ponerse en pie, sus manos dieron con una piedra circular, con una parte del canto roto.

Sin cambiar de posición, empezó a rebuscar de forma metódica, primero hacia la derecha y luego hacia la izquierda. No tardó en hallar otras cinco piedras, mellizas de la primera.

No cabía la menor duda: se trataba de las basas de una columnata. Poco sabía de arquitectura romana, pero no dudó en deducir que, con toda probabilidad, aquello había sido un templo.

Rodeó los restos de lo que habían sido paredes y encontró las losas que en otra época habían constituido un suelo. Allí nacía un camino empedrado, apenas visible bajo los hierbajos que lo habían invadido.

Aquel pequeño hallazgo le bastó como prueba: el lugar había sido un templo para los romanos... o para alguien más. Sabía que los romanos habían extraído minerales y construido caminos en esta zona. Si no se equivocaba, la conclusión lógica era que también habían enterrado algo sumamente valioso.

«Hay que regresar con un equipo —se dijo—, traer cuerdas y...»

Oyó voces.

Murmullos.

Gentes muy cercanas que no deseaban ser escuchadas.

Tan silenciosamente como pudo, retrocedió hasta el templo; se agazapó tras una de las paredes en ruinas, tiró de la rama de un avellano para ocultar la cabeza y echó una ojeada al claro.

Dos hombres se acercaban; llevaban algo parecido a una espada, y un saco. En el tono de sus murmullos, Josse detectó miedo.

—... de todos modos no me gusta después de ya sabes qué —decía uno de ellos.

—¡Cállate y vamos a cavar! —contestó el otro.

Ewen y Seth bajaron al agujero bajo los árboles y empezaron a sacar tierra.

Josse los contempló durante un buen rato. De vez en cuando, uno de ellos salía, metía algo en el saco y volvía a desaparecer en el agujero.

Un súbito sonido hizo que Josse entendiese el espanto que emanaba de las voces de Seth y Ewen cuando se aproximaban al agujero.

Era un zumbido, como un canturreo o una melopeya. Muy bonito al principio.

No obstante, la extraña tonada se deslizó por una escala que ninguna música humana había empleado nunca y que helaba el alma. El volumen aumentó e hizo vibrar el aire. Josse se encogió aún más tras la protección que le brindada la pared, deseando hacerse más pequeño... invisible. Era ilógico, pero lo asaltó un repentino pavor y la sensación de que allí fuera había personas, cuyos ojos, unos ojos profundamente hundidos que penetraban las sombras, lo contemplaban, se posaban en él, lo conocían...

Experimentó una fugaz compasión por Ewen y Seth, que se hallaban expuestos en mitad del claro, vulnerables. Ewen se tapaba las orejas con las manos y Seth, con el saco medio lleno aferrado al pecho, tenía un aspecto patético intentando ocultar el miedo tras un aire desafiante, retador.

—¿Quién anda ahí? —gritó.

Sus palabras no produjeron ningún eco; se cortaron de inmediato como si alguien hubiese cerrado una gigantesca puerta.

—¡Yo me largo! —dijo Ewen en un sollozo, y echó a correr fuera del claro, trastabillando. Seth se dispuso a seguirlo pero, justo en ese momento, el canturreo cesó.

Seth se inmovilizó y miró por todas partes como si sospechara que le estaban tendiendo una trampa.

El silencio continuó.

Bajó al agujero y volvió a subir, gruñendo; llevaba un enorme objeto entre en las manos. Lo metió en el saco con dificultad y, echando un último vistazo alrededor, se cargó el saco sobre la espalda, recogió la espada con la mano libre y siguió los pasos de Ewen.

Al cabo de unos minutos, Josse salió de su escondite y se dirigió cautelosamente al claro. Miró el sendero por el que se habían marchado los dos hombres y luego paseó la vista por la circunferencia formada por los árboles que lo rodeaban. Creyó que sus ojos lo traicionaban.

O eso o...

No, la alternativa era impensable.

Josse creyó ver un cuerpo.

Era humano, sin lugar a dudas, y, a juzgar por su esbeltez, femenino. Vestía de blanco, andaba ligeramente encorvado y en una mano llevaba... ¿una larga varita mágica?

Se frotó los ojos con fuerza y volvió a mirar. La figura había desaparecido. Evidentemente, había sido cosa de su imaginación.

Agarró el talismán y sintió que la punta de la espada se le clavaba. El breve y punzante dolor lo ayudó a recuperar la cordura.

Es el efecto del bosque, se dijo, de los silenciosos y vigilantes árboles, de los edificios en ruinas de un pueblo desaparecido mucho tiempo atrás. De ese canturreo, ese espeluznante canturreo que, seguramente, era el sonido que producían las ramas al golpear unas con otras.

Pero... ¿dónde estaba el viento?

No lo había. Era una noche quieta y serena.

Se esforzó en conservar la calma. Se dijo que debía tomar una decisión racional, ajena a las tenebrosas emanaciones que parecían provenir del tupido bosque. La lógica le decía que no tenía sentido permanecer más tiempo allí, que no servía de nada hacerlo, que era más productivo regresar a la abadía. Estaba a punto de poner en práctica su sensata decisión cuando otro sonido, muy distinto, atravesó el bosque.

Y no se trataba de un canturreo.

No se inició con dulzura y no había nada musical en él.

Era un grito.

Un grito humano, de muy baja intensidad al principio y que creció rápidamente hasta convertirse en un agudo y penetrante chillido de terror, en su estado más puro.

Acabó de súbito en algo parecido a un gruñido.

A medida que el eco del grito desaparecía, el ominoso y total silencio del tenebroso bosque se cernió de nuevo sobre Josse, que perdió el poco autocontrol que le quedaba.

Sin hacer caso de los cardos y la maleza, que lo golpeaban y rasgaban vestiduras y piel, salió del claro a toda velocidad y enfiló a la carrera el camino que llevaba al conocido y seguro mundo exterior.

SEGUNDA PARTE

UNA MUERTE EN EL BOSQUE

CAPÍTULO NUEVE

Al regresar a la abadía, Josse se encontró con que, aunque ya era pasada la medianoche, la comunidad seguía despierta y las antorchas ardían en el patio iluminando las sombras de los claustros.

Tras la espantosa oscuridad de los árboles, supuso un bendito alivio.

Halló a Helewise en su despacho y la puerta de éste, abierta; por su cabeza cruzó la idea de que en esa noche de angustia y alboroto la abadesa deseaba dar la impresión de que estaba cerca, accesible, por si sus monjas la necesitaban.

Ella se puso en pie cuando él entró.

—Abadesa, no la he encontrado —empezó a decir—, pero creo...

—¡Está aquí! —explicó la abadesa al mismo tiempo y con cara de alegría—. Sor Calixta ha regresado y está a salvo. ¡Sana y a salvo!

—¡Gracias a Dios! —comentó Josse en voz baja.

—Amén, sir Josse. Amén. ¡Imagináoslo! —continuó la abadesa—. Está muy arrepentida por habernos causado tanta preocupación y tantas molestias, dice, pero fue a dar un paseo bajo los árboles y ¡se le pasó el tiempo! ¡Caramba! ¿Habíais oído algo más simple?

—Se le pasó el tiempo... —repitió Josse. No quería reconocerlo frente a la abadesa; pero, ahora que conocía el bosque un poco mejor que ella, entendía demasiado bien cómo había podido suceder—. ¿Dónde está? —preguntó, y se esforzó por apartar de sí el hechizo místico del bosque y concentrarse en asuntos más urgentes—. Decís que está a salvo, pero ¿no se habrá resfriado?

—Se encuentra bien, seguro. —El alivio que experimentaba la abadesa se evidenciaba en su amplia sonrisa—. Está en la iglesia, de rodillas, llena de remordimientos, como os he dicho, rezando para que Dios la perdone por haber angustiado tanto a todas sus hermanas.

Hermanas. Eso hizo que Josse recordara.

—Abadesa, puede que esto os suene raro, pero ¿sabéis dónde está Esyllt?

—¿Esyllt? —A todas luces la pregunta le resultaba extraña—. Duerme en un cuartito en la residencia de los ancianos. —Helewise frunció el entrecejo—. A menudo necesitan que los atiendan durante la noche. Estoy segura de que está allí... —Y volvió la mirada hacia Josse—. ¿Por qué?

—¿Podríais mandar a alguien a comprobarlo? —la exhortó—. Abadesa, ¡no os lo pediría si no fuese importante!

Con esas palabras, Helewise pareció recuperar el control de sí misma.

—No, claro que no. Esperad. Iré yo misma.

Josse se dejó caer pesadamente en el taburete, se apoyó en la pared, cerró los ojos y aguardó.

Al cabo de un rato, la abadesa regresó. Con sólo ver su cara, él se dio cuenta de que no se había equivocado.

—No está, ¿verdad?

—Así es, no está. —La expresión de la cara de la abadesa era de total desconcierto—. ¿Sabéis dónde está?

—¿Ahora? No exactamente. Pero tengo una idea de adónde fue antes.

Le resumió la idea que se le había ocurrido cuando se dirigía al bosque.

La abadesa asentía mientras lo escuchaba.

—Parece que no os falta razón. Pero ¿por qué? ¿Por qué iría en secreto al bosque? Y ¡para colmo! de noche.

—La noche encubre bien las visitas, si éstas son secretas —señaló Josse.

Y, aun yendo de noche, no había logrado mantener el secreto, pues él la había visto regresar la mañana anterior.

—Claro, claro —respondió Helewise en tono impaciente—. Pero ¿con qué propósito? ¿Cómo lo sabía sor Calixta? ¿Qué ha hecho que la siguiera?

—Abadesa, tengo que deciros otra cosa... algo que, a menos que me equivoque, es mucho peor que el que una joven vaya al bosque de noche.

De repente se le ocurrió una idea terrible: Calixta se encontraba a salvo entre las paredes de la abadía, pero Esyllt no.

¡Dios santo! ¿Y si aquel espeluznante y larguísimo grito había sido suyo?

¿Y si ahora se hallaba desmayada en un lugar apartado del camino principal?

—¿Qué, Josse? ¿Qué? —la abadesa lo zarandeó—. ¡Decídmelo! ¡Por Dios, os habéis puesto lívido!

Josse se puso en pie.

—Abadesa, cuando me encontraba todavía en el interior del bosque oí un grito espantoso. Me temo que el asesino ha vuelto a matar. Que...

—¡Esyllt! —La abadesa se puso tan lívida como Josse—. ¡No! ¡Ay, no, Jesús mío! ¡No!

—¡Había más gente en el bosque! —exclamó Josse asiéndole las manos—. No me cabe duda de que se ha producido otro asesinato, abadesa, ¡pero no es seguro que Esyllt sea la víctima!

Helewise lo miraba con los ojos como platos.

—¡Tenemos que ir a ver! —gritó—. ¡Quienquiera que sea la víctima, debemos ir a buscarla ahora mismo! ¡Todos nosotros!

Y, antes de que Josse hiciera siquiera el ademán de detenerla, salió corriendo con la falda del hábito ondeando, llamando a las mayores de sus monjas. Al cabo de muy poco tiempo había hecho los arreglos pertinentes. Eficaz, aun en medio de tan terrible crisis, había organizado y enviado grupos de búsqueda con mayor presteza de la que Josse hubiera podido imaginar.

Él se limitó a esperar que regresara y le dijese qué deseaba que hiciera.

Al fin entró en el despacho secándose el sudor de la frente.

—Sir Josse, ¿vendríais conmigo a buscarla? —preguntó.

—Lo haré encantado —contestó, y le hizo una reverencia.

Rumbo al bosque, a paso casi de marcha, la abadesa se alegraba más de lo que quería reconocer al sentir el paso firme de Josse a su lado; se había asegurado de que a sor Eufemia, sor Basilia y sor Marta las acompañaran también hombres fuertes y fornidos, cada uno de los cuales iba armado con un sólido bastón. Pocos hermanos legos descansarán esta noche, pensó.

Bajo los árboles, la oscuridad resultaba mucho más intensa de lo que había previsto. Por otro lado, la noche avanzaba y la luna ya no estaba tan alta. Luna llena, reflexionó. Otra luna llena y otro asesinato.

Para poder apartar sus miedos, se dirigió a Josse.

—Sir Josse, ¿os dais cuenta de que...?

No tuvo oportunidad de acabar la pregunta, pues en ese momento vieron correr hacia ellos a Esyllt con la falda levantada hasta los muslos, despeinada, pálida como la muerte y con sangre en las extendidas manos, la barbilla y el vestido. Al verlos, chilló:

—¡Está muerto! ¡Hay tantísima sangre!

Tras lo cual se echó en brazos de Helewise.

Por unos segundos, la abadesa no pudo sino estrecharla con fuerza, acunarla, tratar de tranquilizar sus entrecortados y estridentes sollozos.

—¡Calma, moza! —murmuró, depositando un beso sobre el cabello desgreñado—. Ahora estás a salvo. No dejaremos que te pase nada.

Esyllt se apartó y miró por encima del hombro hacia el sendero.

—Está allí —dijo estremecida—. Muy adentro. Tumbado en medio de los matorrales. Está muerto. Estoy segura de que está muerto. ¡Tiene que estarlo! —Empezaba a perder de nuevo el control.

—¿Quién está muerto? —preguntó Josse con gentileza.

La muchacha giró sobre sí misma y lo miró con ojos desorbitados, como si no lo reconociera. De pronto, en sus labios se dibujó una mueca que pretendía remedar su habitual y alegre sonrisa.

—Caballero, ¿vendréis a ver a mis queridos viejecitos?

—Pronto, muy pronto; lo prometo.

Ella asintió.

—Bien. Se alegrarán.

La angustia, que por un momento había parecido abandonarla, volvió con toda su fuerza. Su expresión cambió otra vez, y la muchacha susurró algo ininteligible.

—¿Qué has dicho? —inquirió Helewise en tono bastante tajante.

Esyllt agitó la cabeza y las lágrimas corrieron de nuevo por sus mejillas.

—Nada.

—Esyllt —insistió Helewise—, algo terrible ha ocurrido y, de momento, nuestro deber cristiano consiste en encontrar al pobre hombre que ha sido atacado y hacer lo que podamos por él.

—No podéis hacer nada. Os digo que está muerto... ¡muerto! —dijo Esyllt, gimiendo; se estremeció y rompió a llorar nuevamente—. ¡Dios mío! ¡Es horrible! Yo... él... veréis... nosotros...

—Entonces tenemos que llevarlo a la abadía para darle un entierro cristiano —la interrumpió Helewise, implacable—. Después, y sólo después, trataremos de descubrir qué hay tras su muerte. ¿Me entiendes, Esyllt? —Y la zarandeó ligeramente—. Ahora no estás en condiciones de ser interrogada. Lo haremos cuando hayas descansado.

Helewise se preguntó si Josse se daba cuenta de lo que pretendía hacer; si había visto lo mismo que ella cuando Esyllt salió corriendo de los árboles. «No —se dijo—, no pienses en eso ahora. Ya tendrás tiempo de investigarlo una vez a salvo tras los muros de la abadía.» Al hablarle con firmeza a la moza, acallándola, esperaba evitar que ésta, presa de la confusión y la conmoción, dijese algo que más tarde pudiera lamentar. Existía el riesgo de que si hablaba ahora se inculpase. Si de algo estaba segura Helewise era de que, hubiera hecho lo que hubiese hecho, Esyllt no era una asesina.

Josse sin duda lo creía también, porque la apoyó diciendo:

—No, Esyllt, no más respuestas de momento. Vamos a pedir la ayuda de otra partida de búsqueda para que te lleven a la abadía. Allí te cuidarán. Ahora, sólo dime dónde encontrar a la víctima. Ve a la luz y el calor, aséate, cámbiate de ropas y duerme hasta que te sientas mejor.

Esyllt lo miraba fijamente. Cuando él acabó de hablar le sonrió.

—Tenéis un corazón bondadoso, mi señor caballero. ¿Verdad que sí, abadesa?

—Efectivamente —convino Helewise.

—¿Me dais vuestro permiso? —inquirió Esyllt, que conservaba la suficiente presencia de ánimo para recordar que era Helewise y no Josse quien le daba órdenes.

—Lo tienes.

Josse había echado a correr por el camino principal, llamando a los otros grupos. Al poco rato obtuvo una respuesta y, poco después, vio a fray Saúl, sor Eufemia y los otros dos hermanos legos de su partida.

En cuanto terminaron de lanzar exclamaciones y dar gracias a Dios por haber encontrado a Esyllt sana y salva, sor Eufemia le rodeó los hombros con un brazo y la partida emprendió el regreso a la abadía.

—¡Fray Saúl! —gritó Josse.

—¡Sí, sir Josse!

—¡Hemos de desempeñar una misión desagradable, vos y yo! —Y Josse dirigió una mirada a Helewise, que comprendió lo que vendría a continuación—. Esyllt nos ha dicho dónde encontrar al hombre al que atacaron y me preguntaba si podríais venir conmigo para que la abadesa pueda regresar a...

Eso era, precisamente, lo que Helewise se temía.

—¡Sir Josse! —lo interrumpió la abadesa en tono quedo y firme—. ¡Estoy al frente de esta expedición y no regresaré a la abadía hasta que hayamos hecho lo que hemos venido a hacer! —Y bajó aún más el volumen de su voz para asegurarse de que fray Saúl no la oyese—. ¡Os agradecería que recordaseis que quien manda aquí soy yo!

Josse puso cara de circunstancia, de aceptar la regañina. Helewise experimentó una enorme satisfacción, pero luego reflexionó: «¡Si tan sólo trata de ayudarme, de evitar que vea algo posiblemente... no, seguramente... horrible! ¡No he debido regañarlo por tan caritativo impulso!»

—¡Lo siento, sir Josse! —susurró a continuación.

Pero sir Josse ya había echado a andar camino abajo. Helewise se convenció de que no la había oído.

La luna se había puesto y se alumbraban con unas antorchas preparadas apresuradamente antes de salir. Aun así, tardaron mucho tiempo en encontrar al difunto.

Esyllt había dejado en su huida un rastro fácil de seguir, lleno de ramitas rotas, arbustos quebrados y matojos aplastados. Sin embargo hicieron falta varios minutos para descubrir el punto en que se hallaba el cadáver.

Fue fray Saúl quien lo encontró.

—¡Sir Josse! —gritó con tono titubeante.

«Él también desea ahorrármelo, si sólo llama a sir Josse», pensó Helewise, y apresuró el paso para no quedarse atrás.

Ella y Josse llegaron juntos al lugar en que se encontraba fray Saúl.

De que el cuerpo que yacía a los pies de éste estaba muerto no cabía duda: nadie podía perder tanta sangre y seguir vivo. Además, su cuello y torso presentaban profundas incisiones, sin contar una que le cruzaba el ojo derecho. Cualquiera de esos cortes podía haber alcanzado un órgano vital y haberle acarreado la muerte.

De forma paulatina, Helewise empezó a sentir un frío intenso. Le castañetearon los dientes y los dedos se le entumecieron; así que entrelazó los brazos en el interior de las mangas de su hábito.

Fray Saúl les dio la espalda y vomitó.

La abadesa sintió en un brazo el sutil apretón de la mano de Josse, que habló en tono carente de dramatismo para ayudarla a dominarse y no seguir el ejemplo de fray Saúl.

—No me extraña que la moza estuviera tan llena de sangre. Supongo que estaréis de acuerdo conmigo, abadesa, en que debió de arrodillarse para mirarlo y que por eso se le llenó el vestido de sangre.

Helewise tragó saliva y respondió:

—¡Ejem...! Pues... sí, sir Josse. Tal vez en la oscuridad no resultaban tan visibles sus heridas como lo son para nosotros a la luz de las antorchas, y se sintió obligada a comprobar la naturaleza de sus heridas —«¡Pensar en esa pobre moza, arrodillada y sintiendo esa cálida y pegajosa humedad calándole la falda!... ¡Tendiendo la mano para tocarlo y encontrarse esas horribles heridas!...»—. Seguro que supo de inmediato que estaba muerto.

—¡Mmm! —musitó Josse, que se había arrodillado (aunque, a diferencia de Esyllt, lejos del charco de sangre), sosteniendo la antorcha sobre el cuerpo—. ¡Ajá! —exclamó.

—¿Lo conocéis? —inquirió Helewise.

—Sí. Se llamaba Ewen. Era compinche de Hamm Robinson en la caza furtiva y el robo.

—¿Estáis seguro?

—Sí.

Pareció que se iba a incorporar, pero al final se inclinó un poco más para ver mejor las heridas del torso.

—Lo he visto esta misma noche —añadió—. Él y Seth, el primo de Hamm, habían regresado al lugar donde estuvieron excavando para extraer el tesoro.

«¿Tesoro? —pensó desconcertada Helewise—. ¿Hombres cavando por un tesoro? Probablemente, Josse debió de toparse con ellos en algún momento de esta interminable noche. Pero ¿qué hacía él en el bosque?» ¿Por qué había ido allí? La nebulosa de la desmemoria producida por la tensión del momento desapareció casi de inmediato. ¡Calixta! ¡Había ido en busca de sor Calixta! De pronto le pareció que debía asimilar demasiadas cosas al mismo tiempo y sintió que le daba vueltas la cabeza. Se apartó del cuerpo y del hedor de la sangre y se apoyó en el liso tronco de una haya. Aspiró hondo varias veces y, antes de que Josse o fray Saúl se percataran de su debilidad, se apresuró a declarar:

—Hemos de llevarlo a la abadía. Y creo, sir Josse, que debo poner en conocimiento del sheriff Pelham que ha habido otro asesinato.

Entre Josse y fray Saúl sacaron el cuerpo del bosque, una faena nada agradable; sobre todo porque el amanecer avanzaba y había suficiente luz para ver su estado aun bajo la penumbra de los árboles.

Josse advirtió que la abadesa, a pesar de poder hacerlo, no se adelantó para notificar a los habitantes de la abadía lo que estaban a punto de recibir. En lugar de eso, caminó junto al cadáver moviendo los labios y las cuentas del rosario en una silenciosa oración.

«¡Qué mujer más resuelta!», se dijo a medio camino entre la frustración y la admiración incondicional. No era necesario que se sometiera a aquel horror, pues para eso ya estaban fray Saúl y él, y, sin embargo, ¡lo estaba haciendo! ¡Qué mujer! Como bien había insistido, era ella la que mandaba y, como buena comandante, no quería obligar a sus hombres a hacer lo que ella no estuviera dispuesta a hacer.

—¡Terca! —mascullό en voz muy baja.

La abadesa, que continuaba elevando sus oraciones, no lo oyó, pero fray Saúl, que caminaba delante de él sujetando el cadáver por las piernas, se volvió y le dirigió una sonrisa cómplice y fugaz.

Una vez en la abadía, lo pusieron en la cripta, una fría cámara de anchas paredes de piedra situada bajo la iglesia y cuya perspectiva era tan sólo interrumpida por los enormes pilares de piedra que servían de cimientos para soportar el enorme peso del templo. Era el lugar más adecuado para un muerto de aquella índole, húmedo y tenebroso como la violenta muerte del desgraciado Ewen.

A la luz más esclarecedora de varias antorchas, Josse confirmó sus sospechas acerca del método empleado para el asesinato.

A continuación, mientras sor Eufemia y sor Beata se afanaban con la espeluznante tarea de preparar al muerto para el entierro, subió al despacho de la abadesa y aguardó la llegada del sheriff.

—¿Tenía parientes? —le preguntó Josse a la abadesa al tiempo que tomaba asiento en el taburete.

—¿Cómo? —Helewise se volvió hacia él, y Josse se preguntó qué clase de pensamientos acababa de interrumpir—. ¡Ah! ¿Ewen Asher? ¿Parientes? Creo... creo que vivía solo. Antes vivía en casa de su madre, viuda, si es que estamos hablando de la misma persona; pero ella murió el año pasado. No tenía ni esposa ni hijos, que yo sepa.

—Mejor así.

Se produjo un corto silencio, tras el cual la abadesa inquirió:

—¿A él también lo mataron los moradores del bosque?

Josse no respondió inmediatamente.

—No —dijo al cabo de algunos segundos.

—¿Cómo lo sabéis?

—Porque... Bueno, no voy a hablar de los detalles...

—¿Pero...?

Y Josse continuó:

—Veréis, abadesa, pienso que el asesino más probable es Seth; es el único a quien beneficia la muerte de Ewen.

—Se queda con una parte mayor de lo que sea que hayan descubierto en el bosque...

—De hecho, muertos Hamm y Ewen, Seth se queda con todo. Pero... —Las cejas de Josse se fruncieron en un gesto feroz.

—Pero... ¿qué?

—Que no tiene sentido.

—¿Por qué?

Josse levantó la cabeza y la miró directamente a los ojos.

—Por poco probable que parezca, abadesa, anoche tuvo que haber una cuarta persona en el bosque aparte de los cazadores furtivos y Esyllt. En realidad, una quinta, contándome a mí. Y, puesto que ni los moradores del bosque ni Seth ni yo matamos a Ewen, y sin duda estamos de acuerdo en que tampoco lo hizo Esyllt, la única conclusión es que fue esa misteriosa quinta persona.

CAPÍTULO DIEZ

Helewise observó que Pelham producía en Josse una impresión tan poco favorable como en ella.

Josse le cedió su asiento cuando entró, un gesto aparentemente cortés, pero tanto el propio Josse como ella habían advertido que la posición del sheriff sería, a todas luces, de desventaja, al estar sentado en un taburete bajo e inestable mientras Josse, de pie, se apoyaba en la pared.

—Son esos condenados e infieles moradores del bosque, ¡seguro! —decía Harry Pelham, a la vez que agitaba amenazadoramente el índice derecho—. Dos asesinatos en un mes... ¡y ambos en noche de luna llena! ¿Se necesitan más pruebas?

—¡Mmm...! —murmuró Josse. Y miró a Helewise.

Ésta pensó que, como ella, Josse se preguntaba si el sheriff se habría dado cuenta por sí mismo o si alguien le había hecho notar aquella circunstancia.

Probablemente esto último, decidió.

—Hacen cosas extrañas cuando hay luna llena —prosiguió Pelham.

—¿Hacen cosas? —repitió Josse de modo anodino—. ¿Qué clase de cosas, sheriff?

—¡Oh!, ceremonias, rituales, conjuros... Ese tipo de cosas.

—¡Ahora lo entiendo! Os explicáis con mucha claridad, sheriff.

Helewise se dijo que Harry Pelham no podía dejar de percibir el sarcasmo de las palabras de Josse.

Pero se equivocaba; al parecer, sí que podía.

—Son una antigua... mmm... digamos tribu, sir Josse —continuó el hombre como si nada—. Siguen sus propias leyes. Viven una vida en las que cosas como la luna llena son importantes. Y, como le dije a la buena hermana el mes pasado, cuando asesinaron a... ¿cómo se llamaba?...

—Hamm Robinson —dijo Helewise.

—Gracias, hermana.

—Abadesa —corrigió Josse, implacable.

Harry Pelham lo miró desconcertado.

—¿Cómo?

—La abadesa Helewise, aquí presente, está al frente de la abadía —le explicó Josse con lo que a Helewise se le antojó un tono admirablemente carente de altivez—. Deberíais tratarla con más respeto, sheriff, usando el título que le corresponde.

—¡Oh...! ¡Ah...! —Harry Pelham miró a Helewise, a Josse y de nuevo a la primera. En su rostro apareció una fugaz expresión a caballo entre la rabia y el resentimiento—. ¿Por dónde iba? —espetó—. ¡Caray! Me habéis hecho perder el hilo, sir Josse.

—Hablabais de los moradores del bosque —dijo Helewise con una suavidad que denotaba la lástima que le inspiraba aquel desdichado—. Nos explicabais que viven al aire libre y que su estilo de vida incluye elementos de adoración a la naturaleza que, entre otras cosas, tiene en cuenta la luna y sus ciclos.

Por su expresión, habríase dicho que Harry Pelham no podía creer que él hubiese expresado todo aquello.

—¡Ah, sí! —dijo recuperando la compostura—. Pues, como decía, a ellos, a los moradores del bosque, no deben de gustarles aquellos que, probablemente, ven como intrusos en su territorio. Y menos con luna llena. Seguro que pueden llegar a enojarse, y esto debe de hacerlos actuar de manera salvaje contra ellos.

Se cruzó de brazos y esbozó una sonrisa presumida, como diciendo: ¡Ahí lo tenéis! ¡Caso resuelto!

—Entiendo —musitó Josse—. ¿Afirmáis, sheriff, que existen ritos bien documentados relacionados con la adoración de estas personas por la luna llena y que hacen sospechar que, cuando alguien de fuera los observa, para conservar su secreto pueden llegar a asesinarlo?

—Bueno... —Harry Pelham se rascó la coronilla—. Pues... ¡sí! ¡Eso es lo que estoy diciendo! —declaró con firmeza.

—¿Cuáles son esos rituales? —Josse se aproximó a Pelham, se inclinó y casi le tocó la cara con la suya—. ¿Podéis describirlos?

—Pues... no exactamente... —El sheriff hizo una pausa para pensar—. Lo que quiero decir es que no puedo describirlos en detalle... —agregó, dirigiendo a Josse una sonrisa triunfante—. Son... ¡secretos!

—¡Vaya! Veo que sois perspicaz —comentó Josse en voz queda.

Harry Pelham estaba a punto de henchirse de orgullo cuando, por fin, el ligero sarcasmo de Josse penetró sus defensas.

—Perspicaz o no, os he resuelto vuestro asesinato —espetó.

—¿Mi asesinato? —repitió Josse en tono apenas perceptible.

—Tienen que ser ellos, esos asquerosos miserables de

allí fuera. —Y con un gesto de la cabeza señaló el bosque—. Dos muertos. Creo que voy a ir en su busca y mandaré a algunos a la horca para darles una lección.

—Yo, en su lugar, no lo haría —advirtió Josse.

—¿Y por qué no, si se puede saber?

Parecía tan confiado, pensó Helewise al contemplarlo. Casi le daba lástima que Josse estuviese a punto de aplastarlo.

Josse le echó una mirada a la abadesa y volvió su atención a Pelham.

—Porque es posible que los moradores del bosque mataran a Hamm Robinson, aunque todavía no he oído ni visto nada que se asemeje mínimamente a una prueba, y sin ella no puede usted mandar a la horca ni a un solo hombre, ya no digamos a una tribu entera. Y además porque tengo la certeza de que no fueron los moradores del bosque quienes asesinaron a Ewen Asher.

Pelham soltó una imprecación que Helewise no había oído en años; la gente que acudía al convento no solía hacer uso de palabrotas en su recinto.

—¡Sandeces! —continuó y, poniéndose en pie, se acercó bamboleante hacia Josse—. ¿De dónde os sale esa «certeza»? —La repetición del término pretendía ser una burla—. ¡Vamos! ¡Explicádmelo!

—Porque a Ewen lo mataron con un puñal y porque su asesino era muy distinto y su estado de ánimo muy diferente del que tenía el que mató a Hamm Robinson —contestó Josse con toda serenidad—. El asesinato de Hamm fue limpio y rápido, llevado a cabo con suma pericia por un tirador experto acostumbrado al arma que eligió. Por lo que tengo entendido, la punta de la lanza penetró directamente en el corazón.

—De acuerdo —aceptó el sheriff—. ¿Y qué?

—Pues que el hombre que mató a Ewen, y estoy seguro de que fue un hombre a causa de la fuerza con que se practicaron algunas heridas, estaba despavorido. Es posible que intentara un asesinato limpio y rápido; pero, cualquiera que fuera el primer corte que hizo, no fue lo bastante profundo para penetrar un órgano vital. Al ver a Ewen retorciéndose y chillando a sus pies, puede que el asesino, presa del horror de lo que estaba viendo, asestase una puñalada tras otra, en el cuello, el torso, la cara, hasta que por fin, al darse cuenta de que Ewen estaba muerto, se detuvo.

Pelham observaba a Josse boquiabierto.

—¿Cómo lo sabéis? —preguntó con un retintín despectivo.

—Para empezar, por las heridas mismas, y después...

—¿Y bien?

Josse miró a la abadesa.

—Olvídelo.

Por un momento, el sheriff pareció dispuesto a obligarlo a hablar pero, sin razón aparente, no obedeció a su primer impulso.

—Pues, si no fueron los moradores del bosque, fue el cazador furtivo ese, el otro tipo que iba con Hamm Robinson. Su primo.

—¿Seth? —dijo Josse.

—Sí, Seth Miller.

—Tampoco creo que Seth lo matara. Aunque reconozco que tenía un motivo.

—Entonces ¿podríais explicarnos por qué no fue Seth? —Ahora le tocaba a Pelham mostrarse sarcástico—. ¿No es la clase de hombre que se deja llevar por el pánico? ¿Son demasiado débiles sus brazos para unos cortes tan profundos?

—No lo sé —contestó Josse sin alterarse—. La razón por la cual dudo que fuera Seth es que él lleva una navaja de filo bastante corto y las heridas que tiene el muerto son de puñal.

—Navaja o puñal, ¿qué importa?

Josse agitó ligeramente la cabeza.

—¡Caramba, sheriff, me sorprendéis! —murmuró Josse; pero, antes de que la ira de Harry Pelham estallase, agregó—: La navaja es de un solo filo y el puñal tiene dos. Seth lleva una navaja común que probablemente utiliza para todo, desde despiezar conejos hasta hurgarse entre los dientes. Resulta muy claro que las heridas de Ewen Asher se hicieron con una arma de doble filo. Así pues, no creo que el asesino sea Seth. A menos, claro, que se os haya metido en la cabeza que anoche llevaba un puñal especial con el que pretendía matar a Ewen, cosa que, a mi pesar, es perfectamente factible; sólo que a Ewen lo mató alguien que se dejó llevar por un repentino ataque de pavor o un arranque de furia, y que Seth se armara de antemano con el hipotético puñal implica premeditación, algo que el modo en que fue asesinado no sugiere en absoluto.

Poco convencida de que Pelham lo hubiese captado todo, Helewise reprimió una sonrisa al ver que éste se sentaba pesadamente y murmuraba:

—Puñal hipotético. Premeditado. Pavor —repitió con aire desolado. Sin embargo, al cabo de un momento se animó—. Voy a detener a Seth Miller —anunció—, ahora mismo. Que haya planeado asesinar a Ewen o no, creo que él lo hizo. Puede pasarse un tiempo en mi cárcel y pensar en sus pecados. Después le haré unas cuantas preguntas.

Se puso en pie, dio unos pasos hacia Josse y, con una mueca despreciativa, como si fuese a interrogarlo a él en lugar de a Seth, declaró:

—¡Y que Dios lo ayude si no me da buenas respuestas!

Helewise y Josse escucharon el eco repetido del portazo con el que se despidió. Cuando aún resonaban los pasos furiosos del sheriff en los pasillos de la abadía, Josse comentó:

—Un tipo muy agradable.

Helewise sonrió.

—Sí. No me gustaría estar en el lugar de ninguno de sus secuaces en las próximas horas.

—¿Tiene esposa?

—No lo sé. Espero que no, ¡pobrecita!

—Es un lerdo —declaró Josse—. De esos que se aferran a la primera solución obvia para evitar tener que buscar la verdad.

—Me temo que tenéis razón. En este caso, es la segunda solución más obvia, lo que significa que probablemente mande a Seth a la horca por el asesinato de Ewen.

—Aunque Seth sea cazador furtivo y ladrón, y tal vez merezca la horca por ello, no creo que haya matado a Ewen —comentó Josse en tono comedido.

—¿Estáis seguro? ¿Es cierto lo que decíais sobre la navaja y el puñal?

Josse le dedicó una sonrisa cómplice.

—¿Pensasteis que me lo inventaba para incordiarlo?

Ella sonrió.

—No, no lo pensé, aunque habría llegado a entenderlo de haber sido así.

—Os lo agradezco, pero es cierto. Las heridas del pobre Ewen fueron hechas, sin ninguna duda, con un puñal y, para colmo, muy afilado. Los bordes de los cortes son extremadamente limpios y dudo que puedan hacerse con la navaja de Seth... o la de cualquiera. ¿No os parece, abadesa, que no es práctico andar con algo que tenga dos filos tan cortantes metido en el cinturón?

—No, no lo es. —Y Helewise lo contempló con aire meditabundo—. ¿Cómo es que sabéis tanto sobre cortes y heridas, sir Josse? —Era una pregunta que ya se había hecho en otras ocasiones—. ¿Tan salvaje ha sido vuestra vida que os permite conocer con tanta precisión la muerte y la violencia?

Josse la miró un buen rato sin decir nada, como repasando su existencia. Rompió su silencio diciendo:

—Fui un guerrero mucho tiempo, abadesa. Para bien y para mal, hacía lo que me ordenaban. En esa época vi muchos muertos y, aunque no me daba cuenta de ello, capté más de lo que creía.

—Yo...

Josse apoyó las manos en la mesa, se inclinó sobre ella y prosiguió:

—No quisiera que pensarais que soy tan macabro como para haberme pasado todos mis años de soldado hurgando en las laceraciones de heridos y muertos.

—¡Nunca se me habría ocurrido! —protestó la abadesa—. Sólo lo comenté porque, como en otros aspectos, prueba que sois un hombre que mantiene los ojos bien abiertos, que observa, que utiliza su ingenio. Y eso es lo que Dios pretendía que hicieran todos. —Suspiró—. Una intención que a todas luces no penetró en la cabeza del sheriff Pelham.

—Tiene los huesos del cerebro demasiado gruesos para que pase algo entre ellos —comentó Josse en tono severo—. Abadesa, ¿cómo es que alguien como él llegó a sheriff? ¿Quién lo nombró? ¿Acaso no se dan cuenta de que es un necio?

—El puesto de sheriff de Tonbridge es, creo, asunto de los Clare. Y esto que voy a deciros no son más que rumores y como tales debéis aceptarlos: he oído rezongar que los Clare prefieren a un hombre fácil de manipular y hasta bastante obtuso, para poder ejercer ellos toda la autoridad.

Josse asintió con la cabeza.

—Entiendo.

Y, aunque no planteó más preguntas ni hizo más comentarios al respecto, ella supo que lo entendía.

Se puso en pie.

—Sir Josse, disculpadme, pero quisiera hablar con sor Calixta y Esyllt. —Vaciló, con la vista clavada en el hombretón—. Sé que vos también tenéis ese deseo, pero os agradecería que me permitierais hacerlo primero a mí, a solas.

—¡Por supuesto! —replicó sorprendido—. No esperaba que fuese de otra manera, abadesa. Aparte de otras consideraciones —agregó con una sonrisa pícara—, seguro que les sonsacaréis mucho más que si sintiesen que las acecho a vuestras espaldas.

Helewise se encaminó rumbo a la residencia de los ancianos; Josse, por su parte, fue en busca de su caballo y salió a ver qué más podía averiguar acerca de Ewen, diciéndose que regresaría al bosque y, a la luz del día, echaría un buen vistazo a la escena del crimen.

Helewise ordenó sus pensamientos y se preparó para interrogar a Esyllt.

Al entrar en la residencia de los ancianos la impresionaron, como siempre, el ambiente de calma y bienestar que allí reinaba, así como el aroma de las flores. En su experiencia resultaba raro que los ancianos aceptaran en su alojamiento cualquiera de esas dos condiciones, y mucho menos ambas.

Claro que, en su experiencia, aquellos otros ancianos no habían tenido la suerte de que los cuidara sor Emanuel, la cual, nada más observar la silenciosa entrada de su superiora, acudió casi como si flotara, y con sencilla gracilidad la saludó con la habitual reverencia.

—Buenos días, sor Emanuel.

—Buenos días, abadesa.

La hermana hablaba con una voz baja y suave, nunca estridente, ni siquiera cuando daba órdenes y debía elevarla para ser oída por algún pobre anciano sordo. En sus dominios, todo el mundo adoptaba automáticamente sus modales gentiles, no tanto porque ella insistiera en ello, sino porque en ellos se respiraba un talante atento y bondadoso. Y porque, no cabía duda, era lo más razonable.

—¿Es buen momento para que hable con Esyllt? —le preguntó la abadesa mientras ambas recorrían codo con codo la larga estancia, flanqueada a ambos lados por estrechos camastros cargados de mantas para los viejos y fríos cuerpos que en ellos yacían. Cada lecho contaba con una mesilla en la que los viejecitos colocaban sus más apreciados recuerdos y, entre cama y cama, una cortina proporcionaba cierto grado de intimidad, si bien en ese momento casi todas estaban descorridas y atadas. Con algunas excepciones, casi todos los ancianos estaban levantados y vestidos y ya sentados a la larga mesa en el fondo de la estancia o bien dando una vuelta por afuera, al calor del sol.

—Esyllt —contestó sor Emanuel al cabo de un momento— está preparada para hablar con vos, abadesa. Cuando sor Eufemia la trajo anoche... bueno, casi de madrugada, un par de horas antes de prima... ya casi se había repuesto, gracias a los cuidados de nuestra hermana. En todo caso, se había aseado y llevaba ropa limpia. —Dejó escapar un gemido de angustia—. Tengo entendido que se arrodilló junto al cuerpo y estaba toda manchada de sangre. ¡Qué terrible!

—Sí, realmente terrible —convino Helewise—. ¿Ha logrado dormir?

—Sí, creo que sí. Le eché un vistazo cuando iba a prima y me pareció que dormía.

—Habéis tenido una noche agitada —comentó Helewise.

—Estoy muy acostumbrada a eso, abadesa.

—¿Qué está haciendo ahora Esyllt?

—Está lavando sábanas y mantas. Aunque es muy buena con los ancianos, siempre paciente y bondadosa, y aunque siempre tiene una sonrisa y algo agradable que decir a quienes responden a ese trato, me pareció que, con todo lo que le andará dando vueltas en la cabeza, sería mejor mantenerla aislada.

—Muy bien hecho. —Helewise estaba segura de que esto lo había hecho más por los ancianos que por la propia Esyllt—. ¿Así que está en la lavandería?

—Sí.

Silenciosamente, con una inclinación de la cabeza, sor Emanuel dio un paso frente a la abadesa y abrió la puerta de una choza que contenía tanto lavaderos, lo bastante amplios para lavar ropa, sábanas y mantas, como jarros de agua limpia. En una chimenea ardía un fuego bien alimentado y, sobre éste, una olla llena de agua hirviendo.

Sor Emanuel señaló a la moza que se hallaba inclinada sobre los lavaderos y cuyos musculosos brazos, puestos al descubierto por las mangas remangadas, frotaban con fuerza. Helewise dio las gracias a sor Emanuel con un gesto, y ésta se marchó, cerrando la puerta.

En el cuartucho hacía muchísimo calor. El fuego y el vapor que salía del agua humeante elevaban en muchos grados la temperatura de aquella mañana ya de por sí calurosa. Naturalmente, Esyllt sudaba a chorros, pero, cosa extraña en ella, no tarareaba.

—Hola, Esyllt.

La moza dio un respingo, dejó caer la ropa en el lavadero y giró sobre los talones. Aunque a Helewise le costó descifrar su expresión antes de que la sustituyera por una sonrisa, le pareció que era de culpabilidad.

—Buenos días, abadesa. —Con las manos mojadas, Esyllt se apartó el cabello de los ojos.

—¿Qué te parece si salimos un momento? —sugirió la abadesa.

Esyllt esbozó una sonrisa fugaz.

—Sí, se siente una bastante encerrada aquí, ¿verdad?

—Has estado trabajando mucho —comentó Helewise al observar varias prendas recién lavadas tendidas fuera de la choza.

—Sí. —Esyllt la guió hacia uno de los bancos en los que solían sentarse los ancianos, aguardó a que la abadesa se acomodara y se sentó a su lado—. Sor Emanuel es muy sabia; cree que el trabajo duro es un buen remedio para... bueno para lo que me aqueja.

Su tono no contenía el menor asomo de autocompasión y, sin embargo, el de Helewise sí contenía un deje de preocupación cuando le preguntó:

—¿Y qué es lo que te aqueja, Esyllt?

La muchacha clavó sus oscuros ojos en los de Helewise.

—No puedo decíroslo exactamente, abadesa.

—Pero, Esyllt, tú...

Ésta tendió una mano.

—Abadesa, vais a preguntarme qué hacía anoche en el bosque, puesto que, si hubiese estado acostada aquí como debía, a ese pobre hombre no lo habrían... Quiero decir que yo no habría visto... lo que vi. —Se volvió hacia la abadesa con una expresión intensa—. Estaba inventando algo para deciros. Iba a fingir que había ido a coger flores silvestres para las pócimas para las ancianas, y hasta iba a ir a buscar algunas para que resultara convincente. —Se miró las manos, ya enrojecidas y escaldadas—. Pero no puedo, no puedo mentiros cuando habéis sido tan buena conmigo.

Atónita, Helewise trató de asimilar tanto lo que Esyllt había dicho abiertamente como lo que había dado a entender; al parecer había ido al bosque por motivos que no estaba dispuesta a divulgar.

Pero ¿cuáles?

—Esyllt —dijo tras una pausa—, no eres ni monja ni postulante. Si bien te hemos encontrado trabajo aquí porque de otro modo habrías tenido que irte y enfrentarte a los peligros del mundo, haces tu trabajo a conciencia y bien. Según sor Emanuel, tienes el don de saber tratar a los pacientes mayores y está satisfecha contigo. ¡Más que satisfecha! —En realidad, la mencionada hermana no era tan generosa con sus alabanzas; pero Helewise había visto con sus propios ojos cómo llevaba a cabo sus tareas la moza, de modo que no se las escatimaba—. Con esto quiero decir que, aunque seas miembro de la abadía sin haber profesado la orden, tu posición es distinta de la de los demás. Por supuesto, debes obedecer a sor Emanuel, y de ninguna manera deberíamos permitir que te conduzcas mal. Sin embargo, si decides ir al bosque de noche, aparte de transmitirte nuestra preocupación por tu bienestar, no podemos detenerte.

Cabizbaja y con los hombros encogidos, Esyllt parecía concentrada en limpiarse una uña. Helewise aguardó, pero la moza no contestó.

—Esyllt —insistió Helewise.

Por fin, la muchacha levantó la mirada y miró a la abadesa a los ojos.

—No dejo de verlo, abadesa —susurró—. ¡Tanta sangre! ¡Ay, Dios mío! —Y se cubrió la cara con las manos.

—Sí, fue algo horrible. —Helewise le rodeó los temblorosos hombros—. Es mejor no luchar contra la reacción, Esyllt... Las espeluznantes imágenes te acecharán mucho tiempo, pero, créeme, si tratas de olvidarlas tardarás más en superarlo. —Le dio un breve y ligero abrazo—. Eres fuerte, lo sé, y lo superarás.

Por un brevísimo momento, Esyllt se apoyó en la abadesa y dejó que la consolara, pero al cabo de un instante se apartó.

—¡No seáis tan bondadosa conmigo, abadesa!

—Pero...

Esyllt rompió a llorar. A medio camino de la lavandería se volvió hacia ella y, con un valeroso esfuerzo por sonreír, pidió:

—Guardad vuestra bondad para las demás. Por mucho que quisiera aceptarla, no puedo. —Y la sonrisa se desvaneció al añadir suspirando—: No me lo merezco.

Dicho esto, entró en la lavandería y cerró la puerta.

Helewise permaneció sentada bajo el sol, reflexionando a fondo. Se sintió tentada de llamarla en seguida y plantearle un par de preguntas pertinentes.

Pero ¿de qué serviría?

¿No sería mejor darle la oportunidad de calmarse, de recuperar el sentido común? ¡Por Dios, probablemente todavía estuviera bajo los efectos de la conmoción!

Helewise se sentía cada vez más convencida de conocer lo que había llevado a Esyllt al bosque y por qué no podía, y no deseaba, explicarlo. A su modo, pensó la abadesa, era una moza honorable.

Con un suspiro, se puso en pie y fue en busca de sor Calixta.

Al poco rato, Helewise entraba en la iglesia para darse como mínimo media hora antes de sexta para rezar. Tuvo que hacer un esfuerzo para contener la irritación que le había provocado sor Calixta.

Porque, pese a sus sondeos, la joven le dio una versión excesivamente simple de los hechos y se aferró a ella con tenacidad.

Había ido a dar un paseo por el bosque el día anterior y, fascinada por las flores y los árboles, se le fue el santo al cielo y se olvidó del tiempo.

Helewise se arrodilló.

—Bendito Señor, por favor, ayúdame a descubrir la verdad —rogó.

De lo único que estaba segura era de que no se había acercado en absoluto a dicha verdad.

CAPÍTULO ONCE

En su búsqueda del asesino de Ewen, Josse obtuvo tan poca colaboración como cuando había tratado de investigar la muerte de Hamm. Efectivamente, Ewen había vivido con su madre, una mezquina y querellosa viuda, hasta la muerte de ésta; muerte que, según el único informador mínimamente útil con que se topó Josse, fue una suerte para la vieja roñosa, ya que Ewen era un auténtico derrochador y un incordio.

Josse se formó la imagen de un joven que, huérfano de padre y con una madre criticona y de miras estrechas, se ausentaba de casa en cuanto se le presentaba la ocasión, no arrimaba nunca el hombro ni física ni simbólicamente y recurría de vez en cuando a la caza furtiva y al hurto para ganarse una mísera vida. Un joven que, según el informador, «no era capaz de levantar un dedo, si alguien se prestaba a hacerlo por él».

«Hasta que —pensó Josse, llenando por su cuenta los espacios en blanco de esta historia— la vida cambió, cuando Ewen se unió a Hamm Robinson y Seth Miller en la empresa que lo llevó a la muerte... y a Hamm también, por cierto.»

Y a simple vista, al igual que Hamm, Ewen Asher no suponía una gran pérdida para el mundo.

«Estoy comenzando a pensar igual que Pelham —se reprochó Josse con firmeza—. Pero Ewen ha muerto asesinado brutalmente, a puñaladas.»

El propio Josse había oído sus gritos y sabía demasiado bien que no había sido una muerte ni rápida ni indolora.

Habló por último con un par de hombres que llevaban su piara de vuelta a las mismas desvencijadas viviendas a media legua de donde vivía la viuda de Hamm. Poco añadieron a lo que ya sabía, salvo que «seguro que fue Seth Miller el que lo despachó; siempre ha tenido muy mal genio». Y, haciéndose eco de la vergonzosa conclusión a la que había llegado Josse, añadieron: «Buen viento a él y al tal Hamm Robinson.»

«Si Pelham habla con esos dos, Seth estará colgando de la horca más cercana al día siguiente», reflexionó Josse tras darles las gracias y proseguir su camino.

Avanzaba por la senda que se adentraba en el bosque, concentrado en lo que debía buscar en la escena del crimen, cuando vio que alguien se dirigía hacia él montado a caballo.

Alguien que salía del bosque.

—¡Buenos días, sir Josse! —lo saludó a gritos el jinete, ya más de cerca. Era un joven de no más de treinta años y vestía con elegancia, sin sombrero. Su montura, un caballo fino, llevaba lo que parecía un nuevo arnés de hermosa hechura. Sobre una mano enguantada, y sujeto con pihuelas, descansaba un halcón encapirotado.

—Buenos días, Tobías.

—¡Es una buena mañana para cazar con halcón! —exclamó el interpelado, y echó una ojeada al ave—. ¡Ha cazado un conejo y dos campañoles y no llevamos más de una hora!

—Es precioso. ¿De qué raza es?

—Es un halcón peregrino. —Tobías, que se había detenido, acarició la cabeza del halcón con la mano libre mientras el equino aguardaba con paciencia—. ¿Sabéis por qué los llaman así?

—No.

—Es porque los atrapan cuando vuelan, como en peregrinación, fuera de su lugar de crianza.

—Oh. —¿Acaso trataba de entretenerlo, distraerlo para que no se preguntara lo que hacía allí? Pues no lo logró, pues Josse le preguntó—: ¿Habéis llegado de casa esta mañana?

—¿Esta mañana? —El mozo vaciló una fracción de segundo y prosiguió, con una sonrisa ancha—: ¡No, claro que no! Tengo amigos en la zona, hombres buenos que comparten mis... mis intereses y me ofrecen amablemente su hospitalidad cuando vengo por aquí.

—¿Hombres con los que cazáis?

Otra sonrisa de oreja a oreja.

—¿Cazamos? Sí, sir Josse. —Y, con una implacable rapidez que casi pilló a Josse por sorpresa, se convirtió de interrogado en inquisidor—. Y vos, caballero, ¿adónde os dirigís?

Puesto que el camino llevaba directamente al bosque, sólo cabía una respuesta.

—Al bosque. Anoche murió allí un hombre. Asesinado. Como representante del rey, estoy investigando su muerte.

Josse sabía que el rey Ricardo no tenía idea de que se había producido un asesinato ni de que Josse se encontraba en la zona, hecho que no hacía falta revelar a Tobías Durand.

El joven, sin embargo, no reaccionó, al menos no como se esperaba Josse. Ni siquiera con una miradita de aprensión, sino que, haciendo girar a su montura, comentó con expresión entusiasta:

—¡Qué horrible! ¡Dejadme que os ayude, sir Josse! Sabéis que dos cabezas piensan mejor que una y, además, si hay un asesino suelto por aquí, no deberíais ir solo al bosque.

Como lo que menos deseaba Josse era compañía, lo retuvo con mano firme.

—Sois muy amable, Tobías, pero prefiero trabajar solo. Disculpad mi franqueza, pero quienes no tienen experiencia en estos menesteres pueden, sin quererlo, mover o empañar una prueba importante, como huellas y cosas por el estilo.

Tobías asintió con aire comprensivo.

—Sí, lo entiendo. ¡No quiere que mis enormes y torpes pies pisoteen las pruebas! —Se echó a reír—. Adiós, pues, y buena caza. Os dejo a lo vuestro. —Inclinó la cabeza, sonrió y, volviendo grupas, emprendió de nuevo el camino que lo alejaba de los árboles.

Al adentrarse en el bosque, Josse pensó que habría sido una pena desanimar al joven enfrentándolo al lugar del asesinato de Ewen. Aunque el cuerpo ya no se encontrase allí, sí lo estaba la sangre.

No era una vista agradable para un alegre mozo que iba de caza en una soleada mañana.

En realidad había muy pocas pruebas en la escena del crimen. La sangre seguía allí, cierto, y la que la tierra no se había tragado se estaba coagulando. Se notaban las señales de una trifulca, ramas rotas, matojos pisoteados, y a Josse se le antojó que hasta sabía de qué dirección había venido Ewen, pero eso lo sabía de antemano pues lo había visto salir del claro donde se hallaban los árboles caídos.

Nada más.

Muy concentrado, dio varias vueltas por la zona. «Ewen vino por aquí —barruntó, tras retirarse unos palmos y regresar— y alguien lo asaltó. Pero ¿por dónde? ¿Por detrás? ¿De frente?»

Si Josse se equivocaba acerca de la navaja y el asaltante había sido Seth, entonces, dado que Josse lo había visto salir del claro después de Ewen, debía de habérsele echado encima por detrás. Imposible que hubiese podido con Ewen de frente. En un intento por ser objetivo, Josse escudriñó el suelo de nuevo. Por los lados ninguna huella convergía en el lugar del asesinato, y los matojos estaban intactos. Y las huellas que se alejaban de allí pertenecían a quienes habían encontrado el cuerpo y se lo habían llevado.

En ese caso, ¿hacia dónde se había dirigido el asesino?

A Ewen lo habían asaltado según huía por un caminito como hecho por animales. Con el mapa mental que se había formado, Josse se dio cuenta de que había tomado un atajo entre los árboles para encaminarse a su casa. Al no ser el camino más fácil, quien pretendiera atacarlo no lo esperaría allí.

Pero Seth sí que lo sabría, porque Seth lo seguía.

Josse se sentó en un tronco caído y dio vueltas a la idea. Cuanto más reflexionaba, tanto más se convencía de que, por mucho que le molestara reconocerlo, la conclusión a la que tan rápida e irreflexivamente había llegado el sheriff era la acertada.

Seth y Ewen habían regresado la noche anterior, iluminados por la luna llena, en busca de lo que quedaba de los tesoros que habían descubierto en el claro. Ya convenientemente muerto Hamm Robinson, podían compartirlos entre los dos. Ewen se espantó y huyó y Seth, más valiente, se quedó. Encontró algo más, algo voluminoso y pesado, según recordó Josse al evocar cómo lo metía en el saco.

¡Sí! ¡Eso era! Seth encontró el último objeto, quizá el más valioso, y no quería compartirlo con Ewen. ¿Para qué compartirlo si éste ya había huido, espantado? ¡Le pertenecía a él y únicamente a él!, se habría dicho Seth, tras lo cual habría corrido tras Ewen, lo habría atrapado y lo habría apuñalado.

Con lo cual Seth sería el propietario único de lo que había en la excavación.

Josse se puso lentamente en pie y se quitó las hojas de la túnica. Desató las riendas de *Horace* de la rama a la que las había sujetado y montó, tratando de reprimir la irritación.

«Un hombre ha muerto —se reprendió—, y su asesino ha de ser llevado ante la justicia. Si el asesino es Seth, el sheriff hace bien y, por mucho que me cueste, debo decírselo.»

Según avanzaba rumbo a Hawkenlye y la abadía, pensó que tendría que dar cuenta a la abadesa de su descubrimiento.

Y eso, se dijo, pesaroso, sí que iba a dolerle.

Sus grises ojos lo observaban con cierta compasión.

—Es de hombres cabales reconocer la propia equivocación —comentó la abadesa cuando Josse concluyó.

—Supongo que hasta alguien tan necio como Pelham tiene que acertar de vez en cuando —contestó Josse, esforzándose en sonreír.

—¿Estáis seguro de que habéis acertado en este caso? —insistió ella.

—¿Seguro? —Josse clavó la vista en el patio iluminado por el sol—. No, no estoy convencido. Pero es lo más lógico. Lo único que se me ocurre es que usó una arma que no suele llevar consigo y, según deduzco, debió de tirarla. —Su mirada se encontró con la de Helewise—. Estoy casi seguro de que Pelham nos habría informado si hubiese hallado un puñal ensangrentado entre las pertenencias de Seth. ¿Vos no?

—Efectivamente. —Ella le sostuvo la mirada—. Probablemente habría venido corriendo para contárnoslo él mismo. —Tras una corta pausa, añadió—: Lo que sí he oído es que sus hombres encontraron, si no un puñal, sí una gran variedad de objetos en casa de Seth. Por lo poco que me han dicho, se trata de una colección de monedas y objetos de metal, creo. Seth alega que es inocente y que los descubrió debajo de su gallinero.

—¿Monedas romanas?

—No tengo la menor idea. —La abadesa lo miró de reojo—. Me imagino que las pocas personas que las habrán visto no reconocerían una moneda romana aunque les diera de lleno en los ojos.

—Mmm.

A Josse le habría encantado echar un vistazo al tesoro, aunque no tuviera nada que ver con la investigación en sí.

Todavía le escocía la humillación de tener que reconocer que Pelham tenía razón, cuando, en un tono bastante inseguro, la abadesa dijo:

—Sir Josse...

—Mmm. Decidme.

—Aceptemos que Seth mató a Ewen. Pero ¿creéis que también mató a Hamm?

Josse se levantó, caminó hasta el fondo del claustro y regresó al taburete. «No, claro que no. ¿Por qué no se me habrá ocurrido?»

—No, abadesa. Aunque tenga que reconocer que me equivoqué y que tal vez Seth posea un puñal, estoy seguro de que no posee ni lanza ni tan buena puntería. Una punta de piedra —masculló—. Me habría gustado verla.

La abadesa también se levantó y, sin mediar palabra, se encaminó con rapidez a su despacho para regresar al cabo de un momento.

Llevaba una larga lanza con punta de piedra.

—La he lavado bien —murmuró en tanto él se la quitaba de las manos.

—¿Por qué la guardasteis? —preguntó por fin Josse.

Ella se encogió de hombros.

—Oh... no lo sé, supongo que pensé que podría usarse como prueba, aunque sé que no tiene mucho sentido. —Lo miró directamente a los ojos con cierta timidez, casi vergüenza—. No, no es cierto. —Inspiró hondo y agregó—: La guardé por la hermosura de su artesanía. Por mucho que fuera el instrumento de una muerte cruel... —con un dedo acarició suavemente la espina central de la punta— es de una hechura preciosa.

Josse estudió el arma.

—Sí —dijo casi susurrando—. Lo es.

Dejó escapar una carcajada y, nada más soltarla, se percató de lo inadecuado de su reacción.

Helewise lo interrogó con los ojos.

—¿Qué ocurre?

—Es que no me imagino a Seth Miller fabricando un objeto como éste.

Algo muy parecido a una sonrisa se dibujó en los labios de la abadesa.

—Yo tampoco.

Transcurrido un rato, Josse se puso en pie de mala gana y anunció que debía marcharse. Aunque él y la abadesa habían analizado largo y tendido los méritos de los diferentes pasos que podían darse respecto a Seth Miller, no habían llegado a ninguna conclusión.

Josse se estaba guardando algo para sí, pero no sabía que ella hacía lo mismo.

Mientras iba en busca de su caballo, dijo a la abadesa, que andaba a su lado:

—Me pregunto si tendría sentido vigilar la choza de Seth, si pudiese hacerse con discreción.

—Me figuro que podría hacerse. —Una pausa—. Pero ¿para qué? ¿De qué serviría?

—Tengo una idea... —Josse vaciló, y luego continuó—: Para saber si alguien va a su choza a buscar el tesoro. Eso nos revelaría que Hamm, Ewen y Seth confiaron su secreto a otra persona.

—Pero...

—Abadesa —continuó Josse en tono apremiante—, es que me pregunto qué valor tienen unas monedas y unas placas romanas para una banda de ladrones de poca monta. Son simples labriegos, nacidos y criados a menos de un par de leguas de aquí. ¿Cómo podían esperar ganar algo con su tesoro a menos que conocieran a alguien que se lo comprara?

«Alguien más mundano —añadió para sí—. Alguien que sabe moverse en el mundo de los ricos y poderosos de este mundo.» Alguien que supiera, por ejemplo, qué mecenas del arte histórico estaría dispuesto a pagar en secreto una pequeña fortuna por oro y plata genuinamente romanos y, más importante aún, que respetara tan poco la ley que le diera igual que dos hombres fuesen asesinados mientras se hacían con la valiosa mercancía.

La abadesa asintió con la cabeza.

—Lo entiendo y, en principio, es una buena idea. Pero, sir Josse, el tesoro lo tiene el sheriff Pelham, y, antes de que me lo preguntéis: no, dudo mucho que esté dispuesto a ceder un par de artículos como cebo para una trampa.

—Oh —exclamó Josse, irritado consigo mismo por haber mencionado el plan. «Una persona lo bastante mundana para vender un tesoro antiguo sería lo bastante mundano para saber que no queda nada en la choza de Seth», añadió para sí.

—Me imagino que tenéis en mente a alguien que desempeñaría el dudoso papel de intermediario —declaró la abadesa en voz baja.

—Sí.

Naturalmente, no lo presionó. Él guardó silencio, mientras se preguntaba a qué se debía su renuencia a implicar, ni siquiera ante ella, a un hombre que acaso fuese inocente.

Pero cuando tenía un pie en el estribo, a punto de auparse al caballo, le dijo:

—Abadesa, casi se me olvida. No habréis averiguado nada con la moza, con Esyllt, ¿verdad?

—No —convino Helewise, observando cómo se acomodaba en la silla—. Pero ¿por qué estáis tan seguro?

—Porque si hubieseis descubierto algo útil me lo habríais dicho.

—Efectivamente —rezongó la abadesa.

—¿Nada siniestro que explicara su presencia en el bosque anoche?

—Ninguna explicación. —Con expresión preocupada, la abadesa alzó la cabeza y agregó—: Pero algo le pesa en la conciencia.

Josse evocó a Esyllt: buen cuerpo, fuerte.... ¿tanto como para propinar esos salvajes cortes?

Con la mirada aún clavada en la de la abadesa, se figuró que ella estaba preguntándose lo mismo.

—No —le dijo con voz queda—. No, abadesa, me niego a creerlo. Apostaría mi reputación a que la moza es de corazón generoso.

—Hasta al corazón más generoso se lo puede incitar a la furia —susurró la interpelada—. Si...

—¿Si qué? —la apremió Josse.

Ella lo miró con lo que a él se le antojó una expresión suplicante en los ojos grises. Al cabo de una pequeña eternidad, contestó:

—Nada. Estoy segura de que tenéis razón, rezo para que tengáis razón.

Josse se inclinó y le rozó la manga.

—Podéis estar segura.

Sin embargo seguía preocupada.

—Creo...

—¿Qué?

Helewise alzó la barbilla, desafiante, como si acabara de tomar una decisión difícil.

—Hay otra persona implicada en esto, sir Josse.

¿Estaría pensando en Tobías?, se preguntó Josse. No, seguro que no; no podía saber que lo había visto por la zona esa misma mañana. ¿O sí?

—Adelante —la animó.

—Sor Calixta —respondió con sencillez.

—¡Calixta! —Josse se había olvidado de ella—. ¡Claro! —Lo único que sabía era que, al regresar a la abadía poco después de la medianoche, se había enterado de que la novicia había vuelto—. ¿Y cuándo regresó, por cierto?

—Nos esperaba fuera de la iglesia cuando salimos de completas.

O sea, unas tres horas antes que el propio Josse.

—¿Y sin explicar su ausencia?

—Sólo un cuento ridículo de que mientras andaba entre los árboles se le pasó el tiempo y se olvidó de la hora.

Josse asintió lentamente con la cabeza. Calixta, Seth, Ewen, Esyllt... y, si tenía razón, Tobías al acecho, presto para recibir el tesoro, pagar rápidamente a su mano de obra e ir de inmediato a encontrarse con su acaudalado comprador.

Soltó una exclamación de impaciencia y tiró de las riendas de *Horace*.

—Hay algo muy complicado en todo esto, no os quepa la menor duda —dijo a la abadesa—, pero estoy perdido. Hay algo que se me escapa.

Ella murmuró algo:

—... miedo de que... —y otras palabras que no captó.

—¿Cómo decís?

—Nada.

—Me voy a casa —anunció Josse, no sin cierto deje irritado. Si la abadesa no se sentía inclinada a compartir sus pensamientos con él, de nada serviría insistir—. ¿Me avisaréis si averiguáis alguna cosa u ocurre algo más?

De nuevo Helewise levantó la cabeza hacia él y le dirigió una sonrisita.

—Por supuesto.

—Hasta entonces... —Sin acabar la frase, él espoleó a *Horace* rumbo a Nuevo Winnowlands.

Helewise se quedó sola con el desasosiego producido por su angustia, que no era capaz de expresar en palabras, y se encaminó lentamente hacia su despacho.

Cambió, no obstante, de opinión, y entró en la iglesia.

Mas no para rezar, a menos que fuera para pedir que Dios la guiara en este asunto. Se acomodó en un estrecho banco de la última fila del grandioso edificio y, en el ambiente que tan bien combinaba el poder y la paz, se esforzó en desentrañar sus pensamientos y sus emociones.

La noche anterior, cuando Esyllt había salido corriendo del bosque llena de sangre, había advertido algo desacostumbrado en ella, aparte del terror; resultaba obvio que Josse no lo había notado.

Para correr mejor se había levantado la larga falda, y Helewise se había fijado en que iba desnuda de la cintura para abajo.

¡Santo Dios! Ojalá no significara que Ewen se la había encontrado y asaltado. Que le había quitado la ropa interior y tratado de violarla. De ser así, ¿lo habría conseguido?

No significaría ¿verdad? que, presa del horror y la desesperación, la moza le había arrancado su propia arma de las manos y lo había matado. Era lo bastante fuerte, con esos brazos musculosos y esos poderosos hombros...

Con la cabeza inclinada sobre las manos entrecruzadas empezó a orar con toda su alma.

—Señor, si eso es lo que ha sucedido, os ruego que os apiadéis y deis a Esyllt suficiente valor para hablar. Si se estaba defendiendo, matarlo no podría considerarse un pecado mortal, no, seguro que no.

Era eso, el juicio al que se vería sometida Esyllt, lo que obligaba a Helewise a guardar silencio. Porque, si se equivocaba y matar en esas condiciones podía considerarse un pecado mortal, a Esyllt la ahorcarían por asesinato.

Y, ya muerta, su alma iría al infierno.

En el silencio de la iglesia, Helewise se cubrió la cara con las manos y trató de decidir qué hacer.

CAPÍTULO DOCE

De vuelta en su nuevo hogar, a Josse no le sorprendió oír martillazos. Sin duda se había producido un nuevo retraso, pensó, agotado. Y el capataz estaría preguntándose cómo informarle que las obras en el Nuevo Winnowlands no estarían completas antes de Navidades.

Aparte de esto —de hecho, la situación no resultó tan mala, puesto que el capataz prometió que acabaría todo en una semana—, la bienvenida fue mejor de lo que habría podido desear. Will salió a encargarse de *Horace*, y Josse sabía que lo cuidaría tan bien como lo haría él mismo. Es más, le bastó un rápido pero penetrante vistazo que echó al patio y a las dependencias de su nuevo dominio para ver que todo estaba limpio y ordenado.

Tuvo la misma impresión en el interior. Obviamente, Ela se había esmerado tanto en limpiar que ni una mota de serrín mancillaba las pulidas baldosas. Había encerado la fina madera de la mesa, las sillas y los bancos, y los profundos alféizares de las ventanas lucían cuencos llenos de flores.

—¿Comeréis, mi señor? —preguntó al recibirlo—. Tengo preparado un guiso de pato, y Will ha cogido unos preciosos cebollinos, blancos y lisos, os lo aseguro.

Descansaba, gozando del sol de media tarde —no dormía, se dijo con firmeza, sólo se relajaba con los ojos cerrados—, cuando oyó los cascos de un caballo entrar en el patio. Se puso en pie, cruzó hasta la puerta abierta y desde lo alto de la escalinata miró a Will conversar con un jinete.

Pensó de inmediato en la abadesa, mas al no reconocer al hombre concluyó que no venía de Hawkenlye. Will fue hacia él casi corriendo.

—Sir Josse, el hombre trae noticias de un tal Tobías Durand. Dice que conocéis a su amo y que él, el amo, os convida a reuniros con él y su dama.

—¿Ah, sí? —contestó Josse en voz queda.

—¿Decíais, señor?

—Gracias, Will, hablaré con él.

Bajó y se encaminó hacia el mensajero, el cual, bien entrenado, se apeó del caballo y le hizo una cortés reverencia.

—Decidle a vuestro amo y a su amable dama que acepto su invitación.

El hombre, que de hecho era apenas más que un mozalbete, levantó la cabeza.

—¿Cuándo será vuestra visita, mi señor?

—Digamos... digamos que antes del fin de semana.

—El fin de semana —repitió el mozo, y añadió—: Os explicaré cómo llegar.

A media mañana del viernes siguiente, Josse salió rumbo a la casa de Tobías Durand; el trayecto, según el mozo, duraría más de una hora.

A fin de no dar vueltas al posible motivo que explicara el repentino deseo de Tobías por contar con su presencia, se distrajo evocando la información que la abadesa le había dado sobre él, muy sumaria, por cierto.

¡Qué se le iba a hacer! Tendría que averiguarlo personalmente.

Era una casa impresionante, no tanto en cuanto a espacio como a coste y, según descubrió cuando un alto y digno sirviente le franqueó el paso, bellamente amueblada, siguiendo los últimos dictados de la moda.

Evidentemente, Tobías no había reparado en gastos.

Lo que no resultaba tan evidente era de dónde había sacado el dinero necesario...

Tobías llegó corriendo, casi a brincos, a recibirlo.

—¡Sir Josse, qué alegría veros! —exclamó en tono servil y meloso—. Estamos en el solario, disfrutando del sol. ¿Os apetece reuniros con nosotros? ¡Pablo! —gritó al sirviente—. Trae vino, una jarra del barril que empezamos anoche.

Josse lo siguió; atravesaron el salón y subieron por una escalera en espiral, que en lo alto daba a una soleada estancia con una pequeña ventana de cristal.

¡De cristal!

Y, frente a ésta, una mujer bordaba una tela en un bastidor, con un aire de absoluta serenidad.

En cuanto ella volvió la cabeza, Tobías se apresuró a decirle:

—Querida, te presento a sir Josse d'Acquin, caballero del rey y señor del Nuevo Winnowlands. —Dirigiéndose a Josse, agregó—: Sir Josse, os presento a mi esposa, Petronila.

Qué suerte, pensó el interpelado al acercarse, inclinarse y besarle la mano tendida, que se la hubiese presentado en seguida y con tanta claridad. De lo contrario, la habría confundido con la madre en lugar de la esposa.

—Por favor, sir Josse, sentaos. —Petronila indicó una silla con asiento de cuero—. Al sol, aquí, a mi lado.

—Gracias, *milady*.

Tobías escanció el vino que el sirviente acababa de llevar, intercambiando alegres comentarios con su esposa, y Josse aprovechó el momento para examinar a Petronila Durand.

De rostro delgado, huesuda, parecía hecha toda ella de ángulos. Tendría, se dijo tratando de mostrarse caritativo, unos cuarenta y cinco años. Al menos. Y las canas en las sienes, bajo el almidonado lino de su peto, la envejecían aún más, tanto como los estrechos labios rodeados de una red de finas arrugas. Arrugas que, según observó, se dirigían todas hacia abajo. Si su aspecto fuese menos severo y agregara un poco de carne a esos huesos, no se le notarían tanto los años, pero...

Si había acertado al calcular la edad de Tobías, Petronila le llevaba unos quince años, tal vez no suficientes para ser su madre, pero por poco.

—... está haciendo un bordado para celebrar nuestros primeros tres meses en esta preciosa casa —manifestaba Tobías—. ¿Os fijáis, sir Josse, en su habilidad? —Señaló el lino en las manos de Petronila, que parecía estar trabajando en un diseño hecho de pensamientos; el morado y el color yema de las flores ofrecían un gran contraste, pero no por grande menos agradable.

—Muy bonito, sí, *milady*. —Josse miró el pálido rostro y advirtió el laberinto de pequeñas arrugas en torno a los ojos hundidos—. ¡Qué puntadas! Sin duda habéis tardado horas en hacerlo.

—Me gusta coser. —La suya era una voz agradablemente baja. Sus labios formaron una mueca que, según se iría dando cuenta Josse, le era típica: se estrecharon hasta casi desaparecer; un gesto que, pensó con cierta lástima, no ayudaba en nada a su aspecto—. Es un pasatiempo del que siempre he disfrutado.

—Entiendo. Yo...

—Petronila era dama de honor de la reina Leonor —interrumpió Tobías—. Son viejas amigas, mi esposa y la reina. —El término «viejas» resultó tan falto de tacto como la implicación de que la esposa y la reina eran coetáneas—. Petronila formaba parte de la corte de la reina, tanto aquí, en Inglaterra, como en Francia.

Un ligero sonrojo tiñó las blancas mejillas de la mujer, ligeramente grasientas.

—No creo...

—¡Querida, no seas modesta! —volvió a interrumpir Tobías—. A sir Josse le encantaría oírte hablar de tu tiempo en la corte, en vista de que es caballero del rey Ricardo. ¿Verdad que sí, sir Josse?

—Claro que sí —respondió el aludido con cuanto entusiasmo pudo reunir.

—Seguro que descubriréis que tenéis un par de amigos en común —prosiguió Tobías—. ¡No me interpondré en vuestras placenteras evocaciones!

¿Acaso lo estaría poniendo a prueba, se preguntó Josse, para comprobar que era quien decía ser? ¿La habría instruido para que le planteara preguntas relevantes?

En ese caso, él, Josse, estaba más que dispuesto a soslayarlas.

Petronila se volvió hacia él.

—Sir Josse, mi marido exagera —declaró educadamente—. Es cierto que tuve el honor de servir a la reina y me gusta creer que nos hicimos amigas. Sin embargo, el tiempo que pasé en su corte fue breve. Duró los relativamente cortos años entre el momento en que ella salió de su residencia en Winchester y la muerte de mi padre.

—Recibid mi pésame por vuestra pérdida —manifestó Josse con sinceridad—. Me figuro que es reciente.

—Sí. Hará unos seis meses.

Siguió un breve silencio que Josse juzgó incómodo. «Quizá me parezca incómodo por mi mala conciencia», se dijo.

Se sentía culpable porque no podía eludir el pensamiento, acaso indigno, de que sabía perfectamente por qué un joven alegre y apuesto como Tobías Durand se había casado con una mujer tan reservada, quince años mayor que él.

Sólo podía ser porque ella había recibido una sustanciosa herencia de su difunto padre.

Diríase que Tobías se daba perfecta cuenta de lo que pensaba, pues con toda tranquilidad comentó:

—Me alegra decir con toda humildad que fue a mí a quien Petronila recurrió en busca de consuelo. —Dirigió una cálida sonrisa a su esposa—. Y desde que somos marido y mujer nos hemos dedicado a convertir la casa de su padre en nuestro propio hogar.

«Qué bien para vos», pensó Josse, si bien, a pesar de todo, su cinismo empezó a mermar al ver de reojo la cara radiante que ponía Petronila en respuesta a la sonrisa de su esposo. Echó un vistazo a Tobías y no vio sino afecto y, tal vez, una ligera humedad en los ojos del joven. ¿Sería posible que fuese tan fuerte el sentimiento que experimentaba hacia una esposa tan mayor?

Quizá fuera cierto. Quizá realmente amara a su esposa, pese a la diferencia de edad.

Decidió que aguardaría antes de emitir un juicio.

No obstante, la supuesta implicación de Tobías en los crímenes perdía fuerza, ya se hubiese casado por amor o para enriquecerse. Si Tobías tenía acceso a la cantidad de dinero que se había gastado en la casa, no precisaba arriesgar su libertad y hasta su vida involucrándose en tratos turbios con hombres de la calaña de Hamm, Ewen y Seth.

A menos que cierto sentido caballeresco hubiese despertado en él el deseo de adquirir su propia riqueza, claro.

¿Sería posible? Josse no estaba seguro.

Poco después, mientras reflexionaba al respecto y, a la vez, conversaba con Petronila acerca de varias personas que ambos conocían en la corte de los Plantagenet, el sirviente anunció que la comida estaba servida.

Fue una comida excelente, y el criado, Pablo, siempre al alcance, llenaba con frecuencia de vino dulce los vasos de Josse y Tobías, obedeciendo las órdenes de Petronila. Ésta, observó Josse, bebía poco.

Una vez terminados los pequeños y redondos pastelillos de miel que siguieron al pescado y a la carne, Petronila se levantó y anunció que iba a dormir una corta siesta. Como el criado también desapareció, Tobías se vio obligado a compartir con Josse lo que quedaba de la jarra de vino.

—Ha sido una comida soberbia, Tobías —exclamó Josse, y se estiró—. Vos y vuestra dama coméis muy bien.

—Vivimos bien —convino Tobías.

Josse pretendía poner orden en la cabeza ligeramente atontada y hallar un modo diplomático de plantear preguntas más penetrantes acerca de los asuntos de la pareja cuando, diríase que irritado por llevar tanto tiempo sentado, el joven apuró el vino que quedaba en su copa y se puso en pie de un brinco.

—¡Vamos, sir Josse, demos un paseo bajo el sol!

Josse acertó a cantar las necesarias alabanzas, en tanto, con un orgullo casi infantil, Tobías presumía de su propiedad: desde los establos y los potreros hasta las aves de caza, pasando por los elegantes caballos. Los dos estaban a punto de regresar al salón cuando alguien —a juzgar por su ropa y el lodo que le cubría el calzado y los bajos del pantalón, se trataba de un labriego— llamó a Tobías; con una breve disculpa, éste atravesó el patio y fue a hablar con él.

Y Josse entró solo en el salón.

Echó una ojeada alrededor. En una pared colgaba un tapiz de colores demasiado brillantes para llevar mucho tiempo allí. Sobre una larga mesa de madera, apoyada en la pared opuesta, había varios objetos de decoración, entre ellos una Virgen de marfil tallado y un tríptico de madera; el panel central representaba la crucifixión, y en los laterales figuraban ángeles y querubines. Con su ojo experimentado, Josse notó que era un buen trabajo de pintura y, a juzgar por la profundidad de los azules y dorados, probablemente caro.

Miró por encima del hombro. Tobías conversaba todavía con el labriego. O sea, que contaba con unos cuantos minutos...

Abrió el primero de los baúles de madera debajo de la mesa; contenía tela blanca que, supuso, sería mantelería y cosas por el estilo. Ningún tesoro romano que incriminara a Tobías. Estaba levantando la tapa del siguiente baúl cuando una voz queda inquirió:

—¿Qué hacéis, sir Josse?

Éste giró sobre los talones. Petronila se hallaba unos palmos detrás de él.

No había nada que decir. Ninguna excusa posible. Josse agachó la cabeza.

—*Milady*, disculpadme.

Ella guardó silencio un momento. Cuando por fin lo rompió, no fue para espetarle las acusaciones que esperaba y se merecía.

—Hicimos un trato, mi Tobías y yo —dijo, después de acercarse a la puerta desde donde veía a su joven esposo en el patio—. Sé lo que pensáis, sir Josse. Lo que piensan todos. Que lo único que atrajo a un joven como Tobías es mi riqueza. —Se volvió y clavó la mirada en los ojos de Josse. Los suyos contenían una expresión sorprendentemente serena—. Es cierto que casarse conmigo le ha dado riquezas que no habría soñado con poseer. Perdió a sus padres de niño y lo crió una tía mayor, la hermana de su madre, en cuyo hogar no podían aspirar ni a la elegancia ni a las mínimas comodidades. —Con súbita pasión, añadió—: ¿Cómo sorprenderse de que Tobías recurriera a medios deshonrosos? Tened piedad, sir Josse, ¡los jóvenes precisan de algunas emociones!

—Yo...

Sin embargo, Petronila no había acabado.

—No, caballero, mi señor, dejadme hablar. Era cierto lo que dijo Tobías antes, al decir que él me había consolado cuando murió mi querido padre. Y, como no soy la tonta que vos y el resto del mundo creéis que soy, sospeché de sus motivos. Sin embargo reconoció abiertamente que le encantaría ayudarme a manejar mi fortuna y a cambio me prometió que sería un marido, si no apasionado y enamorado, sí afectuoso. —Dio unos pasos hacia Josse, permitiéndole ver el fervor de sus oscuros ojos—. Me prometió, sir Josse, me lo prometió, que si yo aceptaba casarme con él, con todo lo que esto implica, abandonaría las costumbres de su juventud malgastada. —Una ligera sonrisa curvó fugazmente los estrechos labios—. Y yo lo acepté.

Josse abrió la boca para hablar; mas como no se le ocurría cómo expresar sus sentimientos, la cerró de nuevo.

—Podéis registrar mi casa, si lo deseáis —prosiguió Petronila, ahora con voz fría—. Encontraréis numerosos objetos caros, pero todos son regalos que yo le he hecho a mi marido. O, puesto que es libre de gastar el dinero en lo que le apetezca, regalos que me ha hecho él.

Ya menos avergonzado, Josse se encontró con que empezaba a embargarlo otra emoción: la rabia. Puede que Petronila estuviese dispuesta a aceptar la palabra de Tobías de que se había enmendado, pero en la mente de Josse se presentaba con demasiada claridad la imagen del exaltado mozo que había visto salir del bosque la mañana después del asesinato de Ewen Asher. ¿De verdad podía creerse que Tobías había dejado de robar?

—*Milady* —Josse habló con la mayor suavidad posible—, tenéis la palabra de vuestro marido de que se ha convertido en un modelo de respetabilidad, pero...

—¿Pero cómo sé que puedo creerle? —acabó ella por él; para sorpresa de Josse, soltó una carcajada que, aunque con un deje más que irónico, era una carcajada al fin y al cabo—. Caballero, mi señor, lo he hecho seguir. Al principio, cuando anunciaba que iba de caza con su halcón, yo le pedía a mi fiel Pablo que lo siguiera. —Acercó el rostro al de Josse—. Que lo espiara. No es muy bonito, ¿verdad?, que una recién esposada recurra a tales tácticas.

—Quizá no sea muy bonito —respondió Josse tranquilamente—, pero sí necesario.

—¡No era necesario! —exclamó Petronila—. Esas expediciones, ¡cada una de ellas!, incluso cuando permanecía fuera el día y la noche enteros, eran tan inocentes como si yo hubiese ido con él. Hacía lo que había dicho que iba a hacer: iba de cetrería.

—¿Y ya no lo hacéis seguir? —preguntó Josse, si bien creía conocer la respuesta.

Ella lo estudió un largo rato.

—Rara vez.

¿Sería cierto? ¿O lo que pretendía era que Josse no la tomara por la esposa enamorada y ciega por la que, de hecho, la tomaba?

Y se percató de que no había modo de averiguarlo.

Observó a Tobías regresar a la casa, terminada ya su conversación. Al vislumbrar a Petronila en lo alto de la escalinata, éste la saludó con un gesto de la mano y le mandó un beso. Ella inhaló hondo e hizo otro tanto.

A continuación, se recogió las largas faldas y, con una radiante sonrisa en el pálido y arrugado rostro, corrió escalones abajo y fue a su encuentro.

«Es hora de marcharme», se dijo Josse.

Siguió a Petronila al patio e inició su discurso de agradecimiento y despedida.

CAPÍTULO TRECE

Helewise no había olvidado su promesa de avisar a Josse si ocurría algo nuevo. Pero, aparte de que a Seth Miller lo acusaron de asesinar a Ewen Asher y de que programaron el juicio para seis semanas más tarde, no había ocurrido nada nuevo.

Intentó de nuevo sonsacar a Esyllt. Trató de convencerla de que fuera a misa, pero la moza abrió los ojos de par en par, horrorizada.

—¡No puedo! —susurró.

«¿No puedes porque has cometido un pecado mortal?», pensó Helewise, preocupada hasta el fondo del alma.

—¡Confiésate, niña! —la exhortó—. ¡Sea lo que sea que hayas hecho, el Señor lo entenderá!

Pero, con una expresión que destrozó el corazón de la abadesa, Esyllt negó con la cabeza y le dio la espalda.

Helewise fue a ver a Seth Miller en la apestosa celda en que lo había encerrado el sheriff Pelham. Este último, al parecer sorprendido de ver a una monja en su cárcel, trató de disuadirla.

—Lo de allá dentro no es bueno para una dama ni para una monja, sor... quiero decir, abadesa...

—Os recuerdo que Jesús Nuestro Señor nos exhorta a visitar a los enfermos y a los presos —le señaló Helewise—. ¿Acaso no dijo que todo lo que hacemos por uno de sus hijos lo hacemos por Él?

—Sí, pero... Oh, muy bien, abadesa, ¡pero sólo un momento! —Se inclinó hacia ella con aire confidencial—. Es que es peligroso. Ha matado a un hombre.

Sin embargo, a Helewise, a quien dejaron llegar hasta la puerta de madera y sólidas rejas de la celda en que mantenían a Seth aislado del resto de la humanidad, no le pareció peligroso. Se hallaba sentado contra una pared de piedra por la cual se escurrían la humedad y alguna extraña sustancia viscosa; las cadenas en los tobillos le habían provocado gruesos y vistosos verdugones. La paja mohosa que cubría el suelo apestaba a putrefacción y a otros hedores aún más penetrantes: a todas luces, Seth no tenía dónde hacer sus necesidades.

—¡Seth! —gritó.

Éste levantó la cabeza.

—¿Quién es?

—Soy la abadesa Helewise de Hawkenlye. ¿Querrás rezar conmigo?

—Sí, mi señora. —El hombre se arrodilló y oró con ella, respondiendo con sentido fervor cuando le tocaba.

Al acabar, ella le preguntó:

—Seth, ¿quieres que te mande a un cura?

—¿Un cura?

—Para que oiga tu confesión —le sugirió con gentileza.

—¿Confesión? —En ese momento, Seth lo captó—. Yo no lo he matado, abadesa, ¡estaba muerto cuando llegué! Es la pura verdad, ¡lo juro por Dios!

—Entiendo. —¿Estaría diciendo la verdad? Sonaba sincero, pero, a fin de cuentas, una persona que corría el riesgo de ir a la horca negaría, en el tono más convincente posible, haber cometido el crimen—. Pero ¿y qué hay de los robos? —prosiguió Helewise—. Tú, Hamm y Ewen estabais excavando bajo el roble caído en el bosque, ¿no? Además, talasteis un árbol sano, para buscar mejor el tesoro. Eso sí que es cierto, ¿no?

—Sí, sí —rezongó Seth—. ¡Por Dios, ojalá le hubiese dicho a Hamm lo que debía hacer con las monedas! Con perdón, *milady* —añadió.

—¿Fue Hamm el que encontró el tesoro?

—Sí. Estaba poniendo trampas para la caza. Excavó bajo el árbol caído porque vio algo brillar. Era una moneda, y cuando siguió excavando vio que había más, muchas más. Nos metió a mí y a Ewen porque era demasiada faena para un hombre solo; los tres talamos el árbol que nos estorbaba y no fue nada fácil. Soy su primo... el primo de Hamm... y siempre hemos trabajado juntos.

—No, Seth, siempre habéis robado juntos —lo corrigió la monja.

La miró con aire lastimoso.

—Sí —suspiró—. Y ahora me han cogido por algo que no he hecho y me van a ahorcar. —Se le escaparon unas lágrimas—. ¿Verdad?

Por más que a ella le hubiese gustado decir que no, tuvo que aceptar que tenía razón, que eso parecía, por lo que asintió lentamente con la cabeza.

Seth se dejó caer de nuevo al suelo con expresión desolada y apoyó en la pared la sucia cara.

—Entonces, mejor que venga ese cura.

Casi había transcurrido un mes y la luna empezaba a llenarse de nuevo, cuando Helewise despertó de un profundo sueño.

Se incorporó en la estrecha cama y se preguntó qué la había sobresaltado si estaba rodeada del sonido de mujeres dormidas: ligeros murmullos, respiraciones acompasadas, algunos ronquidos.

Sonidos a los cuales estaba acostumbrada.

¿Qué, entonces, la había molestado?

Se levantó y traspuso las cortinas que protegían su cubículo. Todo quieto, no había nadie rondando por ahí y...

Mentira. Sí que había alguien.

Una delgada silueta se hallaba junto a la puerta del dormitorio, y Helewise la vio descender los dos primeros peldaños.

Descalza, la abadesa cruzó la estancia, se detuvo en el umbral y se asió al marco de la puerta. La silueta estaba en el tercer peldaño con las finas manos aferradas a la barandilla y el cuerpo inclinado, tenso, como anhelando con toda el alma llegar hasta aquello que absorbía su total concentración.

El bosque.

Y, mientras Helewise la observaba, Calixta empezó nuevamente con su espeluznante canturreo.

En lugar de afectarla menos, en esta ocasión el tarareo la impresionó aún más que la primera vez que lo había oído. Combinada con el aún vívido recuerdo de los acontecimientos recientes, la espeluznante vista que proporcionaba la brillante luna sobre la siniestra oscuridad de los árboles provocó en ella un profundo pavor.

No obstante, con pavor o sin él, hacía mucho frío, y ni a ella ni a Calixta les haría ningún bien permanecer en la escalera.

Ahora que el sentido común había espantado sus ideas fantasiosas, Helewise se controló, bajó y asió suavemente el brazo de Calixta.

—Vamos, niña, de vuelta a la cama. Hace demasiado frío para andar fuera sin nada más que el camisón.

El canturreo vaciló y se interrumpió de golpe. La joven volvió los ojos abiertos de par en par hacia la abadesa, si bien su mirada parecía traspasarla.

—¿Estás despierta, sor Calixta? —susurró Helewise.

Al no obtener respuesta, tiró firmemente del brazo de la moza, guiándola hasta el dormitorio y a su cama. Una vez allí, la novicia se acostó, como una niña obediente, y cerró los ojos. Helewise la cubrió bien y, tras correr las cortinas de su cubículo, la dejó para que siguiera durmiendo.

Se dio cuenta de que había dejado abierta la puerta del dormitorio y, con un irritado chasquido de la lengua por su propio descuido, fue a cerrarla.

Y volvió a escuchar el canturreo.

Más bajito, y, por tanto, aún más perturbador.

Porque, aunque era la misma melodía inconexa y en el mismo tono sobrenatural que la de Calixta, ahora venía del bosque.

Allí fuera, en la vasta oscuridad, alguien había oído el extraño canto de Calixta y le respondía.

Al día siguiente, la abadesa descubrió que su capacidad para concentrarse en sus oraciones y sus deberes había quedado fuertemente mermada. Para empezar, había decidido vigilar de cerca a sor Calixta, una vigilancia inquietante, pues la muchacha andaba con aire distraído, ausente, con los ojos muy abiertos y una expresión ansiosa que contrastaba vivamente con su habitual y sonriente serenidad.

Cuando Helewise le preguntó con gentileza si se sentía bien y, cosa aún más relevante, si había dormido bien, ella la miró perpleja y contestó:

—Estoy muy bien, gracias, abadesa. Y sí, dormí a pierna suelta. ¿Por qué?

—Es que te veo un poco pálida —improvisó Helewise.

Calixta le dirigió su acostumbrada sonrisa dulce.

—Qué bien nos cuidáis —susurró.

Helewise se sintió incapaz de responder, pues en ese momento tenía la impresión de estar fallando gravemente al menos a un miembro de su pequeña comunidad. Dejó que siguiera con sus quehaceres —en este caso lavar vendas manchadas y tenderlas a secar al sol, el mejor modo, según sor Eufemia, de devolverles la higiene y poder usarlas de nuevo—, y regresó a su despacho. Andando de un lado a otro del reducido espacio, reflexionó sobre el hecho de que Calixta no parecía recordar su episodio de sonambulismo.

Y esto daba al asunto un carácter aún más angustiante.

Por mucho que lo intentara, su preocupación por Calixta le impedía borrar el recuerdo de la pavorosa escena que había presenciado la noche anterior. En ocasiones hasta se le antojaba que oía ecos de ese inhumano canturreo...

Como si esta preocupación no bastara, también estaba el problema de Esyllt, una Esyllt que había cambiado mucho desde el asesinato en el bosque, y algo impulsaba continuamente a Helewise a averiguar a qué se debía tal alteración.

Fue otra vez a la residencia de los ancianos y advirtió que la moza había perdido peso. Era todavía una joven fuerte, pero su rostro se había afilado; además, había algo... Sí, al verla acercarse para recibirla, asintió para sí.

Esyllt ya no lucía el porte orgulloso que la hacía cuadrar los hombros y exhibir su bonito cuerpo. Se movía como si cargara con un yugo, un yugo que, para colmo, tiraba de un enorme peso.

—Abadesa —Esyllt hizo una reverencia—, ¿deseáis hablar con sor Emanuel? Acaba de salir con el viejo fray Josiah y...

Helewise levantó una mano para detener el flujo de palabras.

—No, Esyllt, es a ti a quien quiero ver.

—Oh.

Asombraba la cantidad de emoción que podía contener una palabrita de nada.

—Me preguntaba si querías hablar de...

Se interrumpió. Ya lo había intentado con ese enfoque y había fallado. ¿Qué le hacía pensar que funcionaría ahora? De modo que se acercó un poco más a la moza, abrió los brazos y la estrechó fuertemente contra su pecho.

Al principio, Esyllt pareció responder, se apoyó, laxa, en ella y dejó escapar un sollozo.

—Ya, ya, niña —murmuró Helewise—. Ya, ya. —Le alisó el cabello con una mano—. Déjame ayudarte —prosiguió, con voz tan queda que era casi un susurro—. Me duele mucho verte sufrir tanto y...

Mas el breve momento de debilidad de Esyllt había terminado.

Se enderezó, se apartó de Helewise, se secó los ojos con la mano y dijo:

—Gracias, abadesa, pero no hay nada que podáis hacer. —Le dio la espalda y murmuró en voz baja—: No hay nada que nadie pueda hacer.

Helewise la vio alejarse.

A continuación salió en busca de sor Emanuel.

La halló sentada en un banco junto a un hombre muy anciano en hábito de monje, asiéndole la mano y secándole de vez en cuando las lágrimas con un inmaculado trozo de lino.

Al ver a la abadesa, sor Emanuel hizo ademán de apartarse y ponerse en pie. Helewise le indicó que permaneciera quieta y se dio cuenta de que el viejo monje no parecía haber reparado en su presencia.

Se acomodó al otro lado de sor Emanuel.

—¿Qué le pasa? —preguntó quedamente.

La monja echó una mirada afectuosa al anciano.

—Nada —contestó con su voz normal—. No pasa nada —añadió—, fray Josiah casi no oye y, de hecho, casi no ve. —Suspiró—. El brillo del sol le hace saltar las lágrimas, abadesa, eso es todo.

Helewise asintió con la cabeza. En ese momento no se le ocurría nada que decir.

—Le gusta sentir el sol en la cara —comentó sor Emanuel—. Es el único placer que le queda, así que trato de que lo disfrute siempre que pueda. —Al cabo de un corto silencio, inquirió—: ¿Me buscabais, abadesa?

Esta última también había estado gozando del sol en el rostro y con un esfuerzo volvió su atención al asunto que la ocupaba.

—Sí. Estoy preocupada por Esyllt.

—Y yo. Está... —Frunció el entrecejo, como si no supiera cómo continuar, mas al cabo de un momento prosiguió—: Es como si se estuviese consumiendo. No come y creo que no duerme bien. No tengo quejas en cuanto a su trabajo; de hecho, yo diría que trabaja con demasiado ahínco. —Dejó escapar un ligero suspiro—. No es muy caritativo por mi parte censurar a alguien que sin duda sufre una profunda angustia, abadesa, pero creo que debo informaros de todo lo que he observado.

—Hacedlo, os lo ruego —la exhortó Helewise—. Adelante.

—Esyllt ha perdido su toque mágico —declaró sor

Emanuel con tristeza—. Antes despedía tanta alegría que se la comunicaba hasta a personas como este anciano, que apenas oye y ve. —Señaló a fray Josiah, que mascullaba en voz muy baja—. Pero ahora... —No acabó la frase.

—Como si se estuviese consumiendo —repitió Helewise.

—¿Decíais, abadesa?

—Eso es lo que habéis dicho, hermana. Pero ¿por qué se consume?

Sor Emanuel le dirigió una mirada plena de tristeza.

—Abadesa, de verdad que no lo sé.

Durante sexta, tras una mañana que le había dejado la sensación de no haber hecho absolutamente nada salvo provocarse un dolor de cabeza, la abadesa decidió controlar sus emociones. Rezó pidiendo fortaleza, prudencia y sabiduría, se sacó los problemas de la cabeza y se abrió al Señor. Como resultado, al salir de la iglesia ya sabía lo que tenía que hacer.

Tal vez todavía tuviera tiempo...

En medio de una cálida y perezosa tarde, Josse se sorprendió al ver a fray Saúl entrar en el patio del Nuevo Winnowlands. Se sorprendió aún más al recibir su mensaje.

—¿Ahora? —exclamó.

—Sí. Si no hay inconveniente.

—¿A qué vienen tantas prisas?

Fray Saúl se encogió de hombros.

—No me lo ha dicho.

—Mmm.

Qué extraño, se dijo Josse al pedir a fray Saúl que se adelantara e informase que lo seguiría de inmediato; preparó lo poco que precisaría para un par de noches fuera de casa. Aún perplejo y bastante intrigado, gritó a Will que le preparara el caballo y, poco después que Saúl, emprendió el camino.

A Josse no le interesaban ni más ni menos las fases de la luna de lo que pudieran interesarle a cualquiera. Un par de noches antes se había fijado en que faltaba poco para que fuera luna llena; pero, como se trataba de una observación fugaz, ahora no sabía si el astro menguaba o crecía.

Alcanzó al fraile y continuó con él el trayecto, enfrascados en una amistosa conversación y sin volver a pensar en el ciclo lunar.

Pero, aunque no lo supiera, aquella noche habría luna llena.

Y, por más que él lo ignorara, había otras personas que sí lo sabían.

CAPÍTULO CATORCE

¿Qué... qué os proponéis?

A Josse le costaba creer lo que oía. ¿Estaría enferma la abadesa? ¿Habría sufrido alguna extraña aberración? Le escudriñó el rostro y le pareció más o menos normal. Una profunda arruga parecía haberse asentado entre los grandes ojos grises; pero, aparte de esto, daba la impresión de estar calmada y controlada.

—Pretendo ir al bosque esta noche y, como acabo de sugerir, me parecería muy buena idea que me acompañarais. —Lo miró un segundo y esbozó una ligerísima sonrisa—. Si es que estáis dispuesto a hacerlo, claro, sir Josse. Dada la reciente historia violenta del lugar entendería, por supuesto, que os negarais y...

—¡No me he negado! —Con ira reprimida, Josse dio un puñetazo a la pared del despacho. ¡Por Dios, la abadesa estaba llegando a conclusiones precipitadas!—. Claro que no os dejaría ir sola, abadesa, pero...

—Qué bien.

—¿Qué bien qué?

Se volvió hacia él con expresión de inocencia.

—Pues que aceptéis venir conmigo.

—¡Un momento, abadesa, un momento! —exclamó Josse.

Se esforzó por encontrar rápidamente el modo de expresarle su enorme desaprobación con palabras capaces de acotar aquella locura.

Atravesó la estancia y se detuvo con las manos sobre el escritorio.

—Abadesa Helewise, existen muchos peligros en el bosque. Han matado a dos hombres allí y, por mucho que el sheriff Pelham crea tener bien encerrado a uno de los asesinos, no hemos resuelto el asunto de la primera muerte.

—De eso soy plenamente consciente. —El tono de Helewise adquirió una repentina frialdad—. Sin embargo he...

—Me estáis diciendo que, ¡pese a todo, los dos vamos a ir tan tranquilamente al bosque esta noche! —estalló Josse—. ¿Para echar un buen vistazo y ver cuánto tiempo pasará antes de que nos arrojen una lanza por la espalda?

—No me hicisteis caso cuando utilicé el mismo argumento para intentar impedir que fuerais al bosque hace unas semanas —replicó ella—. Si mal no recuerdo, dijisteis que, como iríais armado y prevenido, estaríais a salvo.

—¡Y lo estaba! —se defendió airadamente.

—Entonces ¿por qué no íbamos a estar a salvo ahora?

—Porque...

Se interrumpió. Sí, claro. Ahí estaba el quid de la cuestión. Y ella se mostraba beligerante porque ya se había percatado de ello.

—Yo estaría igualmente a salvo —comentó al cabo de una pausa—, pero no estoy dispuesto a poneros a vos en peligro.

—Esa decisión no está en vuestras manos —declaró firmemente la abadesa—. Como abadesa de Hawkenlye, tengo a mis monjas y a mis sirvientes laicos a mi cargo. Dos de mis mujeres sufren, sufren profundamente, y es mi deber hacer todo lo que pueda por aliviar su congoja.

—¿Aventurándoos en el bosque por la noche, de modo temerario y sin preparación? —chilló Josse.

—¡Sí! —chilló ella—. ¿Es que no veis que en el bosque se halla la clave del problema?

Él no estaba del todo convencido y, aunque ella tuviese razón, tenía que evitar que llevara a la práctica aquella idea tan alocada. Santo Dios, ¡era imposible!

—¡A vuestras mozas no las ayudará que os maten! —exclamó.

—No tengo la menor intención de que me maten. ¿Y qué os hace pensar que alguien querría matarme?

—Mataron a Hamm Robinson —espetó Josse.

Helewise suspiró exasperada.

—Hamm Robinson era diferente.

—¿En qué?

—Él... —Se interrumpió y, como para aplacarlo, le suplicó—: Venid conmigo esta noche, sir Josse. Os lo demostraré.

«¡Venid conmigo!» ¡Santo Dios, cuánta resolución! Si Josse no se andaba con cuidado, se encontraría a salvo en la abadía mientras ella se iba sola al bosque.

—¿Hay algo que pueda decir que os disuada?

—Nada.

Él se pasó las manos por el rostro.

—Muy bien, de acuerdo.

—¿Vendréis conmigo?

Diríase que le costaba creerlo. Se destapó la cara y contestó:

—Sí.

No estaba seguro, pero le pareció verla relajarse con una expresión de alivio.

Helewise creía que Josse no cedería sin un último intento por disuadirla, y no se equivocaba. Él se mantuvo callado mientras cenaban (Helewise no sintió ningún remordimiento al pedir unas buenas porciones de liebre a la brasa y verduras, teniendo en cuenta la faena que les esperaba esa noche); y, en tanto bebían una copa de vino fortificante en la intimidad de su despacho, se limitó a la clase de educados comentarios que intercambian dos extraños que se encuentran en un camino.

Helewise se disculpó y fue a la iglesia para el oficio de completa, durante el cual se afanó por vaciar la mente de su inminente aventura. En el potente ambiente del templo, ya muy avanzada la tarde, experimentó una súbita oleada de valentía; de no estar segura ya de que hacía bien, esta señal del Todopoderoso la habría convencido del todo.

—En tu sabiduría has puesto en mis manos a estas angustiadas mujeres, oh, Señor —rezó en voz muy baja—. Oh, Señor, no me dejes fallarles. —Transcurrido un momento, añadió—: No me dejes fallarte a Ti.

Regresó con Josse y vio que la esperaba en el claustro. Al acercarse ella pronunció las palabras que sin duda había estado ensayando:

—Abadesa, ¡os lo ruego!, ¿no cambiaréis de opinión?

Le permitió empezar, pero luego le colocó suavemente una mano en el brazo a fin de silenciarlo.

—Sir Josse, esto no tiene sentido.

—Pero...

La miraba con expresión atormentada y sus rostros casi se tocaban. Mas, como si por fin captara su determinación, se encogió de hombros.

—Muy bien —aceptó con un suspiro—. Me lavo las manos, os dejo a lo vuestro.

—Oh, no, sir Josse. Sé que no lo haríais. —Y, en tono de broma, agregó—: Si tenéis que darme un sermón, ¿por qué no me decís que me atenga a las consecuencias?

Como única respuesta obtuvo un gruñido.

Observó que había estado ocupado mientras ella asistía a completas; había preparado un par de mantas, pan y agua, y, en el fondo del fardo, un objeto envuelto que tenía todo el aspecto de una arma pequeña, acaso un puñal, que contempló un par de segundos. Pero éste no era el momento de recordarle las normas sobre entrar armado en la abadía.

—¿Estáis bien abrigada? —inquirió Josse, según emprendían el camino entre la oscuridad apenas rota por la luna llena que empezaba a salir—. Está templado ahora, pero la noche será mucho más fría.

—Sí que lo estoy.

Habiéndosele ocurrido lo mismo, la abadesa había ido a su celda y se había puesto un camisón de lana debajo del hábito.

Josse asintió.

Salieron por la puerta principal. El extraño y misterioso bosque en el que se iban a adentrar sigilosamente se alzaba frente a ellos. Helewise vio que el caballero entraba en silencio en la portería, ahora vacía, y salía con la pesada espada enfundada a un lado.

Ésta le produjo un estremecimiento de miedo aún mayor que el puñal oculto en el fardo.

Josse parecía conocer bien el camino.

Helewise casi le pisaba los talones; el lugar más adecuado, pues, dejando aparte otras consideraciones, el que él le diera la espalda le permitía subirse las faldas y conservar al mismo tiempo el pudor. La impresionaba la familiaridad con que él se movía por los senderos y caminos del gran bosque.

La luz de la luna, ahora ya en todo lo alto, hacía más cómoda la expedición. Al coger cuidadosamente de manos de Josse una rama cuyas espinas podrían haberle rebanado la mejilla, la abadesa se dijo que ésta habría resultado imposible en una noche oscura y nublada. ¡Increíble cómo se ajustaba la vista! Al salir de la abadía lo único que distinguía eran formas vagas y ahora vislumbraba detalles; ese camino de animales, por ejemplo, entre los matorrales y la enorme haya de enmarañadas raíces medio expuestas y...

Josse se paró en seco, sin previa advertencia, y ella topó con él.

—¡Lo siento! —se disculpó Helewise—, pero...

—¡Silencio! —Le dirigió una mirada de disculpa por haberla acallado con tal falta de respeto.

—Está bien —contestó ella con la voz igualmente baja—. ¿Qué pasa?

Muy quieto, Josse volvía la cabeza de un lado a otro. Ella aguardó. Al cabo de un momento, él se encogió ligeramente de hombros y respondió:

—No lo sé. Probablemente nada. ¿Seguimos?

—Sí.

Helewise advirtió que avanzaba con mucha más prudencia ahora, y no es que antes lo hiciera de modo temerario o ruidoso; se detenía con frecuencia y miraba a todos lados. Entonces se dio cuenta de que escuchaba atentamente.

Pero ¿qué?

«¡Ay, Dios, que no sea ese canturreo, por favor, que no sea ese canturreo!»

Se aferró a la cruz de madera que le colgaba del cuello, aterrorizada.

Sin embargo, una calmada vocecita interior inquirió: «¿Y qué esperabas? Has oído el tarareo y sabes que venía de este bosque. ¿No crees que es muy probable que lo oigas de nuevo?»

Respiró hondo un par de veces.

Funcionó. Aunque el pavor no la abandonaba, experimentó un mayor autocontrol.

Cuando echaron a andar de nuevo, se preguntó fugazmente si Josse llevaba todavía su talismán; algo le dijo que era probable.

Estaban ya en pleno bosque. La abadesa calculó que habían recorrido casi una legua, tal vez más, aunque costaba precisarlo debido a las frecuentes paradas; pero, cuando avanzaban, lo hacían a buen paso. Pese a todo, el duro ejercicio físico le causaba una suerte de exaltación; hacía años que no caminaba de aquel modo, respirando hondo, moviendo los brazos, dando zancadas. En un convento, las monjas no pueden andar así.

«Me recuerda —pensó dichosa— las salidas con mi querido Ivo.»

A su difunto marido también le gustaba caminar a buen ritmo y, a menudo, cuando las exigencias de sus ocupadas vidas se lo permitían, los dos salían unas horas a...

—¡Escuchad! —oyó la voz de Josse, justo a su lado.

—¿Qué?

Él se había vuelto a detener en lo que parecía el final de un largo y tortuoso caminito escondido entre los árboles; caminito que llevaban siguiendo cierto tiempo. Josse tiró de ella y la ocultó bajo las sombras de un gran roble; con la boca pegada a su oreja, preguntó:

—¿Lo oís también o me lo estoy imaginando?

Ella dejó de respirar, trató de aislar la respiración de Josse y escuchó con atención.

Al principio, nada. El viento en las copas de los árboles muy por encima de ellos, un remoto y apenas perceptible rumor de pasos, rápidamente interrumpido, como si un animalillo corriera a refugiarse en su madriguera.

Empezaba a negar con la cabeza cuando lo percibió.

Una corta melodía, quizá producida por las hojas que bailoteaban arriba de sus cabezas. Pero se repitió. Y era una voz la que repetía la misma frase, una y otra vez, cada vez un poquito más alto.

Y luego, como en una suerte de parodia macabra y prematura del coro del amanecer en el convento, para el que faltaban muchas horas, otras voces se le unieron. La frase original volvió a hacer eco, pero se prolongó, más elaborada y compleja, retornando sobre sí misma, alzándose, cada vez más aguda, hasta casi sobrepasar el alcance del oído humano, para acabar descendiendo a un profundo tono de barítono que semejaba un distante tamborileo.

Y se paró en seco.

Helewise sentía el sudor del miedo correrle por la espalda, acompañado por un enorme estremecimiento que le puso los cabellos de punta. Presa de un miedo atávico, tuvo ganas de agacharse, acurrucarse, hacerse todo lo pequeña que pudiera y ocultarse en un oscuro nicho donde sentirse a salvo, donde ellos, quienesquiera que fuesen, no pudieran encontrarla. No obstante, justo cuando el impulso se estaba convirtiendo en irresistible, Josse se inclinó hacia ella y le susurró:

—Abadesa, parece que teníais razón y que las respuestas a todas nuestras preguntas se encuentran más adelante.

Y ella acertó a contestar, en un tono casi parecido al de siempre:

—Efectivamente.

¿Se habría dado cuenta? ¿Le habría hablado al captar su inmenso temor, con el fin de ayudarla a dominarlo?

Lo que lo había logrado fue el uso de su título, pensó, y sintió que recuperaba las fuerzas. En ese momento de debilidad, ese título le había recordado lo que era, le había recordado sus responsabilidades y, más importante aún, le había recordado lo que hacía allí, en pleno bosque, cuando debería estar cómodamente acostada y a salvo.

«Hace falta encontrar respuestas —se dijo con firmeza—. Y sir Josse y yo las encontraremos.»

—¿Qué hacemos ahora? —susurró.

Josse dejó de mirar intensamente en el espacio abierto que tenían enfrente.

—Estamos cerca de donde están los dos robles caídos, donde Hamm descubrió el tesoro. Es un grupo de árboles importantes. Deberíamos aproximarnos más.

—Muy bien. Iba a deciros que yo...

Pero no era el momento, y sacudió la cabeza como respuesta al gesto de interrogación de Josse.

Éste se acomodó mejor el fardo. Estaba a punto de reemprender el camino, cuando vaciló. La miró por encima del hombro.

—Puede que ellos, quienesquiera que sean, se encuentren allí ahora. Tenemos que guardar un silencio sepulcral.

Ella le sonrió en la oscuridad.

—Lo sé. Seré una tumba.

Sólo que, en tanto se movía sigilosamente detrás de él, deseó haber utilizado cualquier término menos «tumba».

En el siguiente tramo se le antojó que andaban con suma lentitud. Imitaba a Josse y con sumo cuidado posaba los pies sobre el suelo antes de dejar caer el peso en ellos, para asegurarse de no pisar ninguna rama y, así, no delatar su presencia. Tenía los nervios de punta.

De súbito, Josse se paró; se hallaban al borde de un claro mucho más espacioso que el resto de los visitados hasta el momento. Helewise miró por encima de la reconfortante solidez de su hombro y vio dos gigantescos robles tumbados en el suelo.

Aparte de esto, el lugar se hallaba vacío.

Josse avanzaba, echaba ojeadas a las sombras que rodeaban el espacio iluminado por la luna. De repente soltó una ligera exclamación y, cuando regresó al lado de la abadesa, ésta vio que sonreía.

—Están más adelante —le explicó en voz muy baja, una vez a su lado—. En otro claro... por allí.

Ella miró y no vio nada.

—¿Dónde?

La asió por los hombros y la empujó suavemente hacia el claro.

—Id hacia donde hay menos árboles y mirad hacia la izquierda —le ordenó.

Ella obedeció. Con la vista clavada en la oscuridad de un grupo aparentemente impenetrable de antiguos árboles, árboles más jóvenes y espesos matorrales, lo distinguió.

Una luz.

Débil, como si hubiesen encendido una única vela o tal vez una hoguera pequeña y contenida que, en aquella oscuridad tenebrosa, resultaba extraña.

Estaba a punto de volverse hacia Josse para preguntarle qué debían hacer a continuación, cuando algo llamó su atención.

Esa luz... diríase que la habían apagado una fracción de segundo y, casi de inmediato, la hubieran vuelto a encender. Observó con gran atención y volvió a ocurrir.

¿Qué era? ¿Sería...?

Entonces lo comprendió.

Pensándolo bien, el motivo del parpadeo resultaba obvio. Un motivo que explicaba, asimismo, por qué sucedía continuamente.

Alguien se movía entre Helewise y la fuente de la luz.

En ese oculto grupo de árboles había otros seres.

Aunque supiera que tenían que encontrarse allí —¿de qué servía esta expedición, si no era para hallarlos?—, el corazón de Helewise empezó a latir como un tambor al advertir el movimiento.

El miedo la embargó con la misma rapidez y la misma fuerza implacable de las olas sobre la arena, y, olvidándose de que debía guardar silencio, salvó corriendo los escasos pasos que la separaban de Josse, como si estuviese a punto de ahogarse en aquellas oleadas de terror.

CAPÍTULO QUINCE

Silenciosos como fantasmas, rodearon las lindes del claro bien pegados a los árboles, amparándose en sus sombras.

Al pasar junto al lugar donde había descubierto el antiguo templo en ruinas, Josse se dijo que nunca había ido más allá en el bosque.

Entre todas las otras cosas que le preocupaban, ésta era una nueva y, por muy ilógico que pareciera, la más aterradora.

La abadesa, reflexionó, más que nada para descartar la aprensión, obedecía sus órdenes de moverse con mayor sigilo aún. De no saber con toda certeza que lo seguía, no lo habría adivinado: era como si la hubiesen entrenado especialmente para operaciones nocturnas. No hacía ningún ruido, y Josse tuvo que reprimir un par de veces el impulso de volverse para comprobar que no la había perdido.

Tampoco se habría imaginado que una monja se adaptaría tan bien a la dureza del ejercicio; al apretar el paso no le había hecho ninguna concesión, no tanto por desconsideración voluntaria como porque no se le había pasado por la cabeza, pues el miedo y la concentración, según advirtió, le hacían olvidar toda cortesía y los buenos modales que le habían inculcado.

¿Sentiría miedo Helewise? De ser así, no la admiraría menos. ¿Cómo menospreciarla si él mismo lo sentía? En todo caso, no lo demostraba y eso, en sí, constituía una prueba de valentía. En una ocasión, hacía mucho tiempo, uno de sus comandantes le había dicho que no hay valor donde no hay miedo.

Casi habían llegado al otro lado de la arboleda. Al adentrarse entre los espesos matorrales, Josse forzó la vista en busca de un sendero, por muy insignificante que fuera: si no había espacio entre los árboles, ¿cómo iban a proseguir su camino?

¡Uf! Sí que lo había: un minúsculo, estrechísimo caminito, apenas digno de llamarse sendero. Josse se abrió paso, precediendo a Helewise hacia la luz, entre altos y abundantes helechos que, según descubrió en seguida, escondían zarzas igualmente densas.

Tras un desagradable tramo abriéndose camino a codazos y andando con sigilo, sin olvidar la imperiosa necesidad de guardar silencio, los matorrales empezaron a espaciarse y, con la vista clavada delante, Josse vio la luz de la luna: se acercaban a otra arboleda.

Los árboles que llevaban a la arboleda y la rodeaban eran antiguos y altos, lo bastante separados entre sí para que entre ellos crecieran muchos otros, más jóvenes. Asombrado, notó que formaban una figura ordenada, como si siglos y siglos antes alguien los hubiese plantado con la intención de formar una avenida; como para rendir homenaje al camino que llevaba a la sagrada arboleda, marcándolo con una doble fila de los más sagrados árboles...

Pues los árboles que aislaban la arboleda del resto del bosque eran todos, sin excepción, robles.

Seguido de la abadesa, se acercó al que parecía tener el tronco más grueso. Se pegaron a la nudosa corteza y contemplaron el espacio que, iluminado por la luna, se presentaba ante sus ojos.

Durante lo que se les antojó un tiempo sumamente largo, no sucedió nada.

El fuego, hecho en el interior de un círculo de piedras construido en el centro mismo del claro, ardía y brillaba, y de vez en cuando un chisporroteo sobresaltaba a la abadesa y el caballero. Para colmo, a la vera de la hoguera, un grueso y pesado tronco hacía las veces de altar del tamaño de un hombre; quizá fuese lo que quedaba de un árbol caído tiempo atrás. A Josse se le ocurrió la extraña idea de que su posición no era debida a un acontecimiento natural, sino que lo habían colocado así expresamente, tras talarlo y cortarlo según los dictados de un antiquísimo ritual.

Involuntariamente, recordó las palabras del sheriff Pelham: «Hacen cosas cuando hay luna llena. Y algo aún más inquietante: a los moradores del bosque no les gustan los intrusos y menos cuando hay luna llena.»

Eso eran él y la abadesa. Intrusos a punto de presenciar un terrible ritual, a punto de cometer el pecado prohibido por el que habían matado a otro hombre.

La locura de lo que estaban haciendo, de lo que había dejado que la abadesa lo convenciera de hacer, lo golpeó como una pedrada en la frente. Se dio la vuelta y susurró:

—Abadesa, no deberíamos estar aquí. Es...

Demasiado tarde.

Alguien había entrado en el claro.

En algún momento, mientras presenciaban lo que ocurrió a continuación, la abadesa lo cogió del brazo. Josse no supo exactamente cuándo, pero en ese momento y después sólo pudo alegrarse de que lo hiciera. Tenía la impresión de que sin ese contacto humano, aunque casi imperceptible, habría perdido la cabeza y hecho una estupidez.

Una estupidez como responder a la sangre que tronaba en su cuerpo, como responder al potente llamado de lo que veía y entrar corriendo en el iluminado claro para suplicar que le permitieran participar.

Por muy absurdo que fuera, Pelham tenía razón.

Ante la mirada desconcertada de Josse y la abadesa, se hacían cosas durante el plenilunio...

Para empezar, una persona vestida con una larga túnica hizo el circuito completo del claro. Era una mujer, no cabía duda, pues, aparte del largo cabello canoso que le llegaba hasta la cintura, poseía una complexión femenina. En la mano llevaba un puñado de alguna suerte de especias o de hierbas secas repletas de semillas, que prendió en el fuego de la hoguera, para luego agitarlas en tanto andaba poco a poco, dejando en el aire nocturno un rastro de humo fuertemente aromatizado.

Tres veces hizo el circuito.

Luego dejó los restos de hierbas en la hoguera, cogió una larga y recta vara y, con un paso como de baile, rodeó el fuego, el largo y ancho tronco, diríase que formando un dibujo en el suelo.

Al acabar por fin, desapareció un momento entre los árboles. A su regreso ya no se encontraba sola.

Asía de la mano a una jovencita; ésta vestía una larga prenda suelta, de una tela transparente, debajo de la cual se notaba que no llevaba nada. Una gruesa guirnalda de hojas, hierbas y flores tejidas entre sí coronaba lo alto de su lustroso cabello.

Ya en medio del claro, la moza se detuvo un momento y volvió la cara hacia el cielo nocturno. Los rayos de la luna la iluminaron y, en ese mismo instante, tanto Josse como la abadesa fueron presa del mismo horrorizado asombro.

Se trataba de Calixta.

Josse percibió la tensión de la abadesa, advirtió, sin que ella hubiese movido un músculo, que su instinto protector estaba a punto de traicionarla. Agachó, pues, la cabeza y, con cuanta firmeza pudo, le susurró directamente al oído:

—No.

Helewise lo entendió y casi al instante la sintió relajarse.

Ella tiró de él, para acercarlo de nuevo.

—No es... —susurró.

¿No era qué? Josse no tuvo ocasión de enterarse, pues en el claro sucedía algo más.

Habían empezado de nuevo con el canturreo, acompañado por el ritmo constante y apagado de un tambor. Por el modo en que el sonido se le coló en la cabeza, tuvo la impresión de que ya llevaba cierto tiempo oyéndolo sin darse cuenta, si bien aumentaba el volumen por momentos y su naturaleza se transformaba poco a poco de cántico en canto, puro y dulce; tras un aparente conflicto con el cántico, la melodía se elevó como si surgiera del más perfecto de los coros celestiales.

Sin duda habían añadido más leña al fuego, pues las pálidas volutas del humo, mucho más espeso ahora, se extendían por toda la arboleda y penetraban por entre los árboles donde se ocultaban Josse y la abadesa. Olía a... ¿a qué? A salvia y a rosas y a algo que evocaba una esencia usada para ungir. En torno a la hoguera, según menguaba o se espesaba la cortina de humo, aparecían y desaparecían, como si flotaran, ramos de flores atados con briznas de hierba: amapolas, belladona, y una frondosa planta de florecillas blancas que Josse supuso sería cicuta.

El volumen del canto era muchísimo más alto ya: fuera de la vista, entre los árboles, debía de haber una multitud y...

El canto alcanzó un clímax ensordecedor que extinguió toda capacidad de pensamiento y luego, con una brusquedad que hería el oído, se paró en seco.

En el más absoluto silencio del claro bañado por la luna, la mujer guió a la moza hacia el tronco, decorado éste también con flores y un par de velas cuyas llamas ardían sin cesar en cada extremo.

Tenía el aspecto de un altar.

La mujer ayudó a la moza a tumbarse y le hizo una almohada de flores. A continuación se situó detrás de la cabeza de la joven y le agarró las manos tendidas, en lo que parecía un gesto de amable compañerismo.

Al menos al principio.

Sin embargo, a medida que sus manos avanzaban hacia las muñecas de la muchacha, resultó evidente que estaba asegurándose de que no escapara.

Y el canto se inició de nuevo; una sola voz, la de una mujer, y venía del altar.

Con los ojos cerrados, la moza cantaba.

A medida que su voz se reforzaba, empezó a mover el cuerpo, retorciéndose, con las rodillas dobladas y contoneando las caderas. Finalmente, soltó un chillido, arqueó la espalda y abrió completamente las piernas.

Otra silueta salió. Vestía túnica y capucha; sólo su altura y lo ancho de sus hombros revelaban que se trataba de un hombre, pero su rostro permanecía velado por la capucha.

Se situó al pie del altar.

Con las muñecas aún aferradas por la mujer, la jovencita tenía los brazos estirados al máximo. El movimiento le había levantado la túnica, de modo que estaba desnuda desde los generosos pechos hasta los pies descalzos. Sus piernas abiertas se agitaban al borde del tronco sobre el que se hallaba tumbada, por lo que su entrepierna expuesta se encontraba a la altura de la cintura del hombre.

Lo que a todas luces iba a suceder parecía haber empezado ya. El hombre se había levantado el dobladillo de la túnica y había cubierto con ella el vientre de la moza, cosa que no dejaba lugar a dudas sobre el acto, visible o no, que llevaba a cabo. La jovencita había reiniciado el canto, un canto abstracto ahora, con frecuentes interrupciones, y alzaba el cuerpo para encontrarse con él; sus movimientos pronto se volvieron frenéticos y, de repente, todo acabó.

El hombre se apartó de la muchacha, dejó caer su túnica y, al volverse, pareció desaparecer entre el espeso humo.

La moza dejó escapar un gritito que, por muy breve que fuera, contenía un espantoso y desesperado anhelo. Y, como en respuesta a ello, otro hombre ocupó el lugar del primero. Tomándose un poco más de tiempo, él también llegó al clímax y, como su predecesor, la abandonó.

Y le siguió otro, y después otro.

El quinto, más alto y de aspecto más fornido, la penetró, igualando con su propia fuerza el salvaje empuje de las caderas femeninas, y por fin ella también alcanzó la satisfacción. Con las muñecas aún sujetas por la mujer que se encontraba a la cabeza del altar, la muchacha levantó el cuerpo, echó la cabeza hacia atrás, abrió la boca y dejó escapar un largo, penetrante y triunfante grito que retumbó en el robledal y en el bosque entero, cual el chillido victorioso de un animal triunfante.

Al menguar y extinguirse el eco, la moza se dejó caer sobre el tronco. Saciada, agotada, bajó las piernas a cada lado y, de no haber sido porque la mujer le seguía sujetando los brazos, se habría caído al suelo. Mostrándose solícita ahora, la mujer puso manos a la obra; le rodeó los hombros con un brazo, con la mano libre le bajó la frágil túnica y la ayudó a ponerse en pie.

Sosteniendo casi todo el peso de la jovencita, pues las piernas de ésta parecían haber perdido toda su fuerza y sus pequeños pies descalzos apenas si lograban moverse, la sacó del claro y se la llevó hacia la oscura sombra de los árboles.

La mente y el cuerpo de Josse burbujeaban con una potente energía que no acertaba a entender. Se frotó con fuerza el rostro y, tapándose los ojos con una mano —como si, demasiado tarde, quisiera borrar lo que acababa de ver—, deslizó la espalda por el tronco del roble y se sentó pesadamente en el suelo.

Al cabo de un momento, la abadesa hizo otro tanto.

Josse se sentía incapaz de hablar. Ni sabía lo que habría dicho de haber podido.

No obstante, tras carraspear ligeramente, Helewise comentó:

—No era Calixta. Se le parecía mucho, pero no era ella.

Y él soltó lo primero que se le ocurrió:

—¡Gracias a Dios! —Mas, al cabo de un momento, inquirió—: ¿Por qué estáis tan segura?

—Por el cabello.

Josse evocó a la moza en pleno y salvaje abandono. Cuando se le había caído la guirnalda, el espeso y oscuro cabello se había desparramado cual una marea negra sobre la madera del altar.

Por supuesto. Ninguna monja poseía un cabello como aquél.

—No era Calixta —repitió.

—No.

Se produjo el silencio de nuevo, envolvente, asfixiante, como si alguien los hubiese tapado con una manta.

«Ahora me dormiría con mucho gusto —pensó Josse—. Me pesan mucho los párpados. Podría tumbarme y dormir hasta el amanecer. Mucho más allá del amanecer. Todo el día... y toda la noche.»

Bostezó con ganas.

Sintió el peso de la abadesa, que se había apoyado en él, y, con un enorme esfuerzo, se volvió para mirarla. Tenía los ojos cerrados, los labios ligeramente entreabiertos y respiraba profundamente. Al parecer se había adormilado.

«¿Y por qué no? —se dijo Josse—. Este lugar es tan bueno como cualquier otro. Muy cómodo y...»

Y se durmió.

Pero no por mucho tiempo.

Como si todavía funcionara en él el sentido de autoconservación, una reliquia de su época soldadesca que no lo abandonaba ni siquiera en estas circunstancias extremas, se sumergió en un sueño vívido.

Se hallaba en el claro, en pleno claro, expuesto y a solas bajo la luz de la luna. A hurtadillas se aproximaban la mujer de cabello cano y la moza morena, cada una con una lanza apuntándole directamente a la espalda.

Ambas desnudas.

Josse se despertó con un sobresalto y un bufido. Resopló, aterrorizado, y, bañado en sudor, se dio la vuelta.

Y dio de frente con el tronco.

¡Gracias a Dios, gracias a Dios! No se hallaba en el robledal ni un par de lanzas estaban a punto de traspasarle el corazón.

Se levantó de un salto, cogió a la abadesa de un brazo y susurró:

—Abadesa, ¡despertad! ¡No podemos quedarnos aquí! Tenemos que...

La cabeza empezó a darle vueltas, tantas y tan rápidas que tuvo que volverse y vomitar.

En cuanto se sintió capaz de ponerse en pie, se arriesgó a echar una rápida ojeada a la abadesa. Despierta ya, ella también tenía aspecto enfermizo.

—¿Qué pasa? —musitó—. ¡Tenemos que dormir, Josse! Estoy tan cansada...

La cogió de ambas manos y tiró de ella, hazaña nada fácil, pues no sólo era alta y algo fornida, sino también un peso muerto.

—¡Vamos! —espetó.

La zarandeó y ella se enderezó de mala gana, para al instante siguiente apoyarse de nuevo en el tronco.

—¡Ay, Señor! —susurró Helewise—. ¿Qué...? —Frunció el entrecejo y pareció recordar dónde se hallaban y lo que acababan de presenciar, con lo cual volvió en sí—. Tenemos que marcharnos —afirmó—, a un lugar seguro.

Josse tiró de ella por entre los árboles, hacia los matorrales que habían atravesado para llegar hacía ya mucho tiempo, una eternidad.

«Bien pensado —se dijo Josse—, pero no debió decirlo en voz tan alta.»

Retrocedieron por el frondoso caminito, de vuelta a través del claro mayor, el de los robles caídos, de vuelta al camino que llevaba fuera del bosque, el que los conduciría a casa.

¿Por qué no se había dado cuenta? Tendría que haber advertido que él empezaba a recuperarse porque había vomitado, pero que ella no lo había hecho, no se estaba recuperando.

Sin duda se había dejado engañar por el hecho de que lo seguía a toda prisa, y creyó que se encontraba bien.

Al aproximarse a la relativa seguridad de los árboles que se alzaban en el borde del claro de los robles caídos, Josse la oyó soltar un pequeño gruñido. Giró sobre los talones y la observó, impotente, doblarse y vomitar. La abadesa se limpió la boca con una mano y con la otra le indicó que avanzara.

—¡Seguid! ¡Rápido, poneos a cubierto!

Y él, captando la urgencia en su tono, echó a correr.

La oyó correr a sus espaldas, un paso, dos, tres, cuatro, pasos que rebotaban en el suelo firme.

Entonces, nada más agachar la cabeza y meterse entre los árboles, oyó un espantoso ruido sordo.

Se paró de golpe y giró sobre los talones, todo en un solo movimiento; la vio tumbada debajo del primero de los árboles circundantes.

Habiendo acabado de vomitar y mareada como se sentiría todavía, no estaba en condiciones de correr por un bosque repleto de ramas bajas.

Incapaz de agacharse a tiempo como Josse, se había topado con la gruesa rama de un roble y ahora se había desmayado.

Se arrodilló a su lado, vislumbró la sangre que ya se esparcía debajo del almidonado lino blanco que le rodeaba la frente. Súbitamente espantado, le apartó bruscamente el griñón y le palpó la garganta.

Durante unos segundos terribles no sintió su pulso.

De pronto lo percibió, irregular y muy débil, pero pulso al fin y al cabo.

—¡Gracias a Dios! —exclamó con fervor—. ¡Ay, gracias a Dios!

Desde las profundas sombras junto al camino, alguien dijo:

—Amén.

CAPÍTULO DIECISÉIS

Josse alzó la cabeza bruscamente, miró alrededor y, aunque intentó escudriñar las tinieblas bajo la fronda de los árboles, al principio no vio a nadie.

De súbito, allí estaba. Así, sin más. Primero no distinguió sino los troncos de los árboles y los enmarañados matorrales y, luego, como una aparición, la silueta surgió frente a él.

Se sentía ofuscado, no sabía si estaba despierto o soñaba.

La silueta, envuelta en una túnica, se aproximó, diríase que flotando en una nube de humo de olor dulzón. Se inclinó sobre ellos, y su largo cabello plateado le rozó la cara. Despedía un aroma tan dulce como el del humo. Un aroma a flores y a hierbas verdes y frescas.

Tendió una mano de largos dedos, tocó la mejilla de la abadesa y la posó sobre su frente.

—Está herida —comentó con voz tranquila.

—Se ha golpeado la cabeza —contestó Josse, a quien su propia voz le sonó extrañamente distante—. Cuando corríamos, su frente chocó con una rama.

No hubo respuesta.

La silueta había desaparecido. Regresó al cabo de un rato. Josse supo que se aproximaba porque en la mano llevaba una antorcha, y fue la luz de ésta lo que vio.

Se la tendió.

—Preparad un fuego —dijo—. Está prohibido en este bosque, por decreto mío, pero en este caso lo permito. Mantenedla caliente.

En ese momento, Josse se fijó en que la mujer llevaba algo en la otra mano: su fardo. Lo había olvidado en el robledal donde habían presenciado la increíble ceremonia. La luz de la antorcha arrancó un brillo del fardo y recordó haber sujetado el talismán en la solapa, antes de que él y la abadesa emprendieran su aventura.

—Gracias, *milady* —dijo, forzando las palabras a salir de sus labios como si tuviese la boca llena de lana.

La mujer lo contempló un momento desde su altura.

—Soy Dómina —declaró por fin.

Al observarla atravesar el claro y desaparecer entre los árboles, Josse se dijo que apostaría cualquier cosa a que «Dómina» era un título equivalente al de «abadesa».

La luna se había puesto.

En la oscuridad previa al amanecer, la temperatura descendió en picado.

Y Josse volvió a agradecerle a Dómina la antorcha.

Una vez a solas con la abadesa desmayada, Josse se apresuró a construirle una suerte de refugio, pues a todas luces no debía moverla mucho hasta que volviera en sí. Si no recuperaba el sentido antes del amanecer, tendría que dejarla en pleno bosque e ir a pedir ayuda.

La idea lo inquietó.

Con la antorcha recorrió el lugar y entre la espesura de los helechos encontró una cañada poco profunda, en cuya orilla crecían avellanos y acebos. Aplastó las verdes frondas de helechos, sacó una manta del fardo, la extendió sobre el suelo, colocó la otra al lado y regresó en busca de la abadesa.

De haberse encontrado en plena forma, probablemente no le habría supuesto tal esfuerzo cargarla la corta distancia que lo separaba del refugio. Pero aún se sentía mal, mareado, y casi se desmayó tras la docena de pasos que tuvo que dar cargando a una mujer de su complexión.

Mientras la acomodaba, antes de taparla con la manta, trató de cubrirle bien las piernas con el hábito a fin de que estuviera caliente, y se preguntó fugazmente por qué se sentía tan mal.

No obstante, al recordar la herida en la frente de la abadesa se llenó otra vez de angustia, y el interrogante se esfumó.

Enterró la antorcha en el hueco formado por el encuentro de una rama baja de un avellano y el tronco de éste. Así iluminado, se agachó y examinó la cabeza de Helewise; tenía la frente bañada en sangre y un hilillo le corría hasta el ojo derecho. «Agua —pensó, con la mente aún embotada—. Necesito agua para lavarle la cara.»

Tardó bastante tiempo en recordar que había metido un frasco de agua en el fardo.

Necesitaba un trapo, preferiblemente limpio... En el fondo del fardo encontró la daga que había envuelto en un trozo cuadrado de lino que, aunque no muy limpio, serviría, tendría que servir.

Le limpió los ojos y la frente; advirtió, angustiado, que la sangre había trocado en escarlata el blanco prístino del tieso griñón.

«He de examinar la herida», se dijo.

Vacilante, con la vergonzosa sensación de estar violándola, apartó el velo negro y desató las cintas que sujetaban la impla de lino que le cubría la cabeza y la frente. «Tengo que hacerlo —insistió para sí—. Puede que la herida esté sangrando todavía y necesito restañarla antes de que...»

¿Antes de qué?

Decidió que no pensaría en eso si quería conservar un mínimo de paz mental.

El griñón se ataba en lo alto de la cabeza, normalmente debajo de la impla. En cuanto se lo hubo quitado, Josse pudo ver la herida.

En el lado izquierdo de la frente, un chichón tan grande como el puño de un niño se extendía casi hasta la ceja y, en el centro de la magulladura, se veía un profundo corte casi tan largo como una falange del pulgar de Josse, corte del que brotaba sangre muy lentamente.

Josse limpió la sangre que no dejaba de manar y retorció la tela hasta dejarla lo más limpia posible; tras arrancar una larga tira, dobló el resto, formando una suerte de almohadilla que presionó sobre la herida y ató firmemente con la tira.

—Esto, mi querida Helewise, es lo más que puedo hacer por vos —le susurró.

La observó, ceñudo. ¿Sería su imaginación o es que la abadesa estaba aún más pálida? Quizá sólo lo pareciera ahora que el rostro lo enmarcaban no el negro velo y el blanco griñón, sino el cabello.

Con aire ausente se fijó en que éste, dorado rojizo, canoso en las sienes y corto, formaba un halo rizado en torno a su cara. La lisa piel de cuello y garganta, normalmente oculta por el griñón, no contenía ninguna arruga; por alguna razón, al verla así, se le antojó más joven...

Contemplarla cuando ella no podía devolverle la mirada lo inquietaba; además, se le ocurrió que podría hacer algo más útil que quedarse allí, alelado, como, por ejemplo, tratar de calentarla.

Buscó rápidamente leña y ramas bien secas —ambas abundaban en esta parte profunda y deshabitada del bosque—, las colocó y las prendió con la antorcha de Dómina, con lo cual pronto tuvo una pequeña pero intensa hoguera. Dejó un montón de ramas al alcance de la mano. A continuación, tras clavar la vista otro rato en la abadesa aún inconsciente, la acomodó sobre el costado derecho frente al fuego, y se tumbó a sus espaldas.

Se encontraba bien tapada, con su propia ropa y la manta, y habría como mínimo cuatro o cinco capas entre ellos; aun así, Josse sintió que cometía un pecado.

—Tengo que mantenerla caliente —dijo en voz alta—. Y voy a hacerlo como mejor pueda, con un fuego en la hoguera y el calor de mi propio cuerpo. Pero...

«¿Pero qué? ¿Que lo estoy disfrutando?»

Sonrió. Bueno, quizá sí que lo disfrutaba, un poquito.

Le rodeó la cintura con un brazo y tiró de ella; cerró los ojos e intentó relajarse. Aunque no pudiera dormir, necesitaba descansar, hacer acopio de energía.

Ocurriera lo que ocurriese, la necesitaría, de eso no le cabía duda.

Helewise soñaba.

Era joven de nuevo. Lucía un vestido de seda del color del sol y alguien le había puesto una guirnalda de flores en la cabeza. Le apretaba demasiado, le provocaba una jaqueca. Pero había gente cantando y bailando y ella se hallaba en una loma cubierta de hierba, debajo de un gigantesco sauce de extensas ramas, dándole el pecho a sus hijos, a los dos a la vez. Tenía los pechos repletos de leche, una leche abundante, sana. Luego aparecía Ivo, sonreía jubiloso, la besaba, la llamaba su Flora, su reina de mayo, y ella reía también y le decía que sólo podía ser reina de mayo un día, porque después debía regresar a la abadía.

Y, con esa inmediatez que poseen los sueños, se encontró de nuevo en la abadía de Hawkenlye, arrodillada en el altar de la iglesia, cerrados los ojos y entrelazadas las manos, rezando; sor Eufemia le tiraba de la manga y le preguntaba: Abadesa, abadesa, ¿qué le ha pasado a vuestro hábito? Helewise miraba hacia abajo y veía que todavía lucía el vestido de seda amarillo, la guirnalda le pesaba en la frente y hacía que le doliera aún más la cabeza...

Abrió los ojos.

Permaneció muy quieta y trató de deducir dónde se hallaba. Estaba oscuro y, a juzgar por el olor, olor a tierra y a follaje, y a juzgar por el frío, se figuró que se encontraba al aire libre. Enfrente distinguió los restos de una pequeña hoguera, poco más que refulgentes ascuas, si bien había un buen montón de ramas junto al fuego. Podía volver a arder con facilidad, pensó, soñadora.

Sintió un dolor punzante en la cabeza y se la tocó, a fin de calmarlo. Al parecer tenía algo atado en torno a la frente.

¿Y su velo? ¿Y su impla? ¿Y su griñón?

El movimiento había molestado a Ivo, que gruñó y se retorció un poco para acomodarse mejor. Hermoso y caliente; apretó el trasero contra el hueco formado por su cuerpo doblado y se deleitó en la comodidad y el consuelo que su querido Ivo le proporcionaba, y...

Conmocionada, sobresaltada, despertó del todo. Ivo estaba muerto, ¡muerto y enterrado desde hacía años! Entonces, ay, Dios Todopoderoso, ¿contra quién se estaría acurrucando?

Y otra pregunta de igual importancia: ¿dónde estaba?

Se obligó a serenarse y a pensar.

Pronto evocó la increíble escena en el claro. Recordó haber corrido, corrido tan rápido como se lo permitían las piernas, y recordó haber vomitado, haberse sentido muy mal, sumamente mareada.

Recordó a Josse.

«Seguro que me herí. Y Josse, bendito sea, me ha atendido. Me ha atendido... —tanteó la almohadilla presionada contra lo que parecía la fuente del dolor en la frente— y ha hecho un fuego. Me ha envuelto y se ha acostado junto a mí para calentarme.»

Sabía que era eso lo que había que hacer con los heridos: mantener caliente al enfermo.

Pues lo había logrado, efectivamente, y el repentino fluir de calor que sintió en el rostro no era sino un efecto secundario de ese calorcillo que experimentaba en todo el cuerpo. ¿Verdad que sí?

Dejó que su mirada vagara. La luz verdosa iba en aumento, lo que significaba que acababa de amanecer, y distinguió el gran claro con los dos robles caídos. Al parecer, ella y Josse se hallaban sobre un montón de helechos en un hueco entre los matorrales.

¡Caramba!

Supo que lo había despertado, porque su cuerpo, relajado mientras dormía, ahora estaba cargado de tensión. Sin duda se había vuelto a mover.

«¿Qué vamos a decirnos ahora?», se preguntó.

Fue él quien rompió el torpe silencio y lo hizo en un tono sorprendentemente normal.

—Buenos días, abadesa. ¿Cómo os sentís?

—Me duele la cabeza —confesó.

—No me sorprende. Os topasteis de lleno con un roble.

—Oh.

Helewise se percató de que Josse permanecía tan quieto como una piedra, como si cualquier movimiento no pudiera sino empeorar la situación. Reprimió una sonrisa.

—Tenía que manteneros caliente —soltó Josse de sopetón—. Lo siento, pero esto... esto de acostarme junto a vos... fue lo mejor que se me ocurrió.

—Lo entiendo.

Sintió que se apoyaba en un codo y entonces vio que la observaba con expresión angustiada.

—Estáis pálida todavía.

—Mmm. —Había algo raro en él también. Lo estudió un momento y añadió, en tono grave—: Vuestros ojos están raros.

—¿Raros?

—Las partes negras... ¿cómo se llaman? —La palabra se le había escapado.

—¿Las pupilas?

—Las pupilas. Gracias. Vuestras pupilas están enormes. Tanto que casi no se distingue el color castaño de vuestros ojos.

Él se acercó más y clavó la mirada en los ojos de ella.

—Las vuestras también.

Y luego, como si el descubrimiento lo hubiese agotado, se tumbó de nuevo.

Al cabo de un buen rato, Helewise afirmó:

—Nos han drogado.

—Eso creo yo también. Estaba encajando todas las piezas del enigma: el mareo, los vómitos... No sé en vuestro caso, pero he tenido unos sueños increíblemente vívidos.

—¿Sueños?

—Sueños. —La abadesa percibió la sonrisa en su voz.

—¿Con qué creéis que fue? —preguntó—. Las drogas. ¿Algo en el humo?

—Me figuro que sí. En la... la ceremonia que vimos se usaron pócimas y mezclas de hierbas bastante potentes y complejas.

—Mmm. —La abadesa no deseaba que le recordara la ceremonia.

Josse bostezó.

—Lo siento, es que me cuesta mantener los ojos abiertos.

Ella también tenía sueño.

—A mí también.

—¿Os parece que tratemos de dormir de nuevo? —sugirió Josse—. Un par de horas al menos, hasta que salga el sol y caliente el aire.

—Sí. —Casi sin darse cuenta, se acurrucó contra él y acomodó la mejilla sobre una mano—. Buenas noches —añadió, casi dormida ya.

Él masculló algo, de lo cual lo único que ella distinguió fue la palabra «castidad».

—¿Qué? —preguntó cortante.

—Oh... nada.

—¡Josse!

—Está bien. Dije: ¿Qué ha pasado con la castidad de las monjas?

Por muy enojada y ofendida que debiera sentirse, Helewise sintió ganas de reírse, mas controló el impulso y replicó con contundencia:

—¿Y quién, si puede saberse, ha hablado de la falta de castidad? —Él empezó a disculparse y ella lo interrumpió—: ¡Caballero, no seáis presumido!

—Abadesa, os ruego que no os ofendáis. Yo sólo...

Pero ella había dado rienda suelta a la risa y él, tan apretado contra ella, sin duda lo advirtió.

—No pasa nada —comentó Helewise—. Me estaba burlando de vos.

—Y yo también —murmuró él.

La abadesa cerró los ojos.

—Fui esposa antes de ser monja —declaró cansinamente.

—¿Ah, sí?

—Sí. —Bostezó con tal fuerza que se le saltaron las lágrimas—. Mis recuerdos más bonitos del matrimonio no son de la pasión en el lecho matrimonial, sino de su comodidad y consuelo. —Se retorció nuevamente, dispuesta a dormir—. Y el compañerismo —añadió.

Josse respondió algo que ella no captó, pues ya se había dormido.

CAPÍTULO DIECISIETE

Cuando Josse despertó de nuevo, la abadesa ya no se hallaba acostada a su lado. El sol brillaba en todo su esplendor y, a unos pasos, una silueta con hábito de monja rezaba, arrodillada.

Estaría diciendo misa, pensó al observarla, ¿prima tal vez? ¿O tercia? Dependía del tiempo que llevaran dormidos.

Se había puesto el griñón, la impla y el velo, y, si bien era cierto que el vendaje les daba un aspecto algo tosco, se parecía más a la abadesa de siempre: había desaparecido la mujer risueña de cabello rizado con la que había compartido lecho en el bosque.

Con un débil suspiro se despidió cariñosamente de esta última.

Mientras la abadesa oraba, él se levantó, dobló las mantas y las guardó en el fardo, silenciosamente, a fin de no distraerla. El fuego ardía aún, pero como ya no hacía falta, ahora que el calor del sol traspasaba y calentaba el bosque, pisoteó las últimas ascuas rojas; sacó el cuchillo para cortar tepes de la escasa hierba que crecía en los bordes del matorral y cubrió el suelo chamuscado por la hoguera.

Esperaba que esto complaciera a Dómina.

Entonces, ya sin nada que hacer, se sentó y aguardó a que la abadesa terminara sus oraciones.

Josse advirtió que ella no podía mirarlo a los ojos al aproximarse a él. Al evocar la noche, al recordar que no sólo le había quitado una buena parte del hábito, sino que se había tumbado a su lado y había apretado el cuerpo contra el de ella, entendió su renuencia.

«Tenemos que olvidarlo, como si no hubiese ocurrido jamás.»

Se puso en pie e hizo una reverencia.

—Abadesa Helewise, buenos días. Creo que deberíamos regresar a la abadía en cuanto os sintáis con ánimos de proseguir el camino.

Ella le dirigió una mirada que contenía una mezcla de alivio y gratitud.

—Sir Josse, puedo emprender el camino en seguida.

Él se echó el fardo a cuestas, la alcanzó en el sendero y juntos se dirigieron hacia el camino que llevaba a Hawkenlye.

Y a unos diez pasos de ellos, quieta y silenciosa, vieron a Dómina envuelta en su túnica.

Durante un largo rato los contempló sin moverse, clavada la mirada de sus ojos hundidos primero en la abadesa y, luego, en Josse. Éste sintió que debía hablar, disculparse, aunque no estaba muy seguro de por qué, pero su mirada intensa lo dejó sin habla.

Por fin, Dómina preguntó:

—¿La mujer está bien?

—Estoy bien —contestó en voz queda la abadesa.

La otra mujer asintió con la cabeza.

—Para una persona herida, os espera un largo trayecto.

—Lo lograré.

Dómina dio unos pasos adelante y se detuvo justo ante ella. Levantó una mano y tocó el vendaje en su frente, se inclinó y pareció olfatear el lugar del corte.

—Limpio. El hombre ha hecho bien —comentó, con un vistazo en dirección a Josse.

Éste inclinó la cabeza.

En ese momento, Dómina metió la mano en una bolsita que, medio oculta por la capa que se había puesto sobre la túnica blanca, pendía de su cintura. Extrajo un frasquito de cristal, lo destapó y se lo tendió a la abadesa.

—Bebed —le ordenó.

Josse observó a la abadesa; percibió su vacilación, una vacilación más que comprensible en vista de lo que habían sufrido con el humo que habían inhalado la noche anterior, pero le pareció que se sentía renuente a ofender a alguien que pretendía realmente ayudarla.

Al percibir estas emociones, Dómina dejó escapar una carcajada.

—No os hará ver el baile de las criaturas de la noche —declaró—. No os hará sentir que podéis volar, ni creará imágenes locas en vuestra mente. Es para aliviar vuestro dolor.

—No tengo...

Irritada, Dómina chasqueó brevemente la lengua.

—No lo neguéis. Lo percibo.

La abadesa se quedó boquiabierta y entonces, al parecer, tomó una decisión, cogió el frasquito y se bebió el contenido.

—Bien, bien —dijo Dómina.

Los tres permanecieron inmóviles y silenciosos. Josse tenía la impresión, y la abadesa sin duda también, de que allí, en los dominios de Dómina, debían obedecerla. Y diríase que esperaba algo.

Al cabo de un momento, de repente, la abadesa sonrió. Con aire feliz y sorprendido exclamó:

—¡El dolor ha desaparecido!

—Por supuesto. —Dicho esto, Dómina se volvió hacia Josse—. Percibo vuestra impaciencia. Queréis llevar a la mujer a su casa.

Al parecer esperaba una respuesta.

—Así es —contestó el interpelado.

—Todo a su tiempo. Antes de que dejéis mis dominios, quiero que veáis algo.

Les tendió las manos y, como si fuesen ramas en su camino, los apartó. Luego les indicó que la siguieran y los guió por un sendero que Josse no había vislumbrado, un camino serpenteante que los introdujo en el bosque al otro lado del claro de los árboles caídos.

«¿Por qué no lo habré visto antes?», se preguntó, y agitó la cabeza, desconcertado, pues ahora que Dómina los precedía por él le resultaba muy visible.

Ella le echó una ojeada por encima del hombro, le dirigió una sonrisa extraña y se volvió hacia el frente. En su mente, con toda claridad, Josse oyó:

«No visteis este camino secreto antes porque yo no quise que lo vierais.»

Y, no por primera vez, tuvo la alarmante sensación de encontrarse en presencia de algo, o alguien, que se hallaba muy por encima de su capacidad de comprensión, de su experiencia.

Al salir del claro, Dómina agitó una mano en dirección a los árboles muertos y afirmó:

—Esto es obra de los moradores del Mundo Exterior. Es abominable.

Y Josse creyó oír a la abadesa mascullar:

—¡Lo sabía!

No los llevó muy lejos. A pocos palmos, el estrecho sendero daba a un claro por el que discurría un riachuelo. Encima de éste, en una loma, se hallaba lo que semejaba una vivienda, hecha de ramas dobladas y trenzadas, con tejado de hojas y tepes. En el interior, en una chimenea de piedra, hervía silenciosamente el contenido de una olla.

Dómina les indicó que se sentaran en la loma a orillas del riachuelo.

Según se acomodaban, Josse pensó un momento en cuán hechizante resultaba la combinación de sonidos (el discurrir del riachuelo en su lecho pedregoso, el caldero que hervía calladamente) y de aromas (fuerte el de hierbas aromáticas que despedía el vapor del caldero, dulce el de las flores y el verde césped, más o menos indefinible el del riachuelo).

¡Ay, sí, qué potente el ambiente!

En lugar de sentarse, Dómina permaneció de pie, casi cerniéndose sobre ellos.

Al cabo de un momento, diríase que cuando decidió que ya contaba con toda su atención, empezó a hablar.

—Los moradores del Mundo Exterior no son bienvenidos. —Miró primero a Josse y luego a la abadesa—. No entienden nuestras costumbres. Destruyen y profanan lo que nos es sagrado. Los moradores del Mundo Exterior mataron el Roble Sagrado.

Josse asintió lentamente con la cabeza.

—En el robledal donde están las ruinas del templo. Pusieron trampas para cazar y encontraron unas monedas antiguas.

—Cavaron bajo el árbol más viejo, que había caído por su propia cuenta porque se sentía cansado y no deseaba vivir. Los moradores del Mundo Exterior cogieron lo que no era suyo y, lejos de contentarse con lo que salía de la tierra, mataron otro árbol. —Con una mueca emocionada, añadió con aspereza—: Era joven, ¡le quedaban siglos de vida! Sin embargo, los moradores del Mundo Exterior lo cortaron con sus armas poco afiladas, ¡lo cortaron hasta hacerlo sangrar, hasta hacerlo llorar, y lo derribaron!

—Hicieron un grave daño —convino Josse en voz queda.

—Los moradores del Mundo Exterior atentan contra nosotros —continuó Dómina, ya más controlada—. Y nosotros no perdonamos.

—El hombre... el morador del Mundo Exterior... murió —dijo Josse—. La lanza acertó y murió limpiamente.

Dómina asintió con la cabeza.

—Son nuestras costumbres. No nos gusta infligir dolor.

—¿Murió porque había matado al roble? —preguntó Josse, indeciso.

Dómina lo observó un momento.

—De los árboles del robledal brotan la rama dorada y la baya plateada. Fruta del sol y fruta de la luna, semilla blanca y pura del dios.

—El muérdago —murmuró Josse.

No era de sorprender que los moradores del bosque se hubiesen tomado tan a pecho la tala; que en un roble creciera muérdago era una auténtica rareza y ahora, en un cortísimo plazo de tiempo, habían perdido dos árboles especiales. Uno muerto, pero el otro talado aposta, y sólo para satisfacer la codicia de unos seres humanos.

—Otra cosa... —Dómina dio la espalda al riachuelo, describió un círculo entre el agua y la morada y, como si hubiese puesto en orden sus pensamientos, regresó con Josse y Helewise—. Habéis visto nuestra ceremonia más secreta —afirmó—. No es para los ojos de los moradores del Mundo Exterior.

—No lo hicimos con mala intención —se apresuró a explicar la abadesa—. Vinimos al bosque porque yo estaba preocupada por dos de mis... por dos mozas que están bajo mi responsabilidad. Presenciamos vuestras... actividades por puro azar.

Dómina la penetró con la mirada.

—Sin mala intención —repitió—. Pero presenciasteis lo que está prohibido para los moradores del Mundo Exterior.

—Pero no... —empezó a decir Josse.

No obstante, Dómina y la abadesa seguían mirándose fijamente. Al observarlas con atención, Josse tuvo la impresión de que existía entre ellas un hilo invisible, un hilo que, contra todo pronóstico, significaba que se entendían mutuamente.

—Dómina, ¿qué propósito tenía? —inquirió en un susurro la abadesa.

Con un casi imperceptible asentimiento de cabeza, Dómina respondió:

—Escuchad y os lo contaré.

Se estiró, con los brazos caídos a cada lado, contempló el oscuro bosque más allá del riachuelo y empezó a hablar:

—Somos pocos los que vivimos en el Gran Bosque. Vamos de un lugar a otro, según la temporada; siempre, a lo largo de los años, hemos seguido la misma pauta. Cogemos lo que el bosque nos da voluntariamente, pero no abusamos de su bondad. Nos limitamos en número para no agotar a la Gran Madre que nos mantiene.

Tras una corta pausa prosiguió con voz calmada:

—Bajo el brillante cielo del verano, cada doscientas lunas, nos reunimos en el más antiguo de los robledales, el de la fruta plateada, para llevar a cabo nuestro ritual de procreación. Escogemos a una virgen que ya está lista para recibir la semilla de la tribu. Si la Madre así lo decreta, la semilla de los mayores crece en el vientre de la moza y, con el tiempo, nace una nueva criatura en la tribu. —Cerró los ojos un par de segundos y murmuró suavemente unas invocaciones; diríase que los asuntos a los que se refería eran tan potentes, tan profundamente ritualistas que describirlos resultaba a la vez peligroso y agotador. Sin embargo, hizo acopio de energía y continuó—: Si el ritual de procreación da resultado y la criatura que nace es varón, se lo forma en los misterios y, con el tiempo, toma su lugar entre los mayores de la tribu, a fin de engendrar una nueva vida, del mismo modo en que lo engendraron a él. Si es hembra, la aislamos de la tribu hasta que, a los dieciséis años, se la fertiliza con la semilla de la tribu.

Josse agitó la cabeza. Le costaba creer que aquí, en este bosque, situado a menos de una legua de la abadía de Hawkenlye, a pocas leguas de caminos, pueblos y aldeas, aquí en este bosque, existiera todavía un pueblo que adoraba a las antiguas deidades, dioses y diosas; un pueblo cuyas vidas se regían por la luna y el sol; un pueblo que, al parecer, no había tenido ni el más mínimo roce con la civilización de finales del siglo XII.

Increíble.

Se percató de que la abadesa hablaba. Con reverencia, en actitud suplicante, pedía a Dómina permiso para plantearle una pregunta.

—Preguntad.

—Dómina, la moza, la de anoche... —comentó Helewise— se parecía exactamente a una de las mozas que tengo bajo mi responsabilidad. De hecho es una de las mozas por las cuales he estado tan preocupada. —Esbozó una breve sonrisa—. Tan preocupada que me he aventurado a invadir vuestro bosque.

Dómina, cuyos ojos no se habían apartado de los de la abadesa, hizo un corto gesto de comprensión.

—Selena. La moza que visteis en el claro se llama Selena. Nació hace dieciséis años, en el bosquecillo de las frutas plateadas. Pero, cuando ella llegó a este mundo, su madre lo abandonó. —Por su cara pasó el rastro de un lejano pesar, rastro que le ensombreció el semblante; los ojos hundidos y perspicaces se estrecharon, convirtiéndose en ominosas ranuras, y los labios carnosos se trocaron en una severa y dura línea. En ese momento, Josse percibió su pavoroso poder.

Luego, con la vista clavada de nuevo en la abadesa, Dómina declaró:

—La madre murió porque el parto fue muy difícil. Y el parto fue difícil porque llevaba en el vientre no un vástago, sino dos. Dos hijas, calcadas la una a la otra.

«Mellizas», pensó Josse. Una pobre mujer de este primitivo pueblo silvestre había procreado mellizas en el vientre. Dios, los partos múltiples resultaban difíciles en el mejor de los casos, pero aquí, en el bosque, sin comodidades, sin calor, sin siquiera una partera que la ayudara, ¡cuánto debió de sufrir la pobrecita!

Se percató de que Dómina lo contemplaba.

—La madre estaba bien atendida, hombre del Mundo Exterior. Contaba con la mejor atención. No os imaginéis que le habría ido mejor en vuestro mundo, siendo la posesión de un hombre en una de vuestras grandiosas casas.

Josse agachó la cabeza.

—Disculpadme.

«¡Qué bellaco!», se reprochó. Primero por olvidar la habilidad que poseía Dómina con hierbas y pócimas, que sin duda superaban con mucho las capacidades de una partera del campo, y, segundo, por no tener en cuenta la manifestada habilidad de leerle la mente.

—La tribu necesitaba un solo hijo —prosiguió ésta—. Según nuestras leyes, si algo así ocurre, hemos de escoger al mayor. Selene se quedó con nosotros y a Calixta la entregamos.

—¡Calixta! —dejó escapar la abadesa—. ¡Así se hace llamar!

Dómina puso cara de sorpresa.

—Por supuesto.

—Pero... —Josse sabía lo que pensaba la abadesa y, efectivamente, ésta continuó—: Pero ¿cómo lo sabía ella? ¡Era un bebé cuando la dejasteis a la puerta de Alison Hurst! ¡Y ellos, Alison y Matt, la llamaron Peg!

—Peg —repitió Dómina sin inflexiones.

—Sé que no es un nombre muy bonito —convino la abadesa—, sobre todo comparado con el verdadero nombre de la criatura. ¡Pero ellos no conocían su verdadero nombre! Y no entiendo cómo lo supo ella.

—Llevaba el nombre colgado del cuello.

—Pero... —Tras un momento de desconcierto, la expresión de la abadesa se despejó—. ¡El trozo de madera! —exclamó—. Sí, me acuerdo de que Alison Hurst me lo enseñó cuando Calixta quiso unirse a nosotras. —Se volvió hacia Josse—. El bebé llevaba una cuerda de cuero en torno al cuello del que pendía un extraño colgante de madera, tallado con extrañas marcas. —Asombrada, se volvió hacia Dómina—. ¿Era un código que sólo Calixta entendería? —preguntó, casi susurrando.

—Es nuestra escritura.

—¿Cómo pudo interpretarla? —quiso saber Josse—. Era muy pequeña cuando la dejasteis con los Hurst. ¿Dónde halló la clave del código?

Dómina miraba a la abadesa de nuevo.

—¿Tenéis manuscritos en vuestra abadía?

—Sí.

—¿Tomos sobre leyendas que tienen que ver con la naturaleza?

—Yo... ¡Sí! —exclamó Helewise, emocionada—. ¡Ahora lo recuerdo! A Peg... todavía se llamaba Peg cuando llegó a nuestra comunidad... le gustaba sobre todo el manuscrito que tenía que ver con las leyendas sobre los árboles! —Dirigió la vista hacia Dómina—. Fue después de descubrirlo que pidió que la llamáramos Calixta.

Dómina asintió con la cabeza, sin la más remota señal de sorpresa.

—Encontró la clave de la escritura —comentó en un tono que parecía decir: «¡Naturalmente!»

—¿Cómo era? —preguntó Josse—. La escritura...

Había estado rumiando.

—Eran una serie de muescas talladas en los lados del colgante.

—¡Claro! —Josse echó una ojeada a Dómina—. El alfabeto Ogham.

Ésta se encogió de hombros.

—Llamadlo como queráis. Es nuestro modo de registrar el sonido de las cosas.

—Le encantaba pasar el tiempo al aire libre —prosiguió la abadesa—. Alison Hurst me contó que cuando era pequeñita creó su propio jardincito. —Miró a Dómina—. No es de sorprender, ¿verdad?, en vista de quien era hija.

Dómina volvió a encogerse de hombros.

—Todo mi pueblo entiende a sus hermanos y hermanas en la naturaleza. Son todos hijos de la Gran Madre.

La abadesa asentía.

—Los seres humanos también —replicó entusiasmada—. Calixta es sanadora, Dómina. Le he delegado quehaceres en la enfermería y demuestra una auténtica capacidad natural con los enfermos.

Dómina sonrió por primera vez.

—Calixta es hija de su madre.

Josse se iba sintiendo cada vez más irritado. Estaba muy bien, eso de hablar con tanto orgullo de las habilidades de Calixta, pero ¿acaso Dómina tenía derecho a sentirse orgullosa? ¡Después de haber sometido a la melliza de Calixta a lo que la había sometido la noche anterior!

Recordó de nuevo la telepatía de Dómina e intentó obligar a su mente a cambiar de tema, algo inocuo, las flores tal vez, los árboles...

No obstante, ella había oído sus pensamientos, había captado su ira, y habló con suma frialdad:

—¿Criticáis nuestras costumbres, morador del Mundo Exterior? ¿Vos, que no poseéis ni una pizca de conocimientos ni comprensión de la vida en el bosque?

Josse se levantó de golpe; lo humillaba tener que permanecer sentado a sus pies, como un colegial.

—Sí que os critico —declaró abiertamente—. Anoche llevasteis a una moza a ese claro, la sujetasteis, desnuda, sobre un tronco ¡y estuvisteis mirando mientras cinco hombres la violaban! ¡Cualquiera lo criticaría!

El semblante de Dómina se alteró; sus oscuros ojos de mirada profunda ardieron y, en tanto sus labios se estiraban sobre la fuerte y uniforme dentadura, siseó, cual una serpiente enfurecida. Josse se mantuvo firme, pero tuvo la impresión de que una llama le chamuscaba el cuerpo de arriba abajo; experimentó un ramalazo de terror primitivo y le hizo falta toda su fuerza de voluntad para no dejarse caer a sus pies, gritando despavorido, y suplicarle piedad.

Sin embargo, el ataque acabó tan súbitamente como había llegado.

Con una voz bastante suave, Dómina le dijo:

—No hubo violación. Selena fue al ritual por voluntad propia, a sabiendas de lo que iba a ocurrir. Hace tiempo que sabía que sería la elegida. Y yo misma le administré la pócima que la iba a excitar y humedecer. ¿Acaso no os pareció anhelante, morador del Mundo Exterior? ¿Es que el ritual no acabó con un clímax más glorioso para ella que para cualquiera de los cinco varones? Además —su rostro se suavizó—, ¿por qué iba a querer herirla?

Hizo una pausa y miró, primero a Josse, luego a la abadesa, y de nuevo a Josse.

—¿Por qué iba a querer infligirle dolor o querer herir a la hija de mi propia hija?

CAPÍTULO DIECIOCHO

Helewise sintió lástima de Josse. «No lo entiende», pensó. Era como si fuese incapaz de salir de un nivel superficial de comprensión en que las cosas eran lo que eran y carecían de un sentido más profundo o simbólico.

«Pero yo sí que lo entiendo», se percató, asombrada. Pese a haber vivido siempre en mundos estrechos, primero en casas de caballeros y, luego, en los confines de la abadía, en lo más recóndito conocía la esencia de este extraño mundo, arcaico y paralelo, con el que se topaban ella y Josse.

Experimentó un breve regreso al trance de la noche anterior, y, como si soñara despierta, vio a un círculo de mujeres cantar, arrastrarse, aprensivas, por oscuros pasajes subterráneos e irrumpir en una suerte de matriz rocosa de la tierra, donde, por fin, se les revelaba el misterio definitivo...

A ellas. A las mujeres.

Sobresaltada, agitó bruscamente la cabeza, lo cual le provocó oleadas de punzante dolor en la frente herida, y desechó la visión. «¡Soy una monja! —gritó su alma—. Adoro al único y verdadero Dios y a su Hijo Jesucristo, ¡y la mía es una vida de servicio y devoción en una abadía dedicada a la santa Virgen María!

»¿Qué tengo yo que ver con la Gran Madre?»

El principio de una respuesta llegó de un rincón recóndito de su ser o quizá de la mujer mayor que permanecía a su lado, quieta y tensa.

«Todos tenemos que ver con la Gran...»

Mas Helewise exclamó en voz alta:

—¡No!

Y la suave vocecita interior se calló.

Josse estaba hablando y Helewise volvió a la realidad, no sin un gran esfuerzo, y lo escuchó.

—¿... otra razón para matar a Hamm Robinson? —inquiría con una ceñuda y feroz mueca dirigida a Dómina.

Impávida, Dómina preguntó:

—¿Hamm Robinson? ¿Quién es?

—¡El hombre al que matasteis con la lanza! —gritó Josse.

—Ah. Queréis saber si, como vosotros, fue un testigo no invitado de la ceremonia.

—Sí.

Una ligera mueca desdeñosa apareció en el liso y pálido rostro de Dómina.

—Lo fue. Se quedó en el borde del robledal y vi que se le caía la baba. Ya se había jugado la vida al matar al roble de la fruta plateada, pero lo habríamos matado dos veces, de haber sido posible, por la doble ofensa. Sí, morador del Mundo Exterior, el hombre ese, Hamm, presenció otro ritual de procreación que tuvo lugar en el claro hace dos lunas.

—¿Queréis decir que la pobre moza tuvo que someterse a eso dos veces?

—No lo entendéis todavía —observó Dómina; su tono se había enfriado bastante—. Selena es consciente del honor que le otorga su papel. Ser elegida para preservar la esencia elemental de lo que somos todos supone la perfección de la vida silvestre. Y, naturalmente, sabía que, si no daba resultado la primera siembra, habría otra.

—Mencionáis sólo otro ritual —manifestó Helewise—. ¿Por qué no hubo uno con la última luna llena?

Dómina volvió la mirada de sus ojos hundidos hacia Helewise.

—Porque...

Pero Josse no le permitió acabar.

—¡Lo hubo! —exclamó—. Yo me encontraba en el claro esa noche, estuve en el claro de los robles caídos ¡y oí vuestro condenado cántico! ¡Estuvisteis allí, lo sé!

Desconcertada por la repentina palabrota, Helewise temió la reacción de Dómina, que se volvió poco a poco hasta encarar a Josse. Aun desde su posición, Helewise percibió su malevolencia. No obstante, Dómina se relajó visiblemente y respondió en tono calmado:

—Estábamos allí. No lo niego. Pero no hubo ritual esa noche. —Se volvió ostentosamente hacia Helewise, como para dar a entender que sólo otra mujer podía entender estos asuntos—. Creíamos que Selena había concebido un hijo tras el primer ritual, por lo que no nos pareció que hiciera falta otro. Sin embargo, lo que había en ella se perdió. Su matriz no conservó la nueva vida.

Aparte de todo lo demás, a Helewise la impresionó aquella increíble capacidad para averiguar tan pronto si una moza estaba embarazada.

—Resulta muy difícil saberlo —convino— en las primeras semanas. Los síntomas tardan en aparecer.

Dómina la contemplaba con aire socarrón.

—Síntomas —repitió.

—Si no, ¿cómo?

Dómina se acercó más a ella con los ojos entrecerrados, concentrada.

—Hay vida o no la hay. Y la vida despide sus propias emanaciones. —Tendió un brazo y sus dedos estirados abarcaron una suerte de círculo—. El aura de un ser recién concebido es débil, pero se detecta desde el momento mismo en que empieza su vida. —Debió de advertir que Helewise no la entendía, pues bajó la mano y añadió—: Ah, qué se le va a hacer. Quizá sea, como tantas otras cosas, una capacidad que las mujeres del Mundo Exterior han perdido.

Increíble, pensó Helewise. Realmente increíble. Si no se equivocaba, Dómina afirmaba haber sabido, nada más acabarse el primer ritual, que Selena había concebido una nueva vida, pero que, como sucedía a menudo, era un embarazo poco saludable y no tardó en fracasar. Y ahora, dos meses después, habían vuelto a impregnar a la moza...

—¿Está embarazada ahora? —preguntó.

Dómina sonrió.

—Sí que lo está, y esta vez la nueva vida es vibrante y fuerte. Es un varón.

Harto ya, al parecer, Josse volvió a insistir en lo que más lo preocupaba.

—Entonces ¿por qué cantabais esa noche? Si no hubo ritual, ¿qué hacíais?

«¡Cuidado! —deseaba advertirle Helewise—. Estamos en el terreno de Dómina y no es ni diplomático ni prudente interrogar a una mujer que posee sus poderes.»

Diríase que Dómina la había oído, pues dijo:

—No os angustiéis, contestaré al hombre. —Y, dirigiéndose a Josse, agregó—: Había moradores del Mundo Exterior en el claro esa noche. —Una sonrisilla se dibujó en sus labios—. Aparte de vos, hombre. Estábamos allí para observarlos.

—¿No para matarlos? —inquirió Josse con aire dubitativo.

—No para matarlos —confirmó la mujer—. El morador del Mundo Exterior, el que se desangró como un cerdo, no murió por obra nuestra. —Clavó en él una mirada penetrante—. Nosotros matamos limpiamente. Y, como bien sabéis, morador del Mundo Exterior, ese hombre tardó en morir.

Helewise se fijó en que Josse asentía con la cabeza.

—Josse —susurró—, ¿a qué se refiere?

Él la miró con aire compasivo.

—Lo escuché.

—¡Oh!

«¡Oyó a un hombre morir! —pensó horrorizada—. Oyó los gritos de una muerte lenta. ¡Santo Dios!»

—Os vimos a vos también —prosiguió Dómina—. Creo que lo sabéis. Conocíamos vuestra presencia en el robledal, tanto esa noche como la anterior.

Josse esbozó una sonrisilla que semejaba más bien una mueca.

—Sí, lo sé. En ambas ocasiones me sentí observado. —Arqueó una ceja—. No me habéis hecho daño.

—No —aceptó Dómina—. De entre todos los moradores del Mundo Exterior que se hallaban en nuestros dominios esa noche, erais el único que tenía un mínimo de comprensión del elemento forestal.

Josse asintió lentamente.

—Sí.

—Permanecisteis junto a los árboles caídos y sentisteis tristeza por la vida que ya no existía.

—Sí.

—Josse... —intervino Helewise con cierta timidez.

El interpelado se volvió hacia ella.

—No podía contároslo —explicó con un deje de arrepentimiento—. Yo... es... es que es algo que no sabía cómo expresar con palabras.

—Lo entiendo.

Josse se dirigió otra vez a Dómina.

—¿Por qué? —preguntó.

—¿Por qué qué?

—¿Por qué no me habéis hecho daño? Me lo pregunté en ese momento y me lo pregunto ahora. De hecho, me pregunto por qué estáis aquí con nosotros, contestáis a nuestras preguntas y toleráis nuestra presencia, cuando habéis demostrado claramente que los extraños no son bienvenidos.

Dómina señaló su fardo, que se hallaba donde él lo había echado, a orillas del riachuelo.

—Por eso.

—¿Por el fardo?

Ella dejó escapar un bufido irritado.

—No, morador del Mundo Exterior, por lo que hay en él.

Josse examinó el fardo y, antes incluso de que se volviera de nuevo hacia Dómina, Helewise supo lo que iba a decir.

—El talismán —susurró—. Visteis el talismán.

—Es nuestro.

—¿Quién lo puso en mi fardo?

—¿Quién creéis? —lo retó Dómina, sonriente.

—Calixta —declaró él, y una sonrisa le arrugó la cara—. Fue Calixta.

—Lo fue. Sin duda le causasteis una impresión favorable, morador del Mundo Exterior —comentó Dómina con un retintín irónico—. Calixta entiende nuestros signos y, al poner el amuleto de la Espada de Nuada en vuestro fardo, nos pedía abiertamente: «No le hagáis daño.»

—¡Santo Dios! —mascculló Josse. Entonces, al ocurrírsele una nueva idea, miró a Helewise de reojo e inquirió preocupado—: ¿Aún nos protege?

Dómina tardó un largo rato en contestar, durante el cual se volvió hacia Josse y luego clavó la mirada serena en Helewise.

Presa del miedo, esta última tuvo la impresión de que le penetraban el cerebro dos finos haces de luz blanca que parecían emanar de los extraordinarios ojos de Dómina y traspasarle las pupilas.

Qué sensación más espantosa.

Justo cuando empezaba a pensar que ya no aguantaría más, que gritaría pidiendo piedad, la sensación se acabó.

Con la vista fija al otro lado del riachuelo y expresión inocente, Dómina explicó:

—Según nuestras antiguas leyes, ambos deberíais morir. A los moradores del Mundo Exterior que han compartido nuestros secretos no se les permite vivir. —Echó una ojeada a Helewise—. Pero vos, mujer, habéis acogido a una de las nuestras y ella habla por vos. —«Bendita sea Calixta», pensó Helewise—. Y vos, hombre —Dómina se volvió hacia Josse—, lleváis el talismán. —Señaló la pequeña espada sujeta al fardo—. Su magia protectora supera la pena de muerte. No podría matar a alguien que lleva la Espada de Nuada, ni aunque quisiera. Al menos no sin un gran esfuerzo —añadió, casi para sí misma.

Helewise sintió que se le relajaban los hombros, hasta entonces rígidos, y Josse dejó escapar un suspiro de alivio.

Mas Dómina no había terminado aún.

—¡No sufriréis ningún daño, de momento! —exclamó de repente; levantó la mano derecha y señaló con aire amenazador a Helewise y a Josse, para después continuar, ya más calmada—: De momento, os libero para que regreséis a vuestro mundo. Pero no hablaréis de lo que habéis presenciado. Nunca, jamás.

—¡No! —aceptó Helewise.

—Nunca jamás —convino Josse.

Tras examinarlos con el entrecejo fruncido, al parecer muy concentrada, la expresión de Dómina se despejó.

—Si rompéis vuestra promesa, lo sabré. Que no os quepa la menor duda. Lo sabré. —Helewise estaba convencida de que así sería—. Y, en ese caso... —Dómina se dirigió hacia Josse, clavó un momento la vista en sus ojos e hizo otro tanto con Helewise—. Si uno de vosotros habla de nuestros secretos, mataré al otro.

En el silencio conmocionado que siguió a esta declaración, a Helewise se le ocurrió una sola idea: «¡Qué astuta!».

Una noche oscura, uno de ellos, ella o Josse, podría llegar a ceder a la tentación y susurrar a un oído atento lo que habían visto. Después de todo, la necesidad de hacer confidencias formaba parte de la naturaleza humana y, desde el pobre barbero del rey Midas hasta la actualidad, era bien conocido el tormento que sufrían quienes guardaban para sí un secreto maravilloso.

Uno de ellos podría haber considerado que valía la pena arriesgarse... si únicamente ponía en peligro su propia seguridad.

Pero si se ponían mutuamente en peligro, reflexionó al mirar a Josse, ese hombretón amable y fuerte por el que había llegado a sentir cariño y al que había aprendido a admirar... ¡Pero poner en jaque la seguridad del otro! «¡Ay, Señor, yo no me atrevería a arriesgarme!»

Y sabía muy bien que él tampoco estaría dispuesto a hacerlo.

Satisfecha, Dómina asintió. Sabía lo que Helewise pensaba y, sin duda, lo que pensaba Josse. Era lógico que se sintiera satisfecha.

Alzó ambas manos con las palmas hacia afuera.

—Abandonad el bosque —dijo—. No regreséis a la profundidad de nuestro reino. Nos vamos de aquí ahora, pero volveremos.

Retrocedió, y los suaves y sutiles colores de su capa parecieron mezclarse con los matorrales y el espeso follaje verde a sus espaldas. Se hacía cada vez más difícil distinguirla...

No obstante, su voz salió, flotando suavemente, de entre los árboles.

—Id en paz.

Helewise y Josse permanecieron junto al riachuelo un buen rato, al cabo del cual Helewise rompió el silencio que los envolvía:

—Os deseamos lo mismo —susurró.

Durante el largo y penoso camino a través del bosque, Josse preguntó sin cesar a la abadesa si se encontraba bien o si prefería sentarse a un lado mientras él iba a buscarle un caballo.

Y ella le contestó repetidamente:

—No, Josse, puedo andar.

Se sentía preocupado por ella. Helewise tenía el rostro muy pálido y el chichón en su cabeza se había puesto enorme; el párpado izquierdo estaba hinchado y el ojo, casi cerrado. Su aspecto, pensó compasivo, era el de haber participado en una reyerta de taberna y haber salido malparada.

Por su parte, él se sentía aún ligeramente mareado, sobre todo cuando movía la cabeza demasiado rápido. Fuera lo que fuese lo que esa mujer había quemado en la hoguera la noche anterior, los efectos eran duraderos.

Se volvió para comprobar por décima vez si la abadesa aguantaba y dejó que sus pensamientos regresaran a los increíbles acontecimientos en que ambos se habían visto involucrados y de los que —y por ello experimentaba una inmensa gratitud— habían escapado por los pelos.

No, más bien les habían permitido escapar por los pelos.

¡Santo Dios, qué momento tan angustioso el que había pasado junto al riachuelo! «Según nuestras antiguas leyes, los dos deberíais morir», dijo Dómina. ¿Cómo lo habría hecho? ¿Clavándoles una lanza en la espalda, como al pobre de Hamm Robinson? No, claro que no; Josse y la abadesa se hallaban a escasos palmos de Dómina y no se puede arrojar una lanza desde una distancia tan corta. ¿El garrote, quizás? ¿Una cuerda en torno al cuello, un rápido tirón y la muerte con el cuello roto? ¿O una daga en la tráquea? ¿Un limpio y profundo corte y después el olvido?

Mediante un gran esfuerzo se obligó a detener tan morbosos pensamientos.

«Ahora conocemos la relación de Calixta con el bosque —meditó—. Su melliza vive aún con los moradores del bosque, y, en vista de la tan conocida y estrecha relación que existe entre mellizos, probablemente fuese capaz de percibir las emociones de su hermana, emociones que tal vez se vieran exacerbadas por los rituales a los que la sometían.»

Claro, lo más natural era que Calixta deseara estar con Selena. Ofrecerle su apoyo, alentarla e incluso consolarla. Después de todo, de haber nacido antes que Selena, ella habría sido la que se encontrase en el robledal. Teniendo todo esto en cuenta, la teoría se le antojó factible.

Sin embargo, ni él ni la abadesa lo sabrían nunca con certeza. A menos que la abadesa lograra sonsacárselo a Calixta, y no se la imaginaba intentándolo con mucho ahínco.

Los moradores del bosque habían matado a Hamm Robinson por sus propios motivos. Un crimen que, lo sabía, nunca se «resolvería» oficialmente; el asesino se le escaparía a la justicia. A la justicia del Mundo Exterior, se corrigió, que era harina de otro costal. Decir que quienquiera que hubiese arrojado la lanza contra Hamm Robinson debía ser ejecutado, equivaldría, desde el punto de vista de los moradores del bosque, a sugerir que todo verdugo en Inglaterra era culpable de asesinato.

¿Qué se le iba a hacer?

De nuevo miró a la abadesa por encima del hombro. Continuaba andando a buen paso, resistiendo. Ya no faltaba mucho, gracias a Dios.

Empezaba a relajarse, a disfrutar imaginándose una buena cena y una copa o dos de vino, cuando una desagradable idea irrumpió en su mente y le espantó la paz.

Dómina no había matado a Ewen Asher.

Josse ya lo sabía antes de ir al bosque, aunque le habría supuesto una agradable sorpresa que la mujer se confesara culpable también de ello.

Pero no lo había hecho.

Soltó un leve suspiro y se acomodó mejor el fardo en el hombro. Por muy cansado que se sintiera, quedaba mucho por hacer cuando él y la abadesa llegaran a Hawkenlye.

El enojoso asunto todavía no estaba resuelto.

TERCERA PARTE

UNA MUERTE EN LA MANSIÓN

CAPÍTULO DIECINUEVE

Helewise levantó la cabeza para recibir la bienvenida de las personas que los esperaban con ansias en la abadía de Hawkenlye, y se fijó en que, justo detrás del corrillo de angustiadas monjas, se hallaba Calixta.

«¡Ay, niña, he de hablar contigo!», pensó, y le dirigió una sonrisilla.

—Abadesa, querida abadesa, ¡vuestra frente! —gritó sor Eufemia, logrando retorcerse las manos y, a la vez, explorarle la herida con un dedo—. ¡Esta venda está asquerosa! ¡Venid conmigo ahora mismo y os atenderé!

—Sor Eufemia, gracias, pero...

—¡Abadesa, ay, abadesa, pasar una noche entera en el bosque, y sin comida caliente! —gimió sor Basilia, y la cogió de la manga con firmeza, diríase que dispuesta a arrastrarla como fuera al refectorio y hartarla con un buen guiso y pan recién hecho.

—Abadesa, os ruego que me concedáis una audiencia —le susurró sor Emanuel en la oreja izquierda—. Es urgente...

—¡Por favor! —estalló Helewise por encima del clamor—. Hermanas, gracias por recibirme así y por vuestra preocupación. No os imagináis cuánto me alegra hallarme con vosotras de nuevo, y en su momento iremos todas a rezar y a dar gracias a Dios por sus cuidados. Ahora... —Se volvió hacia cada una, por turnos—. Sor Eufemia, sir Josse me curó bien la herida y no me duele mucho. Me presentaré en la enfermería y os pediré que me atendáis, os lo prometo, en cuanto pueda. Sor Basilia, tanto a sir Josse como a mí nos haría bien una comida caliente. ¿Podríais llevarlo directamente al refectorio? Me reuniré con vosotras en un rato. Sor Emanuel, ¿qué...?

Mas esta última se había marchado en silencio.

Helewise se dijo que la buscaría en cuanto estuviera libre, buscó la mirada de Calixta y, con un gesto casi imperceptible, le indicó que la siguiera.

Luego, con una enorme sensación de alivio, se apartó del corro de bienintencionadas monjas y huyó a la intimidad de su despacho.

Una vez a salvo con Calixta, detrás de las puertas cerradas, le comentó sin preámbulos:

—He visto a tu hermana. Está bien y embarazada.

Sor Calixta se tapó la boca con la mano.

—¡Abadesa, lo siento tanto!

—¿Lo sientes? —Helewise se dejó caer pesadamente en la silla—. ¿Qué es lo que lamentas?

—¡Lo que sin duda pensáis de todo esto! ¡Y Selena es mi hermana, sangre de mi sangre!

Helewise reflexionó un momento.

—Calixta, no escogemos a la familia en la que nacemos. No está en nuestras manos controlar quiénes son, su situación en la vida ni la fe que practican. Lo que sí hemos de hacer es escoger nuestro propio camino, guiadas por nuestro Padre celestial, y esperar no equivocarnos. —Tras una pausa, continuó—: Tu hermana ha vivido, sin tener la culpa, en una sociedad cuyas normas son muy distintas de las nuestras y cuyos miembros no han podido gozar de la divina luz de Dios.

De repente tuvo la sensación de encontrarse de nuevo en el bosque, y la inmemorial sabiduría —la sabiduría femenina— de los inteligentes ojos de Dómina pareció traspasarla.

Ella no vivía contando con la bendición de la divina luz de Dios y, sin embargo...

«Estoy en la abadía ahora —se dijo con firmeza, reprendiéndose tanto a sí misma como a Dómina—. Aquí la situación no es la misma.»

Sor Calixta esperaba con paciencia a que continuara, pero Helewise había perdido el hilo.

Esbozó otra sonrisita.

—Todo está bien —dijo.

—¡Oh! —Calixta pareció sorprenderse, como si esperara algo más—. Abadesa, no volveré a ver a Selena.

—No puedes estar segura de eso —le respondió Helewise con gentileza; costaba que una mozuela aceptara tal cosa—. Después de todo, el Gran Bosque está a un paso de aquí.

—Sí, pero se extiende por cientos de leguas y los moradores del bosque vagan de un extremo al otro.

—No obstante...

—Abadesa, disculpadme por interrumpiros, pero no se trata de eso. —La lisa frente de Calixta se arrugó—. ¿Cómo os lo explicaría? Me habéis dicho que espere antes de pronunciar mis votos.

—Sí —aceptó Helewise—. Me preguntaba si estabas del todo segura de lo que hacías.

Calixta sonrió.

—Teníais razón, abadesa Helewise. Creía estar segura, pero eso no basta, ¿verdad?

—No.

—Pero la situación ha cambiado. —Su expresión se tornó seria, sincera—. Es como si... o sea, creo que... —Se interrumpió y recuperó la compostura—. Estaba preocupada por Selena. Era como si tiraran de una parte de mí hacia el bosque, para compartir lo que ella hacía. Por eso fui a buscarla ese día, porque necesitaba verla. Estuvimos juntas un momentito de nada, pues tardé mucho en encontrarla, aunque ella también me buscaba a mí, pero ese momentito nos bastó. No le dije a nadie en la enfermería adónde iba, sólo a la querida y vieja Hilde; creía que estaría de vuelta antes de que notaran mi ausencia. Veréis, es que sentía que me necesitaba; me refiero a Selena, sentía que tenía miedo.

—Es natural, dadas las circunstancias —declaró Helewise.

Calixta la miró agradecida.

—Sabía que lo entenderíais. Pero las cosas han cambiado. Ya no me llama. Está feliz. Ha hecho lo que deseaba hacer y se ha alejado de mí. —Lo dijo sin el menor atisbo de autocompasión—. Y eso significa, abadesa... ¡es maravilloso!, que estoy entera de nuevo, y eso significa que estoy preparada.

Helewise revisó mentalmente el discurso pronunciado a toda prisa, casi sin aliento. Preparada. ¿Preparada para pronunciar sus votos? Alzó la vista hacia el radiante y hermoso rostro, más hermoso aún al haber desaparecido de él la preocupación provocada por la incertidumbre.

«Sí que estás preparada. Preparada para ser, con la ayuda de Dios, una monja muy buena.»

Se levantó, rodeó el escritorio y se detuvo delante de Calixta, que, muy consciente de la importancia del momento, se arrodilló, cogió las manos de Helewise e inclinó la cabeza sobre ellas. La abadesa la oyó decir, casi susurrar:

—Gracias.

—Soy yo, o más bien la comunidad de Hawkenlye, la que debe darte las gracias, sor Calixta —contestó Helewise—. Apreciamos el don que tienes para cuidar a los enfermos. Tus pacientes te quieren y te estás ganando el respeto de las otras monjas, sobre todo de las que son enfermeras. Ahora nos aseguraremos de que continúes con nosotras.

La ayudó a ponerse en pie y, siguiendo un impulso, se inclinó y le dio un beso en la mejilla.

—¡Oh! —exclamó Calixta, y en su cara se dibujó una sonrisa de oreja a oreja, una sonrisa de júbilo total—. Abadesa, ¿puedo ir a contarle la buena noticia a sor Eufemia?

—Por supuesto —dijo Helewise, y, dándose cuenta de que se hacía eco de la bendición de Dómina, agregó—: Ve en paz.

Habiendo ingerido demasiada de la excelente comida de sor Basilia, Josse fue a la residencia de los monjes en el valle y suplicó a fray Saúl que le consiguiera un tranquilo rincón y un petate; éste lo hizo al punto con expresión comprensiva.

En tanto Josse se acomodaba detrás del refugio de los peregrinos, el fraile le dijo:

—Me aseguraré de que no os molesten.

—Gracias, Saúl.

Lo que despertó a Josse no fue fray Saúl, sino el ruido producido por alguien que corría.

Abrió los ojos y vio a fray Miguel llegar a la carrera desde la abadía, agitando los brazos y con el hábito revoloteando. Con la mente despejada al instante, Josse se levantó de un brinco y fue a su encuentro.

—¿Cómo supisteis que venía a buscaros? —inquirió fray Miguel.

—Por intuición. ¿Qué pasa, fray Miguel?

—Me encontraba en la abadía, donde fui a buscar linimento para uno de los peregrinos, que se ha hecho daño en la espalda por haber cargado a su hijo durante dos días; le duele mucho y camina ladeado, por lo que pensé que podía...

—¡Fray Miguel!... —lo apremió Josse.

—Lo siento, sir Josse. Pues llegó un visitante con el caballo que echaba espumarajos de tanto galopar y dijo que tenía que ver a la abadesa, que tenía una noticia terrible —explicó el interpelado, con los ojos abiertos como platos por lo dramático de la noticia.

—¿Y?

—Lo llevaron con la abadesa, desapareció en su despacho y, antes de que se pudieran rezar dos avemarías, los dos salieron y ella, la abadesa, me vio y me dijo: «¡Fray Miguel, ve a buscar a sir Josse!»

—Y aquí estáis —observó Josse—. ¿Y bien?

Una expresión desconcertada apareció en el rostro simplón del hermano.

—¿Y bien qué?

—¿Qué mensaje traía el visitante? ¿Para qué me necesita la abadesa? —respondió Josse con paciencia.

—¡Oh! ¿No os lo había dicho?

Miguel sonrió, aliviado, encantado de poder contestar tan fácilmente a la pregunta.

—No, fray Miguel, no me lo has dicho.

Éste se inclinó con rostro serio.

—Ha habido una muerte —susurró—. ¡Otra muerte!

Helewise había estado ansiando la misma siesta que había disfrutado Josse después de comer. Tras ver a la radiante sor Calixta partir, Helewise se sometió a los tiernos cuidados de sor Eufemia y ahora llevaba en la frente un vendaje limpio; sor Eufemia le dio una tela empapada con una solución especial, una cura para las magulladuras, y la abadesa se la ponía cada vez que se acordaba.

Sor Basilia no había hecho caso a su queja de que no tenía mucho apetito y no la dejó en paz hasta que se hubo acabado el plato de carne con salsa.

Cuando faltaba una hora entera para nonas, Helewise se dirigió, casi a hurtadillas, a su despacho. Sin embargo, nada más acomodarse en la silla y cerrar los ojos, agradecida, se acordó de sor Emanuel.

«Es mi culpa —se reprendió, poniéndose en pie—. Por irme así, sin más, por pasar la noche al aire libre, lejos de la seguridad de la abadía; no es culpa de mis monjas que, cuando por fin regreso, haya asuntos que tengan que consultar conmigo.»

Con la cataplasma de sor Eufemia apretada contra la frente, se encaminó hacia la residencia de los ancianos.

Sor Emanuel se hallaba junto a la cama de uno de los residentes más antiguos, una anciana monja de expresión agria que, durante su vida activa, había sido la superiora de un convento en los North Downs. Era una mujer exigente a quien nada satisfacía, y Helewise rindió tributo a la dedicación de sor Emanuel, que no se irritaba nunca con ella.

—... dejándome aquí toda la mañana con una almohada manchada —decía la vocecita estridente—. Déjame decirte, moza, que en mis tiempos las cosas no se hacían así.

Helewise no captó la respuesta de sor Emanuel, que, al verla, se disculpó con la anciana y fue al encuentro de su abadesa.

—Buenas tardes, abadesa —dijo, e hizo una profunda reverencia.

—Buenas tardes, sor Emanuel. —Helewise hizo una pausa y, luego, dado que tenía por norma dejar muy claro que comprendía las cruces que tenían que cargar sus monjas, añadió en voz queda—: La abadesa María es muy quisquillosa, ¿verdad? Y, como tal, no es la paciente más fácil de satisfacer.

—Tiene razón al quejarse. Se le derramó la sopa y no la limpiaron bien hasta que regresé de tercia.

—Yo diría que de todos modos no fue toda la mañana —observó Helewise.

Sor Emanuel la miró con expresión de gratitud, sustituida de inmediato por su habitual serenidad etérea.

—¿Deseabais hablar conmigo, hermana?

—Sí, abadesa. —Sor Emanuel revisó la sala y, al vislumbrar a otra monja que trabajaba en la residencia, le hizo un ademán y señaló la puerta. La monja asintió con la cabeza a modo de aceptación—. La hermana se hará cargo. ¿Vamos a sentarnos fuera, abadesa?

—Como queráis.

Sor Emanuel la precedió hacia el banco donde ella y Helewise se habían sentado antes. Cuando se hubieron acomodado, comentó:

—Esyllt ha estado ausentándose. —Se interrumpió. Diríase que no sabía cuánto debía revelar acerca del comportamiento aberrante de la muchacha—. Entiendo que no puedo controlar... no podemos controlar sus idas y venidas fuera de las horas de trabajo, pero...

—Pero se ha ausentado cuando debería estar trabajando —acabó por ella Helewise.

Eso probablemente explicara que no cambiaran con prontitud la almohada sucia de la abadesa María.

Sor Emanuel asintió con la cabeza.

—Sí.

—¿Está aquí ahora?

La lucha interna se hizo evidente en el semblante de sor Emanuel.

—Bueno... estoy segura de que algo la ha retrasado y que volverá muy pronto. Estoy segura de que cuando llegue trabajará el doble para compensar el tiempo perdido.

«Entiendo», pensó Helewise. Bien sabía que Esyllt era como una bendición para la dedicada y atareada sor Emanuel, y la abadesa comprendía el conflicto interior que esta última sufría: dar cuenta de la ausencia de Esyllt podría suponer un acto de disciplina que le robara a su mejor ayudante; por otro lado, tampoco podía seguir dejando que la moza rompiera las normas, lo que de todos modos provocaba que la residencia careciera de su ayuda.

—Hermana, cuando Esyllt regrese, ¿podríais mandármela en seguida? No es que quiera usurpar vuestra autoridad en lo que os compete, pero ¿estaríais dispuesta a dejar que me encargue yo del asunto?

—¡Encantada! —exclamó sor Emanuel—. Pero, abadesa, ¿querréis...? —Se interrumpió. Siendo como era la más disciplinada de las monjas, le resultaba imposible interrogar a su superiora.

Comprensiva, Helewise le respondió en voz queda:

—Tengo idea de qué se trata, sor Emanuel.

—Está muy angustiada, ¡pobrecita! —Sor Emanuel agitó la cabeza—. Si se la puede ayudar, abadesa... —De nuevo dejó la frase a medias.

—No dejo de rezar para que así sea. —Helewise miró a sor Emanuel—. En caso de que encontremos un modo de que Esyllt solucione sus problemas... ¿me equivoco al creer que deseáis que continúe trabajando aquí, con vos y vuestros ancianos?

—¡Ay, sí! —replicó sor Emanuel con un fervor nada característico en ella—. Abadesa, es la mejor ayudante que he tenido jamás.

Esa tarde, el calor de mediados de verano provocaba una sensación de pereza. Pequeñas mariposas azules revoloteaban por los arbustos de romero que cercaban el lado meridional del claustro; a Helewise no le apetecía encerrarse en su despacho y se sentó en el banco de piedra pegado al muro.

«Esyllt —pensó con tristeza— está atormentada. Como se siente incapaz de contarme su problema, parece que trata de solucionarlo sola. ¡Pero es tan joven! Y, a pesar de toda la dichosa confianza en sí misma que posee, no es más que una mozuela sin experiencia.»

El difunto marido de la abadesa solía decir: «No vayáis en busca de problemas, no perdáis el tiempo preocupándoos por cosas que quizá no ocurran.» Ella, en cambio, no era tan optimista y siempre creyó que debía enfrentarse a lo peor que pudiera suceder, hacer planes por si sucedía. Y, aunque, según había constatado, lo peor no solía ocurrir, una vez decidido de antemano su plan de acción se sentía más capaz de descartar esas terribles angustias nocturnas capaces de hacer perder la paz mental y toda capacidad de dormir.

Lo peor que podría haberle sucedido a Esyllt, de eso estaba más o menos convencida, era que mientras se hallaba en el bosque la última noche de plenilunio, quién sabía por qué, se hubiera topado con Ewen Asher, que huía de sus actividades delictivas en el claro de los robles caídos, y él, impulsado tanto por la emoción que le provocaba haber encontrado tales tesoros como por el pavor, no hubiera podido resistir la tentación de esa mujer plenamente desarrollada que acababa de chocar con él. La había despojado de la ropa interior con la intención de violarla y quizá lo había logrado, pobre niña. Y ésta, asqueada, horrorizada y aterrorizada, había extraído el puñal del hombre de su funda y se lo había clavado.

«Para colmo, ahora la pobrecita tiene que aguantar que otra persona esté en la cárcel, esperando a que la juzguen por asesinato.»

¿Qué ocurriría si, y esto era lo más probable, a Seth Miller lo declaraban culpable y lo mandaban ejecutar? ¿Dejaría Esyllt que lo ahorcaran o contaría la verdad?

Helewise conocía la respuesta, una respuesta que no le proporcionaba ningún consuelo.

Tratando de expulsar de la mente la horripilante imagen de un cuerpo femenino retorciéndose en el extremo de una cuerda, mientras el rostro se le ponía negro y la lengua hinchada se le salía, Helewise se levantó de golpe, fue a su despacho y cerró firmemente la puerta.

Estaba a punto de ir a la iglesia en busca de unos momentos de quietud y oración antes de nonas, cuando oyó voces muy altas, seguidas del ruido producido por alguien que corría. Ya se dirigía hacia a la puerta cuando un puño empezó a aporrearla; abrió y vio el rostro de un desconocido.

—¿Abadesa Helewise? —preguntó éste con el aliento entrecortado.

—Sí.

—Abadesa, ¿se aloja aquí sir Josse d'Acquin, caballero del rey? —preguntó en tono apremiante.

—Efectivamente. De momento descansa abajo, en el valle, donde los monjes atienden a los peregrinos que...

—Abadesa, disculpadme, pero ¿podríais mandar a alguien a buscarlo? —La angustia del hombre resultaba más que patente—. ¡Hemos menester de su ayuda!

—Por supuesto —aceptó Helewise, a la vez que lo sacaba y paseaba la vista por el patio en busca de alguien que llevara un mensaje a Josse—. ¡Ah, fray Miguel! Venid, por favor. —Se volvió hacia el hombre y añadió—: Ahora, decidme, ¿de dónde venís y qué problema tenéis?

Con expresión intensa, el hombre observaba a fray Miguel acudir desde la enfermería y tardó un momento en contestar.

—¿Quién os ha enviado? —insistió Helewise con mayor firmeza.

—¿Qué? Oh, sí, soy feudo de Tobías Durand, de él y de lady Petronila. Y ¡ay, Dios mío! —En su rostro se pintó el desasosiego, como si lo sobrecogiera de nuevo el terrible acontecimiento, cualquiera que fuera, que hacía que requirieran la ayuda de Josse—. Abadesa, necesitaremos vuestras oraciones, las vuestras y las de todas vuestras hermanas.

—¿Para qué?

El mensajero tragó en seco y, con un obvio esfuerzo por controlarse, explicó:

—Ha habido una muerte en el castillo.

CAPÍTULO VEINTE

Mientras Josse aguardaba con mal disimulada impaciencia a que le llevaran su caballo, Helewise pensó que no parecía mucho más preparado que ella para enfrentarse, tras un trayecto bastante largo, a un problema grave.

—¿No preferís descansar esta noche y salir por la mañana? —sugirió, aunque sabía que se negaría—. Tanto vos como yo hemos aspirado ese horrible humo y sé que ambos padecemos todavía los efectos de lo que contenía, fuera lo que fuese.

—Agradezco vuestra atención, Helewise, pero... —De repente recordó dónde se hallaban y que en la abadía debían renunciar a la informalidad y el relajamiento de su relación en las profundidades del bosque, olvidarla como si nunca se hubiese producido—. Me encuentro muy bien, abadesa, y tengo el deber de ir a donde me llamen.

—Muy bien. —Helewise dio un paso atrás. Experimentaba sentimientos encontrados: gratitud por su cortesía y su consideración, y añoranza por la cálida amistad que ahora perderían.

Sor Marta ya había sacado de la cuadra a *Horace*, cuyo pelo brillaba como si lo hubiesen cepillado toda la tarde. Le entregó las riendas y Josse se aupó a la silla.

La abadesa se detuvo junto a los estribos.

—Enviadme noticias —le murmuró.

Sus miradas se encontraron y, al entender su inquietud, Josse sonrió.

—Naturalmente. O regresaré a contároslo yo mismo.

Espoleó a *Horace* y traspuso el umbral del portón de la abadía.

El mensajero se había adelantado para informar que Josse acudiría pronto; éste, en cuya mente rondaban distintas conjeturas, casi no se percató de la cantidad de leguas que recorría a todo galope.

Por fin entró en el cuidado patio amurallado de la elegante mansión de Tobías y Petronila Durand. No fue el amo quien lo recibió, sino el criado, Pablo.

Con aire solemne y ojos apagados por una emoción agotadora, comentó en voz muy baja:

—Por aquí, sir Josse. El cuerpo está donde cayó.

El mensajero salió de las cuadras y se apresuró a atender la montura de Josse, quien se alisó la túnica con un brusco tirón y siguió a Pablo escalones arriba.

Después de la luz del sol, la iluminación del interior se le antojó tenue; tardó un momento en ajustar la vista y distinguir la escena que lo esperaba, aquello para lo que lo habían mandado llamar.

Un cuerpo estirado al pie del corto tramo de escalones que, partiendo de la tarima sobre la cual se hallaba la mesa del comedor, llevaba a la sala principal.

Un cuerpo largo que lucía prendas de la mejor calidad, cuyos brillantes colores destellaban bajo la suave iluminación. Estaba boca abajo y, a juzgar por las manchas de sangre en las losas de piedra, diríase que la muerte la había producido una catastrófica herida en la frente.

—¿Cuándo sucedió? —inquirió Josse.

—Esta mañana —contestó Pablo, desolado—. Esta misma mañana —repitió, como si no acertara a creerlo—. Ni siquiera habían desayunado.

Se persignó y masculló una oración. Josse se arrodilló y tocó la sien ya fría de Tobías Durand; colocándole luego la mano en la frente, le levantó suavemente la cabeza. El abundante, saludable y brillante cabello le tapó la cara, y Josse tuvo que apartarlo para verle la herida.

¡Terrible! Profunda, de forma casi piramidal, causada sin duda por la punta dura de algo... Miró hacia abajo y vio el borde del escalón de piedra. Recién construido, probablemente como parte de la renovación llevada a cabo tras la boda de Petronila y Tobías, no había tenido tiempo de desgastarse y sus cantos eran todavía afilados; la huella del peldaño y la contrahuella formaban un perfecto cubo de ángulo recto.

—Lady Petronila ha dicho que tropezó con su perro —explicó Pablo con voz quebrada—. Él, el amo, andaba jugueteando, dijo *milady*; saltó del estrado para cogerla de la mano y llevarla a la mesa, y el perro, emocionado por tanto juego, empezó a ladrar y brincó y se enredó con las piernas del amo. —Los mocos que no logró sorberse, se los secó con la manga—. Oí voces, oí los ladridos y oí algo pesado que caía. Luego oí un terrible silencio. —Volvió a sorberse los mocos.

—¿Y acudiste corriendo y te lo encontraste aquí?

—Sí. —Pablo sollozó abiertamente—. A *milady* se le ha roto el corazón, mi señor. Lo aprecia tanto que no sé qué hará sin él, de verdad que no lo sé.

«¿Y tú, qué? ¿Necesitará a su fiel criado, decida lo que decida hacer? ¿O, como tantas otras viudas de cierta edad, decidirá que está harta del mundo y se retirará tras los muros de un tranquilo y acogedor convento?»

No era el momento oportuno para tales preguntas, ni siquiera en su fuero interno. Como le pareció que a Pablo le convendría tener algo que hacer, le dijo:

—Pablo, esta muerte representa una terrible conmoción para ti y para todos en esta casa... para todos nosotros. —Su mirada se clavó de nuevo en el alto cuerpo vestido con tanta elegancia, y que, siendo tan reciente la muerte, conservaba todavía cierta semblanza de vida.

La muerte. Tan terminante. Tan terriblemente terminante.

Se recompuso, no sin esfuerzo, y se volvió hacia el pesaroso criado.

—Seguro que los demás criados se sienten tan tristes como tú. ¿Crees que podrías organizarlos para que hagan alguna faena? ¿Qué suele hacer Tobías por las tardes?

Pablo se rascó la cabeza.

—No lo sé muy bien, mi señor. A menudo sale de casa. Lo que sí puedo deciros es que a veces saca los perros a pasear.

—Bien, eso es algo que podéis hacer. —Josse le dirigió una sonrisa de aliento—. Y me imagino que su caballo necesita ejercicio y una buena friega. Además, en esta casa entristecida aún hará falta comida. ¿Puedes pedir a los criados de la casa que preparen comida?

Pablo se enderezó, como si, lamentando haberse venido abajo, necesitara demostrar que volvía a asumir sus responsabilidades.

—Haré lo que me pedís, mi señor —replicó y, con una pequeña y breve reverencia que conmovió a Josse, se alejó, todo tieso.

A solas con el difunto, Josse le tanteó el resto de la cabeza por si presentaba otra herida. No. Nada.

«¡Oh! Pero... ¿Qué...?»

—Habéis venido, sir Josse —comentó una voz queda a sus espaldas—. Gracias por responder a mi llamada.

El aludido giró en redondo y vio a Petronila Durand, que, a un par de pasos de él, lo observaba.

Se había puesto una oscura y holgada prenda oscura, una prenda de luto que no hacía sino suprimir todo vestigio de color de sus mejillas, normalmente pálidas. Tenía los ojos enrojecidos y los párpados hinchados. Sobre la almidonada y bien atada toca blanca llevaba un fino velo negro. En cruel contraste con el peto de lino, la piel de su mandíbula resultaba fláccida y amarillenta, como la de un pollo recién desplumado. Su boca de delgados labios se curvaba hacia abajo, y de ambas comisuras irradiaban profundas arrugas semicirculares, recién aparecidas, en opinión de Josse.

Había envejecido diez años.

Josse se puso en pie, se le acercó y, arrodillándose de nuevo, le cogió la mano helada y se la besó.

—*Milady*, os presento mi más sincero pésame por vuestra pérdida. Decidme, os lo ruego, si hay algo que pueda hacer.

Ella apartó la mano y le dio la espalda e, impidiéndole verle el rostro devastado, gimió:

—¡Haced que vuelva conmigo!

Josse avanzó hasta quedar a su lado. ¿Habría perdido la razón?

—Eso no puedo hacerlo, *milady.*

—Lo sé, caballero, mi señor, lo sé. —Petronila agitó la cabeza y suspiró.

—Si os sirve de consuelo, sabed que sufrió muy poco. —En el pasado otras viudas se habían sentido reconfortadas con tales comentarios, que él mismo había expresado en muchas ocasiones—. La herida es profunda y la muerte ha tenido que ser instantánea.

No estaba seguro, no tanto como fingía estarlo, pero ¿qué importaba si con ello conseguía aliviar su aflicción?

—Sufrió muy poco... —repitió Petronila y, al cabo de un momento, añadió—: Qué poco sabéis.

«¡Ah!»

—¿Por qué decís eso, *milady*?

Los enrojecidos ojos de Petronila se encontraron con los suyos.

—En esta casa siempre ha habido dolor. Y, por mucho que mi marido esté muerto, ese dolor no cesará nunca.

Qué declaración tan extraña viniendo de una viuda. ¿Querría decir que era la muerte de Tobías lo que había causado el dolor? Tal vez, pensó Josse, perplejo, pero no se lo parecía. Parecía más bien que se refería a una profunda angustia permanente, a un elemento constante en su vida.

En un intento por consolarla —hasta el hombre más insensible habría deseado consolar a esta mujer mortalmente pálida, destrozada y de rostro avejentado—, declaró:

—*Milady*, ¡había alegría en esta casa! Vi con mis propios ojos el amor que os profesabais vos y Tobías. ¿Por qué habláis de dolor?

Como si lamentara sus palabras, Petronila hizo un visible esfuerzo por quitarles importancia, esbozando una sonrisa aún más espantosa que su expresión desconsolada.

—¡Cuánta razón tenéis, sir Josse! Es cierto, Tobías y yo éramos felices. El dolor está en su... —Echó una ojeada al cuerpo de su marido, cerró los ojos con fuerza y susurró—: El dolor yace aquí, a nuestros pies.

Casi lo convenció. La habría creído, no le habría dado más vueltas al extraño comentario, de no habérsele ocurrido una idea. Echó un vistazo alrededor para comprobar que se encontraban solos.

—Petronila, creo que cuando nos conocimos me contasteis, no la verdad, sino lo que hubierais deseado que lo fuese. —No obtuvo respuesta—. *Milady* —insistió—, ¿os aliviaría hablar?

Ella agachó la cabeza.

—Sir Josse, ¿qué queréis decir con eso? —inquirió con voz apagada.

Si ella no deseaba sacar el tema a la luz, él estaba más que dispuesto a hacerlo por su propia cuenta.

—Me dijisteis —manifestó en un tono voluntariamente calmado— que Tobías había abandonado las costumbres de su juventud alocada. Que, según vuestro acuerdo, él se había comprometido a ser un marido perfecto, tan respetable como debe serlo un hombre casado con una dama como vos. Y eso, *milady*, fue una mentira. —Ella guardó silencio—. ¿No lo fue? —insistió.

Ella se volvió hacia él, furiosa.

—¡De acuerdo, sí que lo fue! —espetó—. ¿Estáis satisfecho? ¿Deseáis ser testigo tanto de mi humillación como de mi pesar? ¡Debería daros vergüenza, caballero, mucha vergüenza!

«Humillación» no era la palabra que él habría empleado. Resuelto a averiguar todo lo que hubiese que averiguar, continuó hurgando.

—Sé que solía ir al Gran Bosque porque lo vi allí en dos ocasiones. De hecho, no ocultó su preferencia por la linde del bosque como lugar para dejar volar su halcón. Pero era una farsa, ¿verdad? —Aun interrogándola, deseaba abrazarla, reconfortarla con el tacto—. Tenía tratos con Hamm Robinson, ¿verdad? Hamm y sus compinches ladrones Ewen Asher y Seth Miller. Los tres se arriesgaban y hacían el trabajo sucio para él, y luego le daban los objetos valiosos que encontraban para que los vendiera. ¿No es cierto, Petronila?

Ella lo observaba; abrió la boca y dejó escapar un gemido entrecortado. Iba a negarlo todo, se dijo Josse, malhumorado, a alegar que se equivocaba. ¿Qué haría en ese caso?

Con tono helado, ella respondió:

—Nunca he oído hablar de esos hombres.

En realidad, Tobías no tenía por qué haber mencionado sus nombres. Por otro lado, ¡Petronila resultaba tan convincente que Josse habría jurado que decía la verdad! Con la clara impresión de haberse adentrado en un callejón sin salida, prosiguió:

—Puede que no, *milady*, pero creo que él sí que los conocía. —Y, dejándose llevar por la frustración, agregó—: ¡Podría haberlo probado y lo sabéis! Tal vez pueda probarlo todavía. Sin duda existe un modo de seguir la pista de los objetos que sacaron del bosque y...

Ella no le permitió continuar. Con la voz endurecida por el desdén, declaró:

—Mi marido no tenía nada que ver con ladronzuelos. —Le clavó una mirada furibunda—. ¡Por amor de Dios, caballero, se casó con una mujer rica! ¿Qué necesidad tenía de vender baratijas?

Buena pregunta. Ceñudo, Josse explicó:

—Yo no las llamaría baratijas y...

Ella volvió a interrumpirlo.

—¡Cómo os atrevéis! —Se retorció las manos, angustiada—. El cuerpo de mi marido no ha tenido tiempo de enfriarse y ya estáis acusándolo de un delito más propio de un labriego que del hombre afable y noble que era.

Josse agachó la cabeza. «Pobrecita —pensó—. Todavía sufre por la impresión. Los terribles acontecimientos de esta mañana la han vencido y heme aquí, con mis mezquinas acusaciones sobre un asunto que, comparado con esta muerte, le parecerían triviales a cualquier otra persona.»

Embargado por un sentimiento de culpa, alzó los ojos.

—Disculpadme, *milady*. Mis comentarios son inexcusables. Este asunto puede esperar hasta... —No, no debía seguir por ese camino. Con su tono más sincero, continuó—: Petronila, he venido a ayudaros. Decidme cómo puedo hacerlo.

Gracias a la luz que se introducía por la puerta abierta, Josse distinguía el rostro de la dama con toda claridad. La expresión iracunda y ofendida se fue despejando, y durante un momento Petronila recuperó el aire de una orgullosa y altanera aristócrata que soporta el dolor con dignidad.

—Os lo agradezco, caballero. Habrá asuntos que atender, decisiones que tomar sobre...

Las últimas palabras le salieron más lentamente, hasta detenerse y, como atraída por una fuerza irresistible, su mirada volvió de nuevo al cuerpo de Tobías. Soltó un gemido apenas audible y se arrodilló; las amplias faldas de su vestido se desplegaron en torno a ella. Con toda la ternura de una madre con un hijo dormido, acarició el oscuro y espeso cabello de su marido y se lo apartó de la frente magullada.

—Está muerto —susurró—. Muerto.

Se arrojó toda ella sobre el cadáver y rompió a llorar.

Josse la dejó sollozar. Luego se inclinó, la asió firmemente de los hombros y tiró de ella hasta ponerla en pie.

—*Milady*, sed valiente. Venid a sentaros conmigo y pediremos una bebida que os dé fuerzas para afrontar lo que tenéis que afrontar.

Ella le permitió que la guiara apenas unos pasos antes de volverse de nuevo hacia Tobías.

—No quiero dejarlo.

—No tenéis por qué dejarlo, de momento, *milady*; nos quedaremos cerca de él y...

Diríase que no lo oía.

—No puede dejarme ahora. Tiene que quedarse aquí, en mi mansión, y darme su alegre compañía todo el tiempo.

Josse sintió un escalofrío, la espantosa sensación de encontrarse de repente en presencia de la locura.

—Han de prepararlo, Petronila. No puede quedarse mucho tiempo. No es... —Buscó una palabra contundente, pero se rindió—. No está bien.

Con la vista aún clavada en Tobías, ella se puso a tararear lo que parecía una canción de cuna. Por su ajado rostro cruzó una sonrisita.

—Vamos, juntos decidiremos dónde enterrarlo —sugirió Josse—. Cerca de aquí, para que podáis ir a menudo a visitar la tumba y recordar los buenos tiempos. O...

Ella giró sobre los talones y, con toda la atención puesta en Josse, exclamó:

—¿Buenos tiempos?

Su rostro denotaba un violento conflicto interior. Empezó a hablar y se interrumpió. No obstante, impulsada por las emociones que intentaba contener, las palabras se le escaparon a borbotones.

—¡Había dolor en esta casa! ¡Sí, dolor! —gritó—. ¡Os lo he dicho! —Con el rostro casi tocando el de Josse, su angustia resultaba tan fácil de leer como un manuscrito ilustrado—. Dijisteis que sabíais que mi marido iba al Gran Bosque y me preguntasteis a qué iba. ¿Queréis que os lo diga? ¿De verdad queréis que os lo diga? —espetó—. Pues lo sabréis, caballero, ¡lo sabréis! Os diré lo que hacía en el bosque.

Hizo una pausa e inspiró hondo. Cerró los ojos un instante, diríase que para prepararse, juntó las manos sobre el pecho, como para rezar y, en tono ya muy calmado, añadió:

—Se acostaba con una mujer. Una mujer joven y vivaz cuyas suaves carnes cedían ante sus caricias, cuyo cuerpo húmedo se abría al suyo, cuyos labios carnosos le besaban la boca entusiasta. —Un violento sollozo la estremeció toda entera—. Una mujer hermosa que podía darle toda la pasión que no quería de mí —susurró.

Josse se quedó atónito. ¿Tendría razón? ¿Cómo lo sabía, por qué estaba tan segura?

—¿Cómo lo sabéis?

Su expresión se tornó astuta, calculadora.

—Lo habéis olvidado. Me preguntasteis si todavía lo hacía seguir y os dije que...

—Me dijisteis que rara vez.

¡Santo Dios! ¡Pobre alma torturada! ¿Sería eso lo que ella sospechaba desde un principio, la infidelidad? ¿Acaso los prejuicios que habían impulsado a Josse a tildar a Tobías de compinche de Hamm Robinson lo habían llevado a interpretar erróneamente los comentarios de Petronila?, ¿a creer que ella quería decir que su marido era un ladrón, cuando, siendo un hombre guapo y afable, su delito consistía en su incapacidad de resistirse a una cara bonita?

«Me equivoqué —pensó, sintiéndose sumamente culpable—. Y porque me equivoqué, un hombre yace muerto en su propia casa. —Echó un vistazo a Petronila—. De haberlo adivinado antes, habría podido hablar con Tobías, haberlo persuadido de que seguir con lo que hacía era pura locura, decirle que debía romper limpiamente con los lazos que lo ataban y ser fiel a su esposa. Fiel a su promesa.

»Pero no lo hice.»

Aunque no tuviera gran importancia, preguntó:

—¿Con quién se encontraba?

Esto pareció sorprenderla.

—¿Y me lo preguntáis, caballero? Pese a vuestra gran astucia, ¿no lo habéis adivinado?

Josse negó con la cabeza.

—No.

Una sonrisita retorció los estrechos labios.

—Creo haberos dicho que a Tobías lo crió su anciana tía.

—Sí.

—Pues la tía era mezquina y roñosa; lo único que brillaba como una joya en su casa era la criada. Una joya que hasta la vieja debió de apreciar. Era una joven alegre que cantaba mientras trabajaba, a pesar de que era dura su faena y muy larga su jornada, y de que la vieja nunca la alababa. —Petronila dejó escapar un leve suspiro—. A Tobías le resultaba irresistible y, naturalmente, él a ella. Se enamoraron y se hicieron amantes. Con el tiempo, la vieja enfermó y es posible que se arrepintiera de su maldad; el caso es que pidió hacer un peregrinaje para tomar el agua bendita. La moza la llevó a la abadía de Hawkenlye, donde Nuestro Señor decidió acoger a la vieja en su seno. —Otra sonrisita—. Sin duda, todos se alegraron y, si había alguien que llegó a pensar bien de ella, pronto se le esfumó el sentimiento cuando leyeron su testamento, pues no dejó un solo céntimo, ni a Tobías ni a ninguno de los que la atendían. Se lo dejó todo a la maldita abadía.

Josse apenas la escuchaba. Rumiaba, recordaba. Evocó la voz de la abadesa Helewise... «Llegó con su difunta ama, que murió estando con nosotras.»

«Esyllt no tenía adónde ir.»

—¡Estaba enamorado de Esyllt! Ella era la criada de la anciana, ¿verdad? —exclamó—. Y era para visitar a su amor de juventud por lo que Tobías iba al bosque.

Dejándose llevar por la bonita y romántica imagen, no se le ocurrió que a Petronila no se le antojaría tan bonita.

—*Milady*, disculpadme, se me olvidó por un momento que hablábamos de vuestro marido. Os fue infiel, por supuesto. Era un adúltero y un embustero. Un pecado, un pecado muy grave contra la Santa Ley y contra vos, mi señora.

Mas ella no le prestaba atención. Canturreaba una melodía de una alegría incongruente que Josse creyó reconocer, aunque sólo Dios sabía dónde la había escuchado.

—«Es amor lo que me trae, las dulces aves cantan. Y mi amor me ama en primavera» —cantó con vocecita aflautada—. Eso se lo cantaba ella, y yo lo oía cantarlo cuando él creía que no podía escucharlo. Pero sí que lo oía. Por eso supe que había vuelto con ella. —Por el rostro macilento corrían lágrimas—. Lo prometió —susurró—. Después de la última vez me lo prometió. —Agarró la manga de Josse—. Veréis, me quería, de verdad que me quería y, cuando le dije que tenía que dejar de verla o lo echaría de aquí, me prometió que la abandonaría. —Su expresión se suavizó de repente—. Pero no habría podido echarlo: lo quería demasiado.

Josse dio unas palmaditas a la mano agarrotada y aferrada a su manga.

—Lo entiendo, *milady*.

Y sí que lo comprendía, demasiado bien. Una mujer mayor, sabedora del talante mujeriego de su marido, trataba de acorralarlo con un trato para ver luego que era incapaz de cumplir su parte del compromiso, que faltaba al acuerdo y, al ser descubierto, prometía enmendarse, pero se dejaba llevar de nuevo por la tentación que representaba la dulce y alegre joven que lo esperaba.

¿Era posible que Tobías quisiera a Petronila? ¿Que viera en ella a una mujer, a una esposa, y no sólo una persona acaudalada dispuesta a proporcionárselo todo?

Se le antojó tan poco probable ahora como se le antojaba antes.

No obstante, recordó el semblante del joven al mirar a su esposa, su sonrisa tan afectuosa al explicar cómo la había consolado al morir el padre de Petronila y cómo, juntos, los dos, gozaban haciendo mejoras en la casa de aquél.

—Esta mañana me dijo que había estado con ella otra vez —murmuró Petronila—. Él acababa de entrar y me imaginé que había salido a cabalgar a primera hora de esta fresca mañana. Me llamó para desayunar e hice un comentario sobre lo radiante que lo veía. —Dejó escapar otro sollozo y, tras una pausa, se contuvo—. Me sentí presa de un miedo horrible y le dije: «Ay, Tobías, ¡dime que no es cierto! ¡Dime que me equivoco, que no has estado con ella!» Al principio me juró que no y le creí, creí que todo iba bien, así que me arrojé sobre él y lo abracé y... oh... y yo... él...

No se veía capaz de continuar, aunque al fin, sabiendo que debía hacerlo, añadió con conmovedora dignidad:

—No me devolvió el abrazo; trató de hacerlo, pero con los brazos tiesos y con el hermoso cuerpo muy lejos del mío, como si, por mucho que lo intentara, no pudiera evitar comparar mis magros huesos con la maravilla de las calientes y suaves carnes de ella; como si, al ver mis carencias, no fuese capaz de abrazarme como la había abrazado a ella. En ese momento lo supe.

Si bien las lágrimas le empapaban la pechera del oscuro vestido, no hizo ningún intento por secárselas. Además, pensó Josse, le habría resultado tan imposible dejar de llorar como volar.

—*Milady*, no sabéis cuánto lo lamento.

—Gracias. Es, supongo, una lástima. —Petronila suspiró—. No pude evitarlo, caballero. Tantas promesas rotas, tantas veces en que buscó placer con ella y ahora... ¡ay, ahora!... me iba a dar la espalda. —Se sacó de la manga, por fin, un diminuto pañuelo bordado y, aunque a todas luces no le serviría de mucho, se secó los ojos, la nariz y el rostro—. Cogí el escabel que había debajo de la mesa y, cuando se apartó de mis brazos e hizo ademán de bajar, lo golpeé.

—En la parte trasera de la cabeza —murmuró Josse—. Sí, *milady*, lo sé.

Ella lo observó con aire sereno.

—Lo he matado, ¿verdad, caballero? He matado al amor de mi vida porque no podía serme fiel.

Se produjo un largo silencio. Josse contempló primero al difunto que yacía a sus pies y, luego, furtivamente, el ajado rostro de la viuda.

Había sufrido, la pobre. Continuaría sufriendo, privada de su joven y apuesto marido, sufriendo a solas. Y, como si no bastara el sufrimiento, se sentiría culpable. Acaso el golpe en la cabeza no lo hubiese matado, pero sí que había provocado la terrible caída sobre la esquina del peldaño. En todo caso, estimularía un sentimiento de culpa lo bastante fuerte para reconcomerle la mente, el alma y, con el tiempo, el cuerpo.

Castigo suficiente, sin duda.

Josse se permitió imaginar lo que la esperaba si él cumplía con su deber y llamaba al sheriff. La detención. La cárcel. El juicio y, si la condenaban, la horca en una soleada mañana, tras pasar un lapso insoportable en una asquerosa celda.

No.

Inimaginable. Además, ello no haría que Tobías volviera a la vida.

Mientras Petronila le hacía sus confidencias en voz queda, Josse se había mantenido a su izquierda. Ahora se pellizcó varias veces la oreja derecha, de modo cada vez más ostentoso.

—¡Ay, caramba! ¿Qué le pasa a mi oído?

Al cabo de un rato, ella se volvió hacia él.

—¿Qué os pasa, caballero?

La mirada de Josse se encontró con la suya, la sostuvo, impidiéndole apartarse.

—Qué raro, parece que no oigo bien con la oreja derecha. *Milady*, lo siento, pero no he oído nada de lo que me habéis dicho desde que entramos y me disteis las gracias por venir.

—Pero... —empezó a replicar ella, atónita.

Josse levantó una mano a modo de advertencia.

—No. *Milady,* dejadlo.

Durante un fugaz minuto de su semblante desaparecieron la desolación, la conmoción y el horror; así debía de verse hacía mucho tiempo, antes de que se despertara en ella el funesto amor por Tobías.

—Ay, sir Josse —susurró—. Todavía queda algo de bondad en el mundo.

Se inclinó y le dio un besito en la mejilla.

A continuación, con los hombros cuadrados y porte regio, se volvió, atravesó la sala y desapareció en su dormitorio.

Josse, por su parte, permaneció mucho tiempo en la sala, con la vista fija en Tobías.

Bruscamente, él también se marchó.

Al salir al suave atardecer, llamó a Pablo y, cuando éste llegó al pie de los escalones, le dijo que la muerte de Tobías se debía a que se había caído escaleras abajo y le ordenó que se apresurara a meterlo en un ataúd y a enterrarlo, porque hacía mucho calor.

Por muy avanzada que fuera la tarde, decidió regresar a Hawkenlye. Estaba cansado, tenía hambre y le esperaba un largo trayecto, pero mejor eso que quedarse allí.

Habría sido capaz de aguantar muchísimo más con tal de huir del cadáver y de la desolada viuda a la que acababa de dejar atrás.

CAPÍTULO VEINTIUNO

Al llegar Josse, la abadía de Hawkenlye se hallaba totalmente a oscuras, cosa nada extraña, dada la hora. Fue al valle, desensilló a *Horace*, le puso una maniota para que no se alejara y, con una palmada en el trasero, lo soltó en el dulce pasto.

Fue directamente al petate que con tantas prisas había abandonado horas antes. Se removió hasta acomodarse, cerró los ojos y no tardó en dormirse.

Fray Saúl lo despertó con pan, una rebanada de queso y una jarra de cerveza aguada.

—Llegasteis tarde anoche, sir Josse.

—Sí.

—He llevado vuestro caballo a las cuadras de la abadía; sor Marta está atendiendo todos sus caprichos.

Josse sonrió.

—Tiene un don con los caballos, esa mujer.

—Y siente un afecto especial por el vuestro.

—Gracias, Saúl, tanto por cuidar del viejo *Horace* como por traerme el desayuno.

—Sir Josse, traigo también un mensaje de la abadesa; pide que, cuando estéis preparado...

—... que vaya a verla —acabó por él Josse; se levantó y se quitó las migas de encima—. Sí, Saúl, lo haré.

Encontró a la abadesa en su despacho, sentada detrás del escritorio. Ella lo observó con compasión.

—Parecéis cansado.

—Aguantaré —contestó Josse sonriente, y con cara más seria le comentó lo ocurrido en la mansión de los Durand.

—¡Tobías muerto! ¡Qué tonto accidente!

Durante toda la noche, camino de regreso, Josse estuvo preguntándose si le contaría la verdad. Al observar a esta sabia y comprensiva mujer con la que compartía tantas cosas, decidió que no podía dejar que creyera una mentira. De modo que le explicó cómo había muerto el hombre.

Como ella no hizo ningún comentario, se sintió cómo si lo hubieran estafado, como si hubiese esperado que afirmara que había hecho bien en no revelar la participación de Petronila en su muerte. Como si le hiciera falta esa confirmación.

Tras un largo silencio que, al menos a él, se le antojó incómodo, la abadesa declaró:

—Eso demuestra, ¿verdad, sir Josse?, que no conviene dejar que unos perros indóciles anden libres y tropiecen con su amo en lo alto de la escalera.

Josse no precisaba más confirmación que ésa.

A continuación le habló de Esyllt.

—¡Un amante! —exclamó Helewise, atónita—. ¡Santo Dios, Josse! ¿Por qué no se nos... perdón, por qué no se me ocurrió a mí? Una moza como ella, tan bonita, en la flor de la juventud, tan a gusto con la vida, ¡claro! Eso explica su actitud: estaba enamorada y se sabía amada. Sabía que, estando él en el bosque, podía... —Se interrumpió bruscamente y se sonrojó—. Mejor no pensar en eso, ahora que el pobre está muerto.

—Os mostráis muy caritativa con él, abadesa, teniendo en cuenta que pecó.

—¿Quiénes somos nosotros para juzgarlo? De hecho, ha pagado muy caro su pecado. —Agitó la cabeza—. Qué desperdicio y... —Calló de repente y susurró, espantada—: ¿Esyllt sabe que está muerto?

—¡Por Dios! —Josse soltó el juramento sin pensar—. Disculpadme, abadesa, no pretendía ofenderos.

Con expresión ceñuda por la preocupación, ésta agitó una mano restándole importancia.

—Lo sé, Josse, lo sé. Ella... Esyllt... se ausentó de la enfermería ayer y, que yo sepa, no ha regresado. Sor Emanuel está muy preocupada por ella y yo también. —Le dirigió una sonrisita dulce—. ¿Puedo abusar de vos de nuevo y pediros que vayáis a buscarla?

—Por supuesto. —Josse le sonrió a su vez.

—Claro que os ayudaré. —La abadesa se puso en pie—. Saldré en cuanto celebremos el oficio de sexta.

Josse, que no tenía por qué esperar a que acabara el oficio, empezó a buscar a la moza en seguida.

Los amantes se reunían en el bosque, pensó al abandonar la abadía. En un claro, probablemente no muy lejos de la linde, justo lo suficiente para que nadie los viera.

Y...

Después de todo, no se vería obligado a adentrarse en él: Esyllt caminaba por uno de los senderos más estrechos, un camino que la llevaba al otro lado de la abadía y al portón trasero.

Josse entró de nuevo en el recinto de la abadía y echó

a andar sin prisas; la moza tardaría más que él en llegar a la residencia de los ancianos. Se detuvo en la parte trasera de la enfermería y, ocultándose tras sus sólidas paredes, echó un vistazo al portón trasero.

Esyllt apareció al cabo de un momento.

Caminaba como una sonámbula y con la cabeza gacha; no se le distinguía la cara y su porte denotaba desolación y abatimiento.

Cuando alcanzó la enfermería, Josse echó a andar a su lado.

Al oír sus pasos, la moza levantó la cabeza.

—Buenos días, sir Josse —lo saludó en voz baja.

—Buenos días, Esyllt.

Continuaron hasta la residencia de ancianos.

—¿Habéis venido a ver a mis queridos ancianos? —preguntó con una sombra de su antigua chispa—. Prometisteis que lo haríais y un hombre de verdad nunca incumple su palabra, a menos que no pueda evitarlo. —Dicho esto, un espasmo le cruzó el semblante.

—No lo he olvidado. Vendré, Esyllt, pero hoy no. Ahora tengo que hablar contigo.

La asió del brazo y fueron a sentarse en un banco bañado por los rayos del sol.

—Vengo de casa de Tobías, Esyllt. Sé lo de... sé lo que sentíais el uno por el otro.

Ella asintió lentamente.

—Sí... lo que sentíamos. —Sus ojos se encontraron con los de Josse—. ¡Ay, Diosito santo, entonces tenía razón!

La abrazó.

—¿Razón acerca de qué, querida niña?

—Está muerto, ¿verdad?

—Tuvo un accidente. Tropezó con un perro, se cayó y se golpeó la cabeza.

Esyllt soltó una carcajada casi inaudible.

—¡Esos perros! Siempre le dije que debía entrenarlos, que...

Se interrumpió como si se diera cuenta de que poco importaba ya.

—Lo sabía. Cuando no vino anoche, lo supe.

—¿Tan íntimos erais? —inquirió Josse, asombrado.

—Sí, y nada podría haberlo alejado de mí, no había nada que lo alejara de mí, nunca lo hubo.

—Menos la muerte.

—Menos la muerte.

Josse aguardó, sabiendo lo que sucedería y, efectivamente, al cabo de un rato, asimilada la mala noticia y al darse cuenta de que a partir de entonces tendría que enfrentarse a una vida sin Tobías, Esyllt fue perdiendo energía. Se derrumbó y, apoyada en el pecho de Josse, lloró tanto que parecía que no iba a parar nunca.

Más tarde, cuando hablar de Tobías era lo único que deseaba hacer, lo único que podía hacer, se lo explicó.

Le contó mucho de lo que él ya sabía, pero también algo que ni siquiera había imaginado.

Era lo único, dedujo al escucharla, que le proporcionaba consuelo frente a la muerte de su amante. Porque, ahora que ya no podía perjudicarlo, que se hallaba más allá del alcance de la justicia y el castigo humanos, Esyllt podía revelar que Tobías Durand había matado a Ewen Asher.

Que, en la noche de luna llena en que había salido corriendo del bosque para toparse con Josse y la abadesa, toda manchada de sangre y desnuda de la cintura para abajo, huía del lugar que Tobías había marcado para su cita.

—Estábamos haciendo el amor —su rostro irradiaba júbilo al recordarlo—. Tobías estaba dentro de mí; nos sentíamos tan arrebatados que no oímos a Ewen correr entre los matojos hasta que casi se nos echa encima. Tobías se levantó de un salto, desnudo, con su virilidad erguida y orgullosa, y el tal Ewen dijo: «Tobías Durand, por mi fe, ¿qué hacéis aquí?»

—¿Cómo es que se conocían?

Otra sonrisita fugaz.

—Ewen le vendió un halcón, pero éste enfermó y murió.

—Ah.

—Entonces Tobías cogió su daga y lo mató. Tenéis que entender que no le quedaba más remedio que hacerlo —dijo Esyllt con gran seriedad—. De lo contrario, Ewen se lo habría contado a ella, a Petronila, y Tobías no quería que lo supiera.

—No me sorprende —fue la agria respuesta de Josse—. La gente astuta como Tobías no mata a la gallina de los huevos de oro.

Esyllt tardó un momento en entenderlo.

—No, sir Josse, os equivocáis. A Tobías le gustaba ser el marido de una mujer rica, claro que sí. Igual que a cualquier hombre que se hubiera criado entre tanta pobreza. Pero no quería que Ewen Asher se lo contara a Petronila porque no quería herirla.

—¿Quieres decir que Tobías sentía afecto por su esposa?

—¡Oh, sí! Era muy cariñoso, mi Tobías. En su corazón había sitio para las dos, para ella y para mí, sólo que ella no lo entendía.

—No, me figuro que no.

—¿Cómo decís?

Como el comentario no iba dirigido a Esyllt, Josse contestó:

—Nada.

Permaneció a su lado un buen rato, rodeándole los hombros con el brazo. Parecía haberse calmado, lo cual le permitió a él preguntarle qué pensaba hacer ahora.

—¿Ahora? Ahora voy a Tonbridge a decirle al sheriff que puede soltar a Seth Miller. Ya no tengo por qué guardar el secreto, ahora que Tobías está fuera del alcance de la ley. —Su expresión se tornó triste, pero hizo acopio de fuerza y le dirigió una breve sonrisa—. Y no es que nadie me lo vaya a agradecer. Todo el mundo se ha sentido más a gusto con esos tres, Hamm, Ewen y Seth, fuera de sus vidas. Pero no se puede ejecutar a un hombre por el simple hecho de ser un canalla y un incordio, ¿verdad?

—No. Y es una suerte; de lo contrario, veríamos cuerpos en todas las horcas de esta tierra.

Por muy mal chiste que fuera, ella tuvo la cortesía de reír. Transcurrido un momento, Josse insistió.

—No me refería a lo que ibas a hacer ahora mismo, Esyllt, sino a lo que vas a hacer con tu vida.

—Vaya pregunta, sir Josse. No tengo ni idea.

—Te aprecian mucho aquí en la abadía.

—¿Creéis que debería ser monja?

—¡No, Esyllt, ni lo quiera Dios! —exclamó Josse, y esta vez la risa de la moza se pareció más a la de la Esyllt de antaño—. Quería decir que podrías quedarte aquí y seguir trabajando con tus queridos ancianos.

Ella respiró hondo, sorprendida.

—¡Quedarme aquí! ¡Sin él! Ay, no creo que pueda hacerlo.

—Mi preciosa niña, lo añorarás vayas donde vayas. Aquí, aunque el recuerdo sea más intenso, al menos estarás haciendo algo de valor, un trabajo para el que parece que tienes un don muy especial. ¿No te consolaría sentir que te necesitan? —La abrazó—. Además, aquí estarías rodeada de conocidos, de personas que te ayudarían cuando estuvieras triste.

—¿Seguirán siendo mis amigos? —Sorprendida, Esyllt se apartó y lo miró, desconcertada—. ¿Aunque sepan lo que he hecho?

—Claro que sí, niña. —La zarandeó ligeramente—. Aunque no lo creas, muchas de estas buenas monjas tienen recuerdos de un amor e incluso una pasión. Incluso es posible que algunas te comprendan. Y no creo que te condenaran, ya que Nuestro Señor, al que adoran y sirven, nos enseñó que debemos amarnos los unos a los otros. Y, si bien sé que la abadesa puede parecer una leona, te aseguro que posee un corazón bondadoso y una naturaleza compasiva; es capaz de perdonar.

Esyllt le dirigió una mirada astuta.

—Habláis como alguien que lo sabe por experiencia propia.

—¿Eh? ¿Qué has dicho?

Por fin, la moza esbozó una sonrisa abierta y se le formó un hoyuelo en la mejilla.

—Nada, nada —exclamó entre risas.

CAPÍTULO VEINTIDÓS

Transcurrieron muchas semanas antes de que Josse regresara a la abadía de Hawkenlye.

Resueltos ya los dos asesinatos, no tenía ningún pretexto para ir a la abadía.

Y, desde la noche en el bosque, le daba vergüenza visitar a la abadesa con el único propósito de conversar.

«No estábamos en nuestros cabales —se repetía constantemente—. Sufríamos los efectos de una droga, aunque nadie pretendía drogarnos. No somos responsables de lo que hicimos o dijimos bajo esos efectos.»

Mas, por muchas razones que se diera, le costaba desterrar la imagen de una mujer de aspecto súbitamente joven, de cabello rojizo y rizado, cuyo cuello resultaba inesperadamente liso y que acurrucaba el trasero en su entrepierna como si llevara una década o más casada con él.

Se fue a Francia e hizo una visita prolongada a su familia en Acquin, donde permaneció hasta ya bien avanzado el mes de octubre, tras la celebración del fin de la recogida de manzanas y de disfrutar con ellos los escasos días de descanso que se permitían después de una larga y dura temporada de faena.

Una velada, sentado al lado de su cuñada Marie, al concluir una dilatada sobremesa en que habían servido demasiada sidra, le habló de la abadía de Hawkenlye. Y de su abadesa.

—Una mujer temible —comentó Marie, cuando por fin pudo hablar, acabada ya la larga lista de evocaciones.

—¿Temible? ¡No! —protestó instintivamente, aunque, bien pensado, sin duda eso le parecería a alguien que oyera hablar de ella sin conocerla—. Bueno, es posible —se corrigió—, pero es de esas personas que conviene tener a mano en un momento de crisis.

—Obviamente. —El bebé que sostenía dejó de chupar y soltó un suspiro que sonaba extrañamente adulto. María lo contempló con una expresión amorosa—. ¿Te has hartado, *ma petite*?

—Es una niña preciosa. —Josse acarició con la punta de los dedos el suave y fino cabello de su sobrina—. Me alegro de haber estado aquí para su bautismo.

—Como debe hacer todo buen tío. —Marie se puso a la niña sobre el hombro, le frotó la espalda, y la pequeña eructó—. ¡Ah, ésa es mi niña lista! Bien hecho, mi Madoline.

El bautismo se había celebrado un mes antes. Al recordarlo, Josse se dio cuenta del tiempo que llevaba alojado con su familia.

—Creo que regresaré pronto a Inglaterra. Si sigo retrasándolo, el viaje será mucho más incómodo.

Caminos mojados que se convertían en cenagales y la omnipresente amenaza del canal de la Mancha no resultaban una perspectiva demasiado agradable.

—¿No te quedarás para Navidades?

¡Navidades! ¡Santo Dios, faltaban dos meses!

—No —exclamó con vehemencia y, para quitar hierro a la aparente falta de cortesía, añadió—: Por mucho que me tiente, Marie, *ma chérie*, tengo muchas ganas de regresar a mi propia casa.

Ella le dirigió una mirada comprensiva. Podría haber hecho un comentario más explícito, y Josse era bien consciente de ello, pero se limitó a decir:

—Muy bien.

El país al que Josse regresó y que a finales del otoño de 1191 gozaba de un extraordinario período de calor, empezaba a padecer los efectos producidos por la ausencia de su rey.

Una tierra en la cual la gente comenzaba a sentirse a disgusto, al menos aquellos de sus moradores cuya rutina diaria los llevaba a lugares donde oían los cotilleos que se filtraban desde los centros de poder.

En el barco que lo trasladó de Francia a Inglaterra, Josse conoció a un mercader que prorrumpió en quejas a los pocos minutos de entablar la conversación.

—De allende el mar llegan noticias, al menos eso se rumorea en las altas esferas. Y no me extrañaría que acabemos pagando el pato. Victorias y reveses, me han dicho.

—¿Ah, sí? —inquirió Josse en tono neutral.

—Sí. —Apoyado en la barandilla del barco, el mercader tomó una posición más cómoda. Del sureste soplaba un fuerte viento y la embarcación saltaba como un caballo vivaz—. Nuestro rey Ricardo, que Dios lo bendiga, creyó que podía hacer mucho más de lo que realmente ha hecho, ésa es la impresión. —Se sorbió los mocos, se arrancó la flema y la escupió por encima de la barandilla—. Parece que Acre sigue resistiéndose a nuestro Sagrado Ejército Cristiano.

Josse se preguntó dónde había adquirido la información. Ni siquiera un mercader que tuviera contacto con los allegados a la corte poseería el don mágico de adivinar lo que sucedía medio mundo más lejos. ¿O sí? Sin embargo, debía reconocer que lo que decía este hombre parecía desagradablemente probable.

—El rey Ricardo es un gran soldado y un buen dirigente —objetó, tratando de restar a su voz todo tono reprobatorio.

La travesía del canal iba a resultar larga y, sin duda, incómoda; un buen cotilleo lo ayudaría a matar el tiempo. No convenía quitarse de encima, tan pronto después de zarpar, al único otro pasajero.

—Ya, ya. No digo que no lo sea —le espetó, irritado, el mercader—. Pero un rey tiene otras cosas que hacer, digo yo. —Le lanzó una mirada astuta—. Otros deberes, a ver si nos entendemos.

¿Cómo no entenderlo?

—¿Os referís al matrimonio del rey?

—Sí, a eso me refiero. Una belleza exótica, dicen, que viene de un cálido país del sur, en el que las naranjas caen de los árboles, donde el sol le quema a uno la piel hasta ponerla negra y donde las mujeres son de sangre caliente y apasionada. —Tragó saliva, se recuperó y continuó, ya más calmado—: Eso, al menos, es lo que me han dicho. Y yo digo: ¡qué suerte tiene el rey Ricardo!

A Josse no se le antojó probable que hubiese ido a Navarra. La entusiasta descripción que hacía de los moradores de ese país no encajaba con lo que él sabía de ellos.

—Dicen que la reina Berenguela es una de las bellezas de nuestros días.

—Eso lo han dicho de todas las mozas que han sido coronadas. De todos modos, por el bien del buen rey, esperemos que esta vez no se hayan equivocado.

—Claro.

Se produjo un silencio breve, de buen compañerismo, tras el cual el mercader se inclinó y extrajo una petaca de un amplio fardo que se hallaba a sus pies y se la ofreció a Josse. Éste la aceptó encantado; hacía frío en cubierta y el viento soplaba con encarnizadas ráfagas cargadas de gélidas gotas de lluvia. Bebió un trago y disfrutó del agradable calorcillo de la bebida en la garganta.

—Gracias —dijo al devolvérsela al mercader, que tomó un trago bastante más largo.

—Por el rey y la reina —exclamó; levantó la petaca y miró a Josse de soslayo—. Y por el fruto de su lecho matrimonial.

—Amén —convino Josse con profunda sinceridad.

—¿Hace mucho que estáis fuera de Inglaterra? —inquirió el mercader al cabo de un rato.

—¿Mmm? Oh, no, sólo unas semanas.

—Entonces no sabéis lo que ha estado haciendo el hermano del rey.

Las chispas en los ojos del mercader evidenciaban el gusto que le daba poder ilustrar a este inocente extranjero.

—¿Os referís al príncipe Juan?

—Sí.

—¿Qué ha hecho?

—Parece que se ha convencido de que el rey no va a volver. Son uña y carne, él y ese hermanastro suyo, Godofredo, al que nombraron arzobispo de York, aunque no conozco a nadie menos apto para un alto cargo de la Iglesia, a nadie.

—¿Están tramando algo el príncipe Juan y el arzobispo? —Preocupante la noticia—. Yo creía que el rey había desterrado a su hermanastro, que le había prohibido volver a poner un pie en Inglaterra.

—Lo hizo, e hizo bien. Aunque lo cierto es que hizo lo mismo con el príncipe Juan, pero su madre, la reina Leonor, lo hizo ceder. —Un leve suspiro—. No soy quién para cuestionar lo que hacen los grandes y buenos, pero me pregunto en qué estaría pensando la querida reina, bendita sea. Pero, bueno, el amor materno no tiene límites, ¿verdad, sir? —Josse asintió—. El arzobispo Godofredo regresó sin permiso... ¡Parece que andaba diciendo que era ridículo ser arzobispo de una ciudad en la que no se le permitía vivir!

Sí, pensó Josse, lo era. Sin embargo, a juzgar por esta nueva y preocupante información, el rey Ricardo tenía toda la razón al tratar de mantener a sus entrometidos y peligrosos hermanos fuera de su reino. Sobre todo estando él tan lejos.

Cuando estaba a punto de pedirle que le diera más detalles sobre las andanzas de Godofredo y Juan, el mercader agregó:

—Ahora bien, el propio rey metió la pata con esa comadreja, Longchamp.

—¿Su regente? ¿Por qué? ¿Qué ha hecho?

—El orgullo se le ha subido a la cabeza y se le ha quedado allí, tan enterrado como una bota en un lodazal. Anda por ahí dándose aires, como si estuviera rodeado de escoria apestosa. Probablemente sea cierto, ahora que lo pienso. —El mercader soltó una carcajada y Josse hizo otro tanto—. Nuestro querido príncipe Juan no es el único que lo encuentra pomposo, estirado y altanero.

—¡Caramba!

El mercader lanzó otra carcajada, un ladrido que provocó el chillido de una gaviota que los sobrevolaba.

–Sin duda no os habéis enterado de lo que pasó entre Longchamp y el arzobispo Godofredo, cuando éste regresó furtivamente a Inglaterra. Decídmelo si ya lo sabéis, pero es una buena anécdota.

—No me he enterado. Contádmelo.

Como el bajío se movía cada vez más, el mercader cambió de posición plantando bien el pie sobre el suelo de la cubierta.

—La cosa es que, cuando el arzobispo llegó a Dover, los hombres de Longchamp lo esperaban y, como eran buenos y leales servidores del rey, no dudaron en hacer cumplir el decreto del rey ausente. —Una sonrisa pícara—. Yo diría que, con mayor celo del que habría empleado el propio rey, lo cogieron y lo metieron en la cárcel.

—Muy buena manera de tratar a un arzobispo —comentó Josse con fingida desaprobación.

—¡En eso tenéis razón! Y el príncipe Juan no vaciló ni un momento para aprovecharlo. Fingió indignarse, convocó a todos los obispos, jueces y demás a Reading, y los persuadió de que Longchamp no tenía derecho a ser despótico con el hermanastro del rey y de que le hicieran rendir cuentas en seguida y le quitaran el puesto a la mayor brevedad.

—¿Se ha marchado? ¿Longchamp se ha marchado?

El mercader alzó un dedo para detener el flujo de preguntas: pensaba contarlo a su manera.

—Esperad y os lo explicaré. Veréis, Longchamp no tiene un pelo de tonto. Tiene espías, todo el mundo lo sabe, y le advirtieron por dónde soplaba el viento. A todos los de las altas esferas reunidos en Reading les dijo que estaba demasiado enfermo para viajar y fue a esconderse en la Torre de Londres. Los obispos y los otros decidieron que no era menester su presencia para tratar su caso. Decidieron darle un tirón de orejas y destituirlo, y no hubo una alma que lo lamentara. ¡Adivinad qué hizo Longchamp! Adivinadlo. Apuesto a que no podéis.

—Ni siquiera lo voy a intentar —alegó Josse sonriente—. Decídmelo vos.

Tras una risotada, el mercader dijo:

—¡Pues va y huye de Inglaterra vestido de mujer! ¡Él, que odia a las féminas! Es menudito y dicen que parecía una mujercita, ¡toda arregladita con su vestido verde!

Josse conocía a Guillermo Longchamp, si bien muy superficialmente, y al imaginárselo vestido de mujer... ¡no pudo evitar reírse con el mercader!

Con cada vez mayor alegría, el mercader prosiguió su relato.

—Si me decís lo que sucedió después, amigo, os dejaré hablar un poco.

—Dudo que pueda igualaros —comentó Josse, pero el mercader no pareció oírlo.

—Milady Longchamp llega a Dover y se pone a buscar un bajel que la lleve a Francia. —Se interrumpió con nuevas carcajadas—. Helo allí, en el muelle, mirando por todas partes, y se le acerca un marinero que acaba de llegar de una larga travesía, desesperado por encontrar a una mujer que le caliente la cama, y el marinero va y rodea a Longchamp con el brazo y le dice: «Buenos días, bonita, ¿quieres divertirte un poco?»

—¡Ja! —Josse se lo imaginó—. ¿Y quería divertirse?

—Estoy seguro de que no. —El mercader puso expresión falsamente reprobatoria—. No es de esos hombres, por muy desagradable que sea. —Cogió la petaca y lanzó a Josse una mirada alentadora—. Ahora, sir, os toca a vos. Contadme las noticias de Francia.

El regreso de Josse al Nuevo Winnowlands fue motivo de celebración. Will y Ela, que lo esperaban desde hacía varias semanas, se habían esmerado. Will se aseguró de que hasta el más humilde de los siervos supiera lo buen amo que era Josse, y éste se encontró con que todas las personas con las que se topaba en el camino lo aclamaban y lo saludaban alegremente.

Una vez sentado en su propia sala frente a un potente fuego, con un pie sobre un escabel y una jarra de excelente vino al alcance de la mano, se dijo que era maravilloso regresar a casa.

Dos semanas antes de Navidad hizo una visita de cortesía a la abadía de Hawkenlye.

Sor Marta salió a encargarse de su caballo; fray Miguel, que estaba barriendo, alzó la mirada y fray Saúl, que lo vio desde lejos, llegó corriendo a estrecharle la mano.

Tenía la feliz sensación, pensó al cruzar el claustro rumbo al despacho de la abadesa, de no haberse marchado nunca.

La abadesa también lo recibió con calidez. Le preguntó qué había hecho desde el verano y lo escuchó hablar de su familia en Acquin y de la bienvenida que había recibido en Nuevo Winnowlands. Él, a su vez, preguntó cómo iban las cosas en la comunidad y ella le aseguró que todo iba bien.

Al cabo de un breve silencio, inquirió:

—¿Esyllt se ha quedado?

—Sí. Me preguntaba cuándo trataríais de averiguarlo —respondió sonriente Helewise.

—¿Puedo verla?

—Por supuesto. Sabéis dónde encontrarla.

Al aproximarse a la puerta de la residencia de ancianos, oyó a Esyllt cantar.

«Ah, está mejor.»

Entró y cerró apresuradamente, pues el viento del este soplaba con tremenda fuerza. Distinguió a sor Emanuel al fondo de la larga sala, inclinada sobre un paciente que inhalaba el vapor de una pócima en un ancho cuenco. Esyllt doblaba sábanas limpias.

La moza alzó la mirada y lo vio.

Dejó las sábanas y en su rostro se dibujó una lenta sonrisa mientras se dirigía hacia él.

—Prometí que vendría —le dijo Josse.

—Es cierto. Sabía que lo haríais.

Lo cogió de la mano y lo guió por toda la sala, mientras lo presentaba a sus ancianos; se detenía a charlar con los que se hallaban lo bastante alerta para desear hablar con un desconocido y a los demás los saludaba con un breve gesto de la cabeza. Una anciana y dulce monja, cuyos brillantes ojos azules daban la impresión de no perderse nada, asió la mano de Esyllt, se la apretó y dijo a Josse:

—Es un deleite esta mozuela. Su tacto es tan suave como el de una madre. ¿Acaso os sorprende que la queramos tanto?

Con un sonrojo que la hacía más hermosa, Esyllt se inclinó y besó la amarillenta y arrugada mejilla de la anciana y murmuró algo en su oído.

Tras hacer todo el circuito, Josse y Esyllt salieron y permanecieron junto a la puerta.

—Así que has decidido quedarte.

—Sí.

—Es una buena decisión, Esyllt.

—De momento —se apresuró ella a responder.

—¿Sólo de momento?

La joven levantó la cabeza y él observó atentamente sus brillantes ojos. Supo lo que estaba pensando: era joven, había ganado y perdido a un amante, pero el mundo estaba lleno de amantes. ¿Acaso el único futuro que le esperaba era el de permanecer encerrada con sus queridos ancianos, por mucho que los quisiera?

Sí, pensó con tristeza, sólo por el momento.

Ni él ni ella expresaron en voz alta lo que sin duda tenían en mente y, tras una larga pausa, ella se limitó a repetir las palabras recién pronunciadas:

—Sólo de momento.

Josse regresó a sentarse con la abadesa, que le había prometido una jarra de vino caliente con especias.

—Huele delicioso —comentó al acomodarse en el taburete.

—Es que lo es. —La abadesa llenó una jarra de peltre, se la dio y alzó la suya a modo de brindis—. Qué bien que hayáis regresado. ¡Bien venido!

—Gracias. —Dio un trago al líquido. ¡Maravilloso!—. Me temo que la moza, Esyllt, no se quedará para siempre en la residencia de los ancianos.

—No, claro que no. Se casará, criará una familia numerosa y luego, si Dios quiere, recordará su don y regresará a hacer lo que hace tan bien.

—¿Eso creéis?

La abadesa sonrió.

—Rezo por ello. Una mujer como ella siempre es necesaria.

—Mmm. —Otro sorbo—. ¿Y sor Calixta? ¿Cómo está?

—¡Ah, sor Calixta, sí! Aunque es una de las monjas más jóvenes que haya pronunciado sus votos finales en esta abadía, creo que hice bien al admitirla entre las profesas. ¡Es tan feliz, sir Josse!

—Me alegro. —Una idea lo llevó a otra—. ¿Ha ocurrido algo más después de los problemas del verano? Supongo que a Seth Miller lo liberaron.

—Efectivamente. —Helewise frunció el entrecejo—. No es como para lanzar campanas al vuelo, pero me han dicho que se ha enmendado tras evitar por los pelos al verdugo. —Suspiró—. Sólo podemos rezar para que sea una mejora permanente, pero lo dudo.

—Tened fe, abadesa —replicó Josse fingiendo reprobación.

Ella arqueó las cejas.

—La tengo, sir Josse. Pero también tengo experiencia.

—Ah, sí. —El aludido inclinó la cabeza y volvió a la pregunta que había planteado—. Entonces supongo que no ha habido más detenciones con relación a las dos muertes.

—Tres muertes.

—Sí, tres. —Se había olvidado de Tobías y de la pobre Petronila recién enviudada.

—No, ninguna detención. El sheriff Pelham se contentó con achacar el asesinato de Hamm Robinson a los moradores del bosque, y Esyllt le dijo que Tobías había matado a Ewen Asher. Puesto que los moradores del bosque ya estarán a cientos de leguas de aquí y Tobías está aún más lejos de su alcance, me imagino que no hay mucho que pueda hacer.

—Mejor.

Evocó de repente la imagen de un apuesto joven, con un halcón en la muñeca, saliendo del bosque una soleada mañana. Tobías no había dado la menor señal de no ser lo que afirmaba ser, un joven alegre que acababa de disfrutar de una jornada de cetrería.

Y, sin embargo, unas horas antes había hecho el amor con su amada y había clavado una daga al pobre idiota que lo había molestado.

—¡Claro! —murmuró.

—¿Cómo decís?

—Estaba pensando en Tobías, esa mañana que me lo encontré después de que descubrimos el cuerpo de Ewen Asher.

—¿Y?

—Siempre me pregunté lo que hacía allí y llegué a la conclusión de que estaba poniéndonos una cortina de humo; que mostrándose allí, tan cerca de la escena del crimen, intentaba convencernos de que no tenía nada que ver con él.

—Muy buena idea, teniendo en cuenta que funcionó.

—Sí. —Josse pasó por alto la suave ironía—. Pero, abadesa, es que ése no era su motivo.

—¿No?

—No. ¿Os acordáis de cómo iba vestida Esyllt? ¿O más bien desvestida? Desnuda como Dios la trajo al mundo, de cintura para abajo.

—Me acuerdo.

Captó la ligera y fría reprobación en el tono de la abadesa. ¿Cómo podía hablar de eso? Pero tenía sus motivos.

—Abadesa, ¿nunca os preguntasteis qué había pasado con la ropa interior de Esyllt? Él...

—¡Tobías fue a recogerla! —La voz de la abadesa, emocionada, perdió toda frialdad—. Sí, claro. ¡Resultaría terrible, lo incriminaría, que encontraran ropa interior femenina tan cerca del pobre Ewen! Y, una vez establecida la relación... la ropa pertenecía a Esyllt y Tobías era su amante... las pistas habrían llevado directamente a él.

—Eso es. —Meditabundo, Josse echó una miradita a la abadesa y declaró, con cierta vacilación—: No puedo evitar pensar que es mejor que todo haya acabado como acabó.

Ella le sostuvo la mirada un buen rato.

—Yo tampoco.

—Mmm. Pero hay veces en que me muero por contarle a alguien lo que vimos en el robledal. Supongo que es sólo porque sé que no debo hacerlo.

—¿De verdad tenéis ganas de contarlo? —inquirió ella, divertida—. Yo, no... Pero es que yo ya se lo he contado a alguien.

—¿Ah, sí?

«¡Santo Dios! —pensó Josse—. ¿Lo habrá hecho? ¿Tendré que andar siempre con un picor entre los omóplatos, por miedo a que me arrojen una lanza de punta de sílex y acierten?»

—No os preocupéis, sir Josse. Se lo conté a un amigo, un amigo omnipresente, que me ama, que nos ama a todos y que no va a traicionarme.

—¡Oh! Ahora lo entiendo. —Sí, claro. Se lo había contado al Señor y Él, sin duda, ya lo sabía.

Helewise lo observaba con perspicacia.

—Deberíais intentarlo también.

—Quizá lo haga.

No se quedó hasta muy tarde. Oscurecería pronto y le apetecía sentarse frente a su chimenea.

La abadesa salió a despedirlo.

Con una mano sujetó las riendas de *Horace*.

—Nunca os di las gracias, sir Josse, por lo que hicisteis... este verano.

—Hice bien poco. No fui yo el que solucionó lo de los asesinatos.

—Puede que no. —Cosa nada habitual en ella, parecía sentirse algo torpe—. Lo que os agradezco es que me hayáis salvado la vida.

¡Así que lo recordaba!

En un intento por pasar por alto el calorcillo de dicha que lo embargaba, Josse replicó:

—No habríais muerto, Helewise, sois demasiado fuerte.

Ella se encogió de hombros.

—¡Quién sabe!

Soltó las riendas y se dio la vuelta dispuesta a regresar a su despacho.

—Ya sabéis dónde vivo, por si habéis menester de mis servicios —le gritó Josse.

Ella se limitó a agitar la mano por toda respuesta.